スナイパーズ・アイ

—天命探偵　真田省吾２—

神永　学著

新潮社版

9213

目次

プロローグ　8

第一章　Zero Point　21

第二章　Shooter　125

第三章　Limit　299

エピローグ　474

スナイパーズ・アイ

――天命探偵　真田省吾2――

自分こそ正しい、という考えが、あらゆる進歩の過程でもっとも頑強な障害となる。これほど馬鹿《ばか》げていて根拠のない考えはない。

——J・G・ホーランド

プロローグ

「ゴー」

かけ声に合わせて、男は先陣を切って輸送警備車を飛び出した。

前傾姿勢で路地を駆け抜け、二十メートル先にあるビルの壁に背中を付けて立ち止まる。

視線を走らせ、後方から来た人員の確認をする。

男の所属する警視庁警備部警備第一課特殊急襲部隊、通称SATの狙撃班《そげきはん》は、原則四人一組での行動になる。

「狙撃班第一チーム、ビル前に到着」

男は、無線機に向かって呼びかける。

〈屋上に移動し、スタンバイせよ〉

「了解」

鷹野《たかの》、藤村《ふじむら》、安田《やすだ》、全員とアイコンタクトをしたあと、男は非常階段を登るように指でサインを送る。

サブマシンガンMP5を装備した藤村が、頷《うなず》いたあとに身を翻《ひるがえ》して階段を駆け上がる。

スナイパーライフルM1500を装備した男は、すぐにそのあとに続く。その後ろを、同じくライフルを装備した鷹野が続き、MP5を装備した安田が最後尾につく。

男は、呼吸を整えることを意識しながら階段を登った。

屋上へと通じるドアの前に立った藤村は、予《あらかじ》め用意していた鍵《かぎ》を使用してドアを開けると、MP5を構えながら屋上へと飛び出した。

素早く左右に銃口を振り、周囲を牽制《けんせい》する。

「クリア」

藤村の合図を受けた男は、屋上に飛び出し北側の縁に移動する。

縁にいたカラスが飛び立ち、愚かな人間を嘲笑《ちょうしょう》するような鳴き声を上げながら、乱立するビルに溶け込んでいった。

男は、ライフルのスリングを右腕に巻き付け、腹ばいになり、足を広げたエストニア伏射の姿勢でライフルを構えた。

目標は、男のいるビルから百メートル先にある総合病院。新宿の高層ビル街の中にあり、地上十八階建ての巨大な建物。

その一階部分に犯人はいる。

事件が発生したのは、今から二十分前――。

拳銃《けんじゅう》を所持した犯人が、突然病院内で銃を乱射。駆けつけた警察官に発砲、病院関係者と患者十数名を人質に、ナースステーションに立て籠《こ》もった。

死傷者と人質の正確な数はまだ分かっていない。

ほとんどの患者は自力で脱出したが、重篤《じゅうとく》な患者とそれを担当する看護師の一部が病室に残っている。

さらに、犯人は、身体《からだ》に爆発物のようなものを巻き付けており、警官隊が近づけば人質もろとも自爆すると警告している。

一刻を争う事態だ――。

男は、一九九九年にアメリカの高校で起きた銃の乱射事件を思い返していた。

高校の生徒二人組が、学校内で銃を乱射。十二名の生徒と一名の教師を射殺し、自殺した悲惨な事件。わずか四十五分の出来事だった。

あのニュースを見たとき、ほとんどの日本人は、自分には無関係なことだと思っただろう。あれは、アメリカだから起こったのだと——。

かくいう男自身も、そう考えていた。

SATに所属し、自らがそういった事件が起こった場合の抑止力であると自覚しながらも、どこか他人事《ひとごと》だという感情を捨てられなかった。

「ポジション」

男の考えを遮るように、鷹野の声が聞こえた。

視線を向けると、男と同じ伏射の姿勢でライフルを構え、スコープを覗《のぞ》いていた。

立て籠もり事件の場合、狙撃手は一人ではない。必ず複数で行う。

弾丸が外れた場合や、ジャムを起こし、弾丸を発射できない場合など、リスクを最小限に抑えるためだ。また、誰の弾が犯人を死に至らしめたかをわからなくするためということもある。

視認することはできないが、男のいるビルから二百メートル先にある雑居ビルにも二名の狙撃手がスタンバイし、別角度からターゲットを狙《ねら》っている。

風向きや、現場の状況を考えて、より可能性の高い方が引き金を引くことになっている。

男の位置からは確認できないが、藤村と安田は背後の警戒に当たっている。無防備になる狙撃手を警護するのが、彼らの役目だ。

男は、ゆっくりと右目を高倍率の望遠鏡の役割を果たす光学スコープに押し当てた。

病院は、百名を超える機動隊員に包囲されている。ネズミ一匹逃さぬ布陣だ。その後方には、それを超える数の報道陣がいる。

待合室の床には、肩から血を流して倒れている制服警官の姿が見えた。

五十過ぎの男で、事件発生の報《しら》せを聞き、不用意に院内に踏み込み撃たれた。重傷を負い、自力では動けない状態だ。

犯人に、病院からの搬出を禁じられ、手当もできぬまま放置されている。

怒りがこみ上げ、グリップを握る男の手に力がこもる。

男は、待合室から廊下を進むようにスコープを東にスライドさせた。一階の東の隅にあるナースステーションに、犯人と人質がいる。

立て籠もり事件の場合、犯人は自分の行動を監視させないために、ブラインドやカーテンを閉めてしまう。だが、犯人が動揺していたのか、それとも何かの意図があるのか、ブラインドが全開になっていた。

犯人の意図はどうあれ、これでは中の様子が一目瞭然《いちもくりょうぜん》だ。

右手に拳銃を持ち、大声で何かをわめいている男が見えた。

「あれが……」

男は、思わず口にした。

現場に来る前、犯人は若い男だという情報は入っていた。二十代後半か三十代だと思っていた。だが、実年齢は定かではないが、そこにいる犯人は、高校生くらいにしか見えなかった。

コロンバイン高校の事件も、十代の若者が犯人だった。

ゲームや映画の影響が取りざたされているが、彼らのこうした行動の原因は、もっと深いところにあるように思う。

「ターゲットを捕捉《ほそく》」

男は、自分の考えを振り払うように、無線に向かって声を上げた。

〈爆発物は確認できるか？〉

イヤホンから聞こえてくる指示に従って、改めて犯人を確認する。

情報にあったように、身体には、十五センチほどの長さに切断した鉄パイプのようなものが幾本も巻き付けられていて、その鉄パイプからは、赤青の二本の電源コードが伸びている。

そのコードは、犯人が左手に持つラジコンのコントローラーのようなものに繋《つな》がっていて、不測の事態に備えてか、ガムテープのようなもので手に固定されていた。

あれが、起爆装置――。

「確認できました」

男は短く答え、部屋の隅で寒さに震え、肩を寄せ合うようにしている人質に視線を移した。

白衣を着た男が一名。ナース服の看護師が三名。それと――。

男は自分の目に飛び込んできた光景が信じられずに、スコープから目を離した。

――まさか。

改めてスコープを覗くが、やはり間違いではなかった。

「なんてことだ……」

男は、喉《のど》を鳴らして唾《つば》を飲み込んだ。

「どうしました？」

隣の鷹野が敏感に反応した。

「いや、なんでもない」

男は突き放すように言うと、血が止まるほどに強くグリップを握り締めた。

――気取られてはいけない。

男は、スコープのクロスバーの中心を犯人の頭に合わせ、汗で湿った人差し指で、引き金に触れた。

少しでも動きがあれば、この指に力を込め、犯人の命の灯を消す。

男の構えるM１５００ライフルは、アメリカの軍隊を始め、世界でもっとも使用されている狙撃銃だ。

高い命中精度を誇り、百メートル離れたところにある十円玉を撃ち抜くこともできる。

七・六二ミリのＮＡＴＯ弾は、犯人が銃声に気付く前に着弾している。

生卵を砕くような容易《たやす》さだ。

犯人の命を奪うことにはなるが、人質の命を救うことはできる。

いや、隣の鷹野と同時に引き金を引き、犯人の拳銃と起爆スイッチを撃ち抜くことも、それほど難しいことではない。

パーフェクトとは言わないが、機動隊が病院内に突入し、犯人を確保するよりもはるかに安全な方法。

あとは命令を待つだけ——。

しかし、発砲の許可が下りないことを男は知っていた。理由は二つある。

一つは、成功の可能性が百パーセントでないこと。万が一にでも、人質に着弾した場合、もしくは弾が外れ、犯人が逆上して人質を射殺するような事態に陥ったとき、責任が取れる人間がいない。いや、実際は誰も責任を取りたくないのだ。

そして、もう一つが人命の尊重という名の世論だ。四十年ほど前に瀬戸内海で人質とともに船を占拠した犯人を射殺した警官が、人権団体により殺人罪に問われる裁判が起きた。

いつ、いかなるときであっても、人命を尊重しなければならない。それが、たとえ殺人犯であったとしても——。

素晴らしい考えではあるが、こういった事件において、犯人の人命を尊重するあまり、逆に人質の命を危険に晒《さら》していることを忘れている。

「ファイヤ」

男は、声を出さず口だけ動かした。

イメージの中で、M１５００の弾薬が炸裂《さくれつ》し、肩を押すような反動とともに銃口が火を噴いた。

スパイラル回転をしながら撃ち出された弾丸が、犯人の頭蓋骨《ずがいこつ》を突き破り、血しぶきとともに脳を破壊する。

起爆スイッチを押す余裕はないはずだ。

犯人が、ギロリと男を睨《にら》んだ。

男はひやりとするが、それもほんの一瞬のことだった。

現場からは百メートルも離れている。こちらはスコープを覗いているが、向こうは肉眼。目が合うはずがない。

首筋に、ぬるぬるとした汗がまとわりつく。

すー、はー。

意識して深く呼吸をした。

〈……機動隊の突入準備が整った〉

イヤホンから、ＳＡＴ隊長の声が聞こえてきた。

「隊長。犯人は、まだ起爆装置を持っています。危険です」

男は、咄嗟《とっさ》に無線に向かって呼びかけた。

〈犯人が、投降すると申し出てきた。起爆装置は偽物《にせもの》だと認めた〉

「偽物……」

男は息を呑《の》んだ。

本当に、あれは偽物なのか？　もし、本物だったとしたら、犯人は機動隊の突入と同時にスイッチを押す。

〈射手は、機動隊突入の援護を行う。なお、命令があるまで、発砲はするな〉

「発砲許可がなくて、どうやって援護するんだ。クソッ！」

鷹野が、コンクリートに唾を吐き捨てた。

まさに鷹野の言う通りだ。自分たちは、やれるだけの力を持ちながら、それを決して行使することはできない。これでは、ただの傍観者だ。

〈各自、スタンバイ〉

無線が告げるのと同時に、スコープの向こうで動きがあった。

犯人である男が、手に持っていた拳銃をゆっくりと床に置いた。だが、起爆装置は手にしたままだ。

笑っていた――。

男の胸に、言いしれぬ不安が広がっていく。

機動隊が、包囲の輪を縮めながら、犯人の立て籠もる病院東側の部屋の窓に近づいていく。

別働隊が、待合室の制服警官の救出に向かう。
犯人は、聖火を掲げるように、起爆装置を持った左手を高々と上げた。
――犯人は、自爆する気だ。
理屈ではない。身体の奥深いところにある本能でそう感じた。
「撤収させてください！　これは罠《わな》です！　犯人は自爆する気です！」
男は、考えるより先に叫んでいた。
〈根拠は？〉
「ありません。しかし、犯人は起爆装置を持ったままです」
〈交渉は成立したんだ〉
男は、その言葉を鵜《う》呑《の》みにすることができなかった。明らかに解決を急いでいる。
それに、もし犯人が自爆すれば、犠牲になるのは――。
「発砲許可を！」
男は必死に無線に向かって呼びかける。
〈ダメだ！〉
機動隊が、警棒で窓ガラスを割る。
男は、犯人の眉間《みけん》にスコープのクロスバーを合わせ、息を止めて引き金に指をかけた。

もし、本当に犯人が投降するつもりだとしたら——。

男の頭を、その考えが過《よ》ぎった。そのときは、自分は殺人者になる。それでも構わない。妻と子どもを守るためなら、殺人者にもなろう。

それは一瞬の迷いだった。

そのコンマ何秒かの時間が、運命を分けた。

男が引き金を絞るのと、病院が轟音《ごうおん》とともに炎に包まれるのは、ほぼ同時だった——。

第一章　Zero Point

一

男は、鏡の前に立った――。

アパートのバスルームにある、くすんだ鏡。

男は、両手を洗面台に置き、頭を下げてじっと排水口の黒い穴を眺めた。

身体《からだ》が震えていた。寒さからではない。では、なんだ？　恐怖か？　それとも――。

顔を上げると、ぼろぼろの自分と対面することになった。血色が悪く、頬はこけ、目の下にくまができている。

何日も遭難していたような有様だ。

首には鋼鉄製の輪が取り付けられ、その首輪の赤いランプが定期的に明滅していた。

白いTシャツの上から、防弾チョッキのような形状の装身具を身につけ、腰にはホルスターのついたベルトを巻いている。

完全装備で、アメコミに出て来るヒーローのような風体だが、実際はそうではない。

何もかもを失い、残されているたった一つのものさえ守りきることができなかった、哀れな男のなれの果て――。

私には、もう選択肢は残されていない。

ほんの一瞬の迷いが、全《すべ》てを粉々に吹き飛ばしてしまう。

男は、それを誰よりも知っていた。

——もう、迷ってはいけない。

男は蛇口を捻《ひね》り、勢いよく流れ出た水で両手をこすり合わせるようにして丹念に洗う。

流れ出る水は、氷のように冷たかった。

全身に鳥肌がたち、男は身震いをする。だが、それも心の冷たさに比べればとるに足らない。

男は、フェイスタオルで顔を拭《ぬぐ》い、バスルームを出た。

フローリングの床を裸足《はだし》のまま歩き、中央に置かれたテーブルの前に立った。小瓶やプラスチックのケースが並び、工具や電気コードのような部品が乱雑に置かれていた。

「こういうことか……」

男は自分の置かれた状況を悟り呟《つぶや》いてから、隣にある畳の部屋に足を踏み入れた。

ハンガーラックにかかった黒いロングコートを手に取り、袖《そで》を通すと前のボタンを上から下まできっちり留めた。

左手首に巻き付けられた計器に目を向けた。一見すると腕時計のようだが、実際は違う。文字盤にあたる部分に表示されるのは時間ではなく、カウントダウンの数字と電波の受信レベルだ。

信号の届かない場所に移動すると、起爆装置のスイッチが入ることになっている。

男は、壁に立てかけてあったゴルフバッグを肩に担《かつ》いだ。肩にのしかかる重さは、ゴルフクラブのものではない。

収納してあるライフルの重さであり、自らが背負った業《ごう》の重さだ。

「私には、他に選択肢がない……」

男は、誰にともなく言うと、部屋をあとにした。

身体の芯《しん》まで凍り付かせるような寒さに、男はコートの襟を立て、顔を上げた。

新宿の高層ビル群が、樹木のように乱立しているのが見えた。

ゴミ捨て場のネットの上にとまっていたカラスが、バサバサッと羽根を鳴らしながら朝焼けの空に向かって飛んで行った。

男には、彼らの行く先など分かるはずもなかった――。

二

「いやっ」

中西志乃《なかにししの》は、叫び声とともに目を開けた。

——ここはどこ？

志乃の意識は、夢と現実の狭間《はざま》で揺れていた。自分の居場所を確かめようと、辺りに視線を走らせる。

そこは、薄暗く狭い空間だった。

無線機や、変装用の衣装、撮影用の機材などがところ狭しと並べられていて、志乃はそのわずかな隙間《すきま》に車椅子《くるまいす》に座ったまま収まっていた。

ここは、ハイエースの後部座席と荷室を改良し、尾行時の移動指令室として作られたスペースだ。

志乃は、ようやく自分が張り込みの最中であったことを思い出した。

さっきのは夢だったの——。

改めてそれを実感し、血流に合わせて鈍痛のする目頭を押さえた。

ひどく怖い夢を見ていたのだが、その内容を思い起こすことはできない。かつては、見た夢の記憶をそのまま引きずっていたのに。

志乃は、頭に浮かんだ嫌な思い出を消し去るように頭を振った。

「大丈夫か？」

運転席に座った山縣《やまがた》が、振り向きながら気怠《けだる》そうな口調で声をかけてきた。

彼は、志乃の勤務する探偵事務所〈ファミリー調査サービス〉の所長である。四十代半ばで、白い色のまじった無精ひげ。一見すると、くたびれた中年男に見えるのだが、それが見せかけのものであることを、志乃は知っている。

かつては、警視庁防犯部の刑事で、ライフル射撃のオリンピック代表の候補にもなったことがある人物だ。

知略家で、探偵事務所の頭脳になっている。

「すみません。ちょっと眠ってしまいました」

志乃は、意識して微笑《ほほえ》んでみせた。

「もう少し寝てていいぞ」

「もう平気です」

何かを言いたそうにしていた山縣だったが、携帯電話の着信音が会話をさえぎった。

「お久しぶりです」

電話に出た山縣の声が、いつもより弾んでいた。相手の声が聞こえるわけではないが、旧知の間柄であることは察しがついた。

志乃は、会話に耳を傾けながらも膝《ひざ》の上に置いたノートパソコンを開き、さっき見た夢の内容を思い出そうと思考を巡らせていた。

たかが夢――普通の人からすれば、そうなのかもしれないが、志乃には特別な意味があった。

七年前、母親の交通事故死をきっかけに、志乃は悪夢を見るようになった。

人が死ぬ夢――。

銃で撃たれ、あるいはナイフで刺され、死んでいく人々の情景が、志乃を苦しめた。

そして、それはただの夢ではなかった。夢の中で死んだ人物は、現実の世界でも必ず死ぬ。一種の予知夢のようなものだったと志乃は認識している。

自らが予見する死の運命を変えようと奔走し、もがき苦しんでいた。

だが、変えられなかった――。

そんな志乃に、手をさしのべてくれたのが、山縣を始めとする〈ファミリー調査サービス〉の面々だった。

「昨日も徹夜だったんだろ」

いつの間にか、電話を終えた山縣は、ルームミラー越しに志乃に視線を送ってきた。

確かに、徹夜で仕事をしていた。だが、それでも足りないと志乃は思っている。

前回の事件の終わりとともに、志乃は夢の中で人の死を予見しなくなった。だが、それと同時に多くの大切なものを失った。

路頭に迷っていた志乃を拾ってくれたのも、また山縣たちだった。

「思いのほか時間がかかってしまったので」

どうしても預貯金の数字が合わず、昨晩、過去の帳簿をひっくり返して調べ直すことになってしまった。

「真田《さなだ》に手伝わせればいい」

山縣は、当たり前のように言うが、志乃にはそれはできなかった。

母を失った交通事故で、志乃も両足を複雑骨折する大怪我《おおけが》を負った。傷は完治したが、目の前で母を失ったという心の傷から、歩くことができなくなってしまった。

足の不自由な自分は、同僚の真田や公香《きみか》のように、探偵業務の要《かなめ》である尾行や張り込みといった仕事ができない。

せめて、事務仕事くらいはこなさないと、ただの足手まといになってしまう。

「一人でやった方が効率がいいですから」

「無理をするなよ」

「平気です」

「そうやって強がるところは、やんちゃ坊主《ぼうず》に似てるな」

山縣は、ぼやくように言うと、フロントガラスの向こうに視線を向けた。つられるように、志乃も同じ方向に視線を向ける。

濃いメタリックブルーのハイエースが停まっているのは、西武新宿線の西武新宿駅近く。前方には、駅前にあるレンガ敷きの広場が見えた。

人混みの中に立つ、一人の青年の姿が志乃の目を引いた。

黒いニット帽を目深《まぶか》に被《かぶ》り、スケートボードを操り躍動している。

探偵事務所の一員、真田省吾《しょうご》。

あたしを、悪夢から救ってくれた人——。

あの日、あのとき、彼と出会わなければ、あたしの運命は、もっと別のものになっていた。

鋭い目に、真《ま》っ直《す》ぐのびた鼻筋。荒々しく、男っぽい印象で、年齢より上に見える彼だが、ふとした拍子に、少年のような幼い表情になることがある。

志乃は、表情が自然にゆるんでいたことを自覚し、慌《あわ》てて表情を引き締める。

〈今、新宿に着いたわ〉

無線機につないだワイヤレスインカムから、同僚の公香の声が聞こえてきた。

「どっちに向かってる?」

山縣が、よっこらしょと身体を起こす。

〈東口を出たとこ……大ガード方面ね〉

「了解。待機する」

志乃は、ノートパソコンを操作し、地図を呼び出すと、そこに表示された赤いマークに目を向ける。

東口から新宿通りを北上しているのが確認できた。

公香の携帯電話に仕込んだ発信器の信号を拾い、位置を特定しているのだ。

〈志乃ちゃんの読み通りね〉

おどけた調子で公香が言った。

昨日も、同じ女性ターゲットを尾行していた。だが、新宿東口のスクランブル交差点まできたところでトラブルがあった。

公香がキャッチセールスの男に捕まった。人一倍気の強い彼女は、しつこいキャッチセールスについむきになり、口論に発展してしまった。その間にターゲットを見失うという失態を犯し、依頼人の逆鱗《げきりん》に触れた。

志乃は、彼女を見失った地点や、行動パターンなどを総合的に分析し、尾行の他にもう一人、先回りするかたちで、この場所に待機することを進言した。

その予測が当たったということになる。

「偶然です」

志乃は、表情を崩すことなく答えた。

謙遜《けんそん》しているわけではなく、本心だった。いくらか予測はしたが、それでも最後は勘に頼るところが大きかった。

〈よく計算された偶然だこと〉

「公香さんのおかげです」

〈そうね。私が見失ったおかげね〉

公香の言葉には、悪意とまではいかないが、小さな刺《とげ》があった。

返す言葉が見つからず、薄い唇を固く結んだ。

〈いちいち突っかかるんじゃねぇよ〉

無線に割り込んできたのは、真田だった。

〈そうやって、あんたはいっつも志乃ちゃんを甘やかす〉

〈甘やかすって、子どもじゃねぇんだから〉

〈あら、男を知らないうちは、まだまだ子どもよ〉

「あの……」

口を挟もうとした志乃だったが、真田と公香はそれを無視して口論を続ける。

〈いい歳《とし》して、ジェラシーはみっともないぜ〉

〈ジェラシー？　私が？　誰に？〉

〈素直になれば、相手してやるぜ〉

〈は？　バカじゃないの？〉

「くだらんケンカしてると、またロストするぞ」

山縣の言葉に、真田と公香はようやく黙った。

「まったく」

山縣は、ぼやきながら両手を頭の後ろに回し、シートにもたれた。

こうやって、軽口を叩《たた》き合う彼らは、まるで家族のように見える。好き勝手言いながらも、深いところで切っても切れない何かでつながっている。

だけど、あたしは——。

志乃は、自分がまだ本当の意味で、彼らの仲間になれていないのだと実感していた。

思考が、マイナス方向に傾きかけたところで、志乃はふと誰かの視線を感じ窓の外に目を向けた。

行き交う人の流れが見えた。その流れに取り残されるように立っている一人の男の姿が目についた。

黒いコートを着て、ゴルフバッグのようなものを担《かつ》ぎ、広場の真ん中に何かの目印になるように立っている。

〈志乃〉

志乃の意識を引き戻すように、真田の声が聞こえた。

「はい」

慌てて返事をする。

〈俺が見えるか？〉

志乃は、言われるままに真田の姿を捜す。

広場と道路を隔てる金属のバーに座っている真田の姿を見付けることができた。

「ええ。見えるわ」

三

「とっておきを見せてやるよ」

真田は、寒さに手を擦り合わせながら、無線機につないだインカムに向かって言った。

〈とっておき？〉

志乃の声に答えることなく、金属のポールに立てかけておいたスケートボードを手に取り、大きく息を吸い込んだ。

冷えた空気が、肺の中を満たしていく。

それを吐き出す前に、左足をスケートボードのデッキに乗せ、右足でアスファルトを蹴《け》り、充分な助走をつける。

広くスタンスをとった状態で、右足もデッキに乗せた。

重心を落とし、スピードが乗ったところで、ボードのテールを蹴り、前輪を宙に浮かせたウィリーの状態にして高くジャンプする。

空中でバランスを取りながら、ボードをコントロールし、進行方向と垂直に向け、そのまま金属のバーの上に飛び乗った。

ぎぎぃ。

金属と、木が擦れる音とともに、ボードは、真田を乗せたままバーを横滑りしていく。

バーの途切れる直前で、再びボードを蹴り着地する。

「できた！」

真田は、両手を高く上げた。

バックサイド・ボードスライドという難易度の高い技だ。

今日、初めて成功した。

〈凄《すご》い！〉

ふだん、感情を表に出さない志乃が、興奮気味に叫ぶ声が聞こえてきた。

真田は、志乃と山縣の乗っているハイエースを指差しアピールする。

一瞬の気のゆるみから、進行方向に中年の男が立っているのに気付かなかった。

「おわっ！」

慌てて身体《からだ》をひねり、回避しようとするが間に合わなかった。

倒れはしなかったものの、男の肩を突き飛ばすような格好になってしまった。

「悪ぃ。大丈夫か？」

真田は、ボードをターンさせ、男のもとまで舞い戻る。

「ああ……」

男は、顔を背けるようにしながら言った。

やせ形で、鷲《わし》のくちばしのように尖《とが》った鼻をした男だった。ゴルフバッグを肩から担ぎ、前をぴったりと閉じた黒いロングコートを着ていた。

——同業者か？

真田の頭に、一瞬そんな考えが浮かんだが、すぐに振り払った。

ハードボイルド小説じゃあるまいし、今どきあんな目立った格好の探偵はいない。

「本当に平気か？」

「気にするな」

男は、それ以上話したくないという風に、西武新宿線の駅とつながるプリンスホテルの入り口に姿を消した。

〈まったく。目立ってどうするのよ〉

真田の注意を断ち切るように、インカムからヒステリックな声が聞こえた。

視線を向けると、新宿通りと靖国《やすくに》通りの交差点で信号待ちをしている公香の姿が見えた。

このクソ寒いのに、デニムの超ミニスカートに、花柄のドルマンという、いかにもギャル風の出《い》で立《た》ちをして、茶色い巻き髪のカツラをかぶっている。

「狙《ねら》いだよ」

〈女子高生でもナンパする気？　歳を考えてよ〉

「そっちこそ、年齢考えて変装した方がいいんじゃねぇの？」

〈私だって、まだいけるのよ〉

公香が、怒った口調で返してきた。

「強がるなよ」

冷やかしはしたものの、スタイルのいい公香は、どんなジャンルの服装でも、それなりに着こなしてしまう。

切れ長の目と、厚みのある唇は、彼女の肉感的な魅力を引き立たせている。余計なことさえ言わなければ、いい女なのに――。

歩行者用の信号が青に変わり、人の群れが一斉に動きだす。

〈どうでもいいけど、見失わないでよ〉

「俺は、公香みたいなドジは踏まねぇよ」

真田は軽口で返しながら、改めて視線を走らせる。

公香の前方を歩くターゲットの女の姿が見えた。年齢は三十代の後半。黒く、長い髪に、今から授業参観にでも行きそうな、地味なスーツを着ている。化粧も薄く、装飾品も結婚指輪くらいだ。

彼女の夫から、浮気調査の依頼が来たのは、一週間前のことだった。

一見すると、地味で、不倫などするように見えないのだが、人は見かけによらないという実例を、真田は今まで腐るほど見ている。

むしろ、地味で遊んだ経験が少ない方が、のめり込んだとき抜けられなくなる。

〈気をつけてください〉

少し怯《おび》えた感じの志乃の声が聞こえた。

「任せとけ」

真田は、答えながら志乃の顔を思い浮かべた。

黒くて長い髪に、まるで人形のように白い肌で、整った顔立ちをしている。

見るからにお嬢様という感じだ。少し垂れ目がちなところは、頼りない印象を与えるが、意外に頑固なところがあったりする。

まあ、そのギャップが彼女の魅力でもある。

「さて、行きますか」

真田は、ボードのテールを蹴り、縦回転させながら脇《わき》でキャッチすると、公香と入れ替わるかたちで女の尾行を開始した。

四

柴崎功治《しばざきこうじ》は、閑散とした路地に立っていた。

新宿歌舞伎町《かぶきちょう》を抜けた先。コリアンタウンに近いこの辺りは、昼間はほとんど人の往来はない。不夜城として知られるこの街の住人にとって、今の時間が夜だ。

「いよいよか……」

柴崎は、昂《たか》ぶる気持ちを落ちつけるように、大きく息を吸い込んでから、目の前に立つ七階建てのマンションを見上げた。

バブル全盛期に建てられたものだろう。この時期に造られた建物は、豪華な外観をしてはいるが、オーナーがバブル崩壊とともに破産し、安値で人手にわたり、補修や改築をしないまま使われ続けているケースが多い。

このマンションも例外ではなく、壁は煤《すす》け、ひび割れ、エントランスにはめ込まれたステンドグラスも、本来の色彩を失っていた。

〈配置につきました〉

イヤホンから聞こえてきた声で、柴崎は表情を引き締めた。

「了解」

柴崎は白い息を吐きながら答えると、自動扉をくぐり、マンションのエントランスに足を踏み入れた。

エントランスを入ってすぐのところに、二人の男が待っていた。

松尾と八島《やしま》。二人とも、柴崎と同じ新宿警察署の組織犯罪対策課に所属する刑事だ。五ヶ月前の事件をきっかけに、人員の総入れ替えがあり、配置されたばかりの面々だ。チームワークに一抹の不安が残るが、贅沢《ぜいたく》を言っていられる状況ではない。

柴崎が目で合図を出すと、松尾がエレベーターの脇にある鋼鉄製のドアを開けた。

蛍光灯の弱い光に照らされ、コンクリート壁の細い通路が見えた。その先には、地下へと通じる階段が延びている。

「奴《やつ》は一人か？」

「はい。昨日から、出入りしたのは、奴だけです」

柴崎の質問に、八島がすぐに答えた。

腕時計で時間を確認する。三時五分前――。

柴崎は、二人の刑事にそこで待機するように指示し、ドアをくぐると、その先にある階段を慎重に降りていく。

二十段ほどの階段を降りた先に、また鉄製のドアが現れた。

その脇には、インターホンが設置してある。

ちらっと視線を走らせると、天井に二台の監視カメラが設置されていた。

柴崎は、ふっと息を吐いてからインターホンを指で押した。ブーッと警報のような音がする。

しばらく待ってみたが、応答はなかった。

「市村さんの紹介できた、柴崎です」

ドアに向かって声をかける。

市村というのは、銃の不法所持でずっと前からマークしていた男だ。

逮捕することは簡単だが、柴崎の所属する組織犯罪対策課の仕事は、末端ではなく、大もとを引《ひ》き摺《ず》り出すことにある。

柴崎は、警察官という身分を隠し、市村に近づいた。彼の信用を得たところで、銃の売人である二階堂《にかいどう》という男を紹介してもらい、拳銃《けんじゅう》を注文することに成功した。

今日は、その現物を受け取ることになっている。

数年前であれば、こういったおとり捜査は禁止されていた。おとり捜査により、犯罪を誘発することになるおそれがあったからだ。

だが、近年は犯意を誘発するのではなく、捜査の端緒《たんしょ》を得ることを目的とする、という条件付きではあるが、一部でおとり捜査が可能となっている。組織犯罪を摘発するためには、必要不可欠な手法だ。

「約束のモノを受け取りに来ました」

もう一度声をかける。やはり、反応はなかった。だが、中にいることは分かっている。柴崎は、天井で微《かす》かな駆動音をさせている監視カメラを見上げながら、辛抱強く待った。

〈入れ〉

インターホンに付いたスピーカーから声がした。同時に、カチッと音がして鍵《かぎ》が開く。

うまくいったようだ。しかし、柴崎は緊張の糸を緩めることはなかった。

証拠である銃器を押収《おうしゅう》しなければ、逮捕することはできない。この場所に銃器があるという保証はどこにもない。相手を信頼させ、取引を成立させるまでは、決してこちらの身分を気取られてはならない。

「中に入る」

柴崎は、無線に呼びかけてからドアを開け、部屋に足を踏み入れた。

コンクリート打ち放しの壁で、四十平米ほどの広さの部屋だった。

一メートル四方の木箱が、ところ狭しと並べられていて、壁の一面には射撃用の的が並んでいる。

部屋の一番奥には大きなデスクがあり、そこに小太りで口髭《くちひげ》を生やしたブルドッグのような男が座っていた。

事前に写真で確認していたので、それが誰なのかは認識している。

二階堂武史《たけし》――。

大胆にも、新宿のど真ん中で銃器の密売をやっている男。

過去に、銃器の密輸で何度か逮捕歴がある。今までは、海外から密輸していた銃を、暴力団組織にまとめて卸していたが、最近になって個人相手の商売に鞍替《くらが》えした。

柴崎自身、最初は信じられなかった。

銃器の密売など、商売相手は暴力団か、海外のマフィアくらいだと思っていた。しかし、近年はそういった組織とは関係ない人間の摘発もあとをたたない。

「あんたが、二階堂さん？」

柴崎は、あえて確認するような口調で問う。

「そうだ。欲しいのはベレッタだったな」

「どうしても、本物が欲しくなってね」

柴崎は軽い口調を意識し、ガンマニアであることをアピールする。

「そうかい」

「大丈夫、人を撃ったりはしない」

思いの他、反応の薄い二階堂に、言い訳をするように言った。

「何を撃とうが、あんたの自由だ。俺は、頼まれた物を売るだけだ」

二階堂は、表情を変えずに言った。

まるで、文具でも売っているような気安さに、憤《いきどお》りの感情を抱いたが、それを表情に出さぬよう意識して「そりゃそうだ」と同意の返事をした。

二階堂は、しかめっ面《つら》で抽斗《ひきだし》を開けると、そこから黒い銃を取り出し、デスクの上に置いた。

「確認してもいいのか？」

「ああ」

柴崎は、デスクの上に置かれたベレッタのグリップを握る。

モデルガンのプラスチックとは違う、ずしりとした重みと、冷たい手触り。

イタリアのピエトロ・ベレッタ社が開発したM92だ。

九ミリの弾丸を十五発装塡《そうてん》できるセミオート拳銃で、命中率、操作性、耐久性ともにトップクラス。アメリカ軍が制式採用している拳銃だ。

税関に引っかかることなく、こんなものを持ち込めるとは——。

柴崎は、驚きを覚えながらも、ベレッタのグリップにスライド式で装塡されているマガジンを取り出す。

弾が入っていないことを確認し、マガジンをグリップに戻し、スライドを後退させ、撃鉄を引き起こす。

セーフティーレバーを解除し、グリップを両手で握り、トリガーに人差し指を当て、両足を開き、目標に正対するかたちで銃を構えた。

これはモデルガンではない。紛れもなく本物だ。

証拠を確保した。あとは無線で合図を送り、外にいる仲間を突入させればいい。

「いい銃だ」

柴崎は、表情を緩めながらベレッタをデスクの上に戻した。

それを待っていたかのようなタイミングで、二階堂が動いた。素早い動きでデスクの下からショットガンを取り出し、その銃口を柴崎の眼前に突きつける。

ベネリM4だ。

「あんた、サツだな」

唸《うな》るような声で二階堂が言った。

柴崎は、静止ボタンを押されたように動きを止めた。

二階堂が持つ銃が、ハンドガンタイプのものであれば、素早く突進して状況を回避することも考えられる。

動揺させ、こちらが動けばそうそう命中するものでもない。

だが、相手がショットガンとなると話は別だ。ショットガンは、引き金を引くのと同時に、直径七・六ミリの弾丸十数発が、放射状に拡散しながら飛んでくる。

近距離での殺傷能力と命中率は極めて高い。

仮に、何らかの方法で初弾を回避できたとしても、ベネリM4が相手では分が悪い。

通常のショットガンは次弾を装填するのに、ポンプアクションを起こさなければならないので、そこにスキが生まれる。しかし、ベネリM4は、セミオートのショットガンだ。引き金を引くだけで次々と弾が出てくる。

素手である以上、まともにやり合っては勝ち目はない。

「バカなことを言わないでくれ」

柴崎は、相手を刺激しないように注意しながらも、冗談めかした口調で言った。

「俺は、鼻が利《き》くんだ。あんたはサツだ」

二階堂が、鼻をひくひくと動かしながら、引き金に指をかけた。

「証拠はあるのか？」

「銃の扱いに慣れ過ぎてる」

柴崎は、すっと血の気が引いた気がした。

確かにガンマニアを気取るなら、初めて見る銃にもっと興奮し、緊張している演技を見せるべきだった。

本物であることを確認することに集中し過ぎていた。だが、まだ言い逃れはできる。

「これと同じタイプのモデルガンを持ってるからな……」

「嘘《うそ》をつくな」

二階堂が、かぶせるように言った。

「嘘じゃない」

「なら、あの構えはなんだ？」

「構え？」

「そうだ。ターゲットに正対して銃を構えるのは、日本の警察官だけだ」

しまった——。

二階堂の言う通り、日本の警察の銃の構え方は独特である。あくまで威嚇《いかく》を目的としているため、ターゲットに正対して銃を構えることを教えられる。その癖が出てしまった。

「構え方くらい……」

「うるさい！」

「なんだったら、調べてもらっても構わない」

柴崎は、両手を挙げてみせた。

スーツのポケットに、警察手帳が入っている。実際調べられたらアウトだ。だが、柴崎には別の目的があった。

「動くなよ」

二階堂は、そう言うと銃口を向けたままデスクを回り込むようにして、近づいてくる。

柴崎は、息を呑《の》み、両手を挙げたままじっとしていた。

――落ちつけ。

自分に言い聞かせる。

ボディーチェックをするため、二階堂は銃身を支えていた左手で、柴崎の身体《からだ》を探り始める。安定感を無くした銃口が、少しだけ床に向いた。

柴崎は、そのスキを逃さなかった。

素早く二階堂に向かって踏み込み、左手で銃身を摑《つか》んで外側に押しのける。

とっさに二階堂が引き金を引いた。

銃声が轟《とどろ》く。

硝煙とともに十数発の散弾が飛び出し、コンクリートの壁に蜂《はち》の巣状の穴を空けた。

柴崎は、右足を踏み込みながら、肘《ひじ》を二階堂の鼻っ面に叩《たた》きつける。

二階堂が、顔を仰《の》け反《ぞ》らせた。

すかさず柴崎は、二階堂の足を払い上げながら、ベネリM４を奪い取る。

「動くな」

仰向《あおむ》けに倒れ、鼻を押さえて呻《うめ》いている二階堂の眼前に銃口を突きつけた。

「自慢の鼻が台無しだな」

柴崎の言葉に、二階堂が「クソッ」と毒づいた。

五

真田はスケートボードを乗り捨て、ブルゾンのポケットに手を突っ込み、うつむき加減に歩いていた。

一定の距離は置いているが、視界の隅にはしっかりとターゲットの女性の後ろ姿を捕らえている。

彼女は、広場の先にあるホテルに進むと、一階を素通りし、そのまま地下へと通じる階段を降りていく。

——待ち合わせはホテルじゃねぇのか？

〈このホテルは、地下にフロントとラウンジがあります〉

真田の疑問に答えるように、無線を使って志乃がナビゲートしてきた。

さすがに対応が早い。

「珍しいな」

〈駅と直結しているからだと思います〉

真田は、志乃の素早いフォローに感服しながら「なるほどね」と短く返し、尾行を継続する。

階段を降りきったところで、素早く柱の陰に身体を隠し、ラウンジの様子をうかがう。

——いた。

一番奥まった席に一人で座り、落ち着きなく辺りを気にしている。

本人は、目立たないように振る舞っているつもりなのかもしれないが、その行動が余計に存在を浮き立たせている。

「まだ、待ち合わせの相手は来ていないようだ」

〈近くで監視できますか？〉

インカムから、志乃の声が聞こえてきた。

「任せとけ」

真田は、視界の隅にターゲットの姿を捕らえながら、ラウンジの奥に移動し、ターゲットに背中を向けるかたちで座った。

「ターゲットの斜め前の席だ」

〈撮影の準備は大丈夫ですか？〉

「もちろんだ」

真田は、ポケットから煙草《たばこ》ケースを取り出し、テーブルの上に置いた。

煙草を吸うわけではない。中に入っているのは、無線式のカメラだ。煙草のケースには、直径一ミリほどの穴が空いていて、そこに仕込まれたピンホールレンズで映像を捉《とら》え、リアルタイムに送信される仕組みになっている。

「角度はこんなもんか」

真田は、背後の女性ターゲットが映るように煙草ケースの角度を調整し、インカムに向かって呼びかける。

〈待って。今、確認するわ〉

志乃が、パソコンのキーボードを操作する音が聞こえる。

本当に大したものだ。真田は改めて思う。志乃を探偵業に引っ張り込んだのは、何を隠そう真田自身だった。

最初から不安がなかったといえば嘘になる。

だが、志乃は華奢《きゃしゃ》でお嬢様のような見てくれに反して、負けず嫌いで頑固な一面を持っている。

気がつけば、うちの探偵事務所に必要不可欠な情報担当になっている。

志乃は、自分の足が不自由なために、足を引っ張っているると思っているようだが、実際は違う。人には、得手不得手がある。尾行するばかりが探偵の仕事じゃない。

〈はっきり映ってるわ〉

「了解」

真田が答えるのと同時に、目の前の席に公香が座った。

髪をアップにして、ジーンズにストライプのシャツを合わせ、さっきとは別人のようになっている。

舞台役者も真っ青の早着替えだ。

「どう?」

公香が、頬杖《ほおづえ》を突きながら言った。

「今のところ一人だ」

「もうすぐ来るわよ」

公香が、入り口に目配せした。

その予告通り、ラウンジの入り口に、三十代前半の男が現れた。ポロシャツにジャケットを合わせたビジネスカジュアルな格好で、日に焼け、いかにもスポーツマンですといった感じの、体格のいい男だった。

彼は、入り口のところで客席を見回したあと、急に表情を緩めると、ターゲットの女性のもとに駆け寄っていった。

――ビンゴ。

「どうして、来るって分かったんだ？」

「階段で、後ろを歩いてたのよ」

公香が得意そうに、厚みのある口許《くちもと》をゆるめて笑った。

「あの男、どこかで見たことがある気がするな……」

「分からない？　彼女が通っているテニススクールの……」

「コーチとの危険な恋」

「そういうこと」

公香が、楽しそうに目を細めて人差し指を立てた。

まるで、Vシネマのタイトルみたいだ。しかし――。

「女は分からねぇな」

「あら、実感こもってるじゃない。恋でもしたの？」

「この仕事してたら、出会いなんてねぇよ」

「意外に身近にいるかもよ」

公香が、意味深に笑う。

言わんとしていることは分かるが、バカバカしくて反論する気にもならない。

〈大変！〉

会話を断ち切るように、無線機から慌《あわ》てた様子の志乃の声が飛び込んできた。

「どうした？」

〈依頼人〉

「え？」

〈だから、依頼人がそっちに向かってるわ。今、車の前を通ったの〉

志乃が言い終わるかどうかのタイミングで、公香が表情を引き締めて席から立ち上がった。

真田も、腰を浮かせながら視線を走らせる。

しばらくして、依頼人の男が階段を下りてきた。

「いた」

キョロキョロと辺りを見回している。

一気に緊張が走る。

過去にも、こういうケースは何度かあった。

依頼人が結果を待てずに、独自に夫や妻を尾行してしまう。この手のタイプは、逆上すると相場は決まっている。

面倒なことになった。だが——。

「どうしてあいつが？」

〈分からない〉

経験の浅い志乃は、動揺して半泣きの状態だった。

「公香」

「任せて」

公香は、心得た様子で足早にラウンジの入り口に向かい、依頼人に声をかける。

少し驚いた様子を見せた依頼人だったが、公香に腕を引っ張られるかたちで柱の陰に移動した。

真田は、ちらっと背後に視線を向ける。二人は、表情をゆるめ、なにかを囁《ささや》き合っている。

よし。気付かれていないようだ。

「公香が依頼人を押さえた」

〈良かった〉

インカムから、志乃の安堵《あんど》のため息が聞こえた。

——まったく。ひやひやさせやがって。

真田は椅子《いす》に座り直し、肩の力を抜き、ふうっと息を吐いた。

気のゆるんだスキを狙《ねら》ったかのようなタイミングで、「きゃっ!」という悲鳴がラウンジに響いた。

咄嗟《とっさ》に入り口に視線を向ける。

公香が、ベージュの絨毯《じゅうたん》の上に倒れていた。

その横に立つ依頼人は、全力疾走してきたみたいに、肩で大きく息をしている。そして、その手には、ナイフが握られていた。

やっぱり逆上しやがった。

真田が立ち上がるのと、依頼人がナイフを持ったままターゲットに突進するのは同時だった。

ナイフに正面から向き合っては、こっちがヤバイ。

真田は、考えるより早く絨毯を蹴《け》って大きくジャンプする。テーブルの上に着地すると、そのまま猫のような身軽さで、テーブルを足場に駆け抜ける。

ターゲットの座っているテーブルに飛び移った真田は、狙いを定めて突進してくる依頼人に飛び膝蹴《ひざげ》りをお見舞いした。

ゴツッ。

右の膝に、確かな手応《てごた》えがあった。

真田は、バランスを崩したが、肩から一回転しながら受身をとり、すぐさま膝立ちの姿勢になる。

カウンターの膝蹴りを受けた依頼人は、ナイフを取り落とし、白目を剝《む》いたまま仰向けに倒れていた。

また動き出されたら厄介だ。

真田は、重心を低くして駆け寄りナイフを取り上げると、依頼人の上に馬乗りになった。

「あなた……」

両手で顔を覆《おお》うようにして発したターゲットの声は、震えていた。

遅れて、警備員二人がラウンジに駆け込んできた。

これで、一安心——。

〈真田。大丈夫か？〉

山縣は、こんな状況でも平然としていた。

「ああ。依頼人が血を流してぶっ倒れてるけどな」

〈なんだって？〉

「膝蹴りをお見舞いしてやったんだ。カメラに映ってると思うぜ」

〈バカ。やり過ぎだよ〉

山縣が、呆《あき》れたようにため息を吐《つ》いた。

「何事ですか？」

現場に到着した警備員が、声をかけてきた。

「この人が、いきなりナイフを持って襲ってきたんです」

真田が口を開くより早く、ターゲットの女性が言った。しかも、彼女が暴漢として指差したのは、真田だった。

「ちょっと待て。俺じゃねぇよ」

「君。ナイフを置きなさい」

反論する真田を遮るように、警備員が詰め寄ってくる。

「ちょっと待て！　お前、どういうつもりだ！」

真田は、ターゲットを睨《にら》みつけ、大声を上げたが、彼女は唇をきつく噛《か》み、視線をそらすだけだった。

「いいから、ナイフを置きなさい」

「だから、俺じゃねぇって」

「いいから置け！」

警備員が、腰のホルスターから警棒を抜いた。

なんなんだよ。まったく。

真田は、ナイフを床に置き、両手を頭の後ろに回し、無抵抗であるという意思表示をする。

次の瞬間、倒れていた依頼人が起き上がった。

記憶が飛んでいるのか、一瞬きょとんとした表情だったが、すぐに思い出したようで、わなわなと口を震わせながら駆けだした。

「おい！　ちょっと待て！」

真田の制止を無視して、依頼人は走り抜けていく。

冗談じゃねぇぞ。

真田は、すぐに追いかけようとしたが、二人の警備員に押さえ込まれる。

「離せよ！　逃げちまうだろ！」

「騒ぐな」

「だから、違うって言ってんだろ！」

真田は、強引に二人の警備員を振り切り、男のあとを追って走り出した。

すぐ目の前に男の背中がある。服を摑《つか》んで引きずり倒そうと手を伸ばしたところで、警備員に後ろからタックルされ、うつ伏せに倒れた。

しこたま鼻を打ち、血が流れ出す。

背中に警備員が覆い被《かぶ》さっていて、身動きが取れない。そんな真田をあざけるように、依頼人の男が階段を駆け上がっていった。

――クソッ。

「離せって言ってんだろ！」

「今、警察を呼んだ」

警備員が、真田の頭を絨毯に押しつけるようにしながら言った。

面倒なことになっちまった。

「誰か、事情を説明に来てくれよ」

真田は、インカムに向かって呼びかける。

〈少し、頭を冷やして来い〉

山縣から、鬼のような言葉が返ってきた。

見ると、公香が楽しそうに手を振りながら、ラウンジを出て行くところだった。

まったく、薄情な奴《やつ》らだ——。

六

「本当にあのままでいいんですか？」

志乃は、ハイエースの後部スペースから、身を乗り出すようにして山縣と公香に訴えた。

真田は、妻の浮気に逆上し、ナイフを振りかざした依頼人を止めただけだ。

ターゲットである女性が、とっさに夫である依頼人をかばって真田を暴漢扱いしたが、しっかりと説明をすれば疑いは晴れるはず。

だが、山縣と公香は、警備員に取り押さえられている真田を置き去りにして、車を出してしまった。

「あいつは、少し頭を冷やした方がいい」

ハンドルをさばきながら言う山縣の口調は、まるで他人事《ひとごと》だった。テレビのニュースを見て、感想を言っている程度の重さしかない。

「でも……」

「そうよ。依頼人に飛び膝蹴りをするようなバカは、一晩臭い飯を食べた方がいいのよ」

志乃の言葉を助手席の公香が遮った。

振り向いた彼女の目が、水を得た魚のように活《い》き活《い》きしている。真田が捕まったことが、楽しいとでも言いたげだ。

「真田君が止めなきゃ、大変なことになってました」

「止め方に問題があるのよ」

「あの場合は、仕方ないです」

「だから、志乃ちゃんは真田に甘いのよ」

「甘いですか？」

「そうよ。これで、一つ依頼が無くなっちゃったわ。うちの経営状態が厳しいのは、志乃ちゃんだって知ってるでしょ」

「それと、これとは話が違います」

「食事代うくし、ちょうどいいんじゃない」

言っていることがむちゃくちゃだ。

「食事代って……」

「だいたい、真田はゴキブリ並の生命力だから心配するだけ損」

公香は、会話の終わりを宣言するように、前を向いてしまった。

真田が、肉体的にもメンタル的にもしぶといのは、志乃も認めるところだ。だが、だからといって見捨てていいことにはならない。

「心配しなくても大丈夫だ。あとで、ちゃんと迎えに行く」

志乃の心情を察してか、山縣がフォローを入れる。

「はい」

「その前に、新しい依頼が入ってるから、そっちを片付ける」

山縣がポツリと言った。

「どんな依頼？」

公香が、興味津々《しんしん》といった感じで話に食いついてくる。

「依頼内容は、まだ分からない。今から会って説明を受けることになってる」

「内容知らないで引き受けるなんて、珍しいわね」

公香が、アップにしていた髪を解きながら、探るような視線を山縣に向ける。

それは、志乃も気になった。

山縣は、超がつくほど慎重な男だ。怪しげな依頼は引き受けないし、依頼人に会う前に、最低限の情報を入手しておくというのが常になっている。

その山縣が、依頼内容を知らずに先方と会うというのは、よほどの訳がありそうだ。

「昔の上司でな」

山縣は、バツが悪そうに白髪まじりの髪を撫《な》でつけた。

「警察関係？」

「まあ、そんなとこだ」

「断るに断れないってわけね」

公香が、納得したように頷《うなず》いた。

「まあ、内容によっては断ることもあるさ。ただ、恩があるから、話を聞く前に断るってわけにはいかなくてな」

山縣が、憂鬱《ゆううつ》そうにため息を吐いた。

「どっかの誰かさんのせいで、一つ依頼が飛んじゃったんだから、ちょうどいいんじゃない？」

「そう単純な話でもない」

「何か、引っかかることがあるんですか？」

歯切れの悪い山縣の言葉が気になり、志乃はつい口を挟んだ。

「そういうわけじゃない」

「面倒なことになりそうなんですか？」

「今、あれこれ考えても仕方ない。すぐに分かるさ」

言葉とは裏腹に、ルームミラー越しに見える山縣の表情は、曇ったままだった。

世田谷通りから、成城の住宅街に入ったハイエースは、高台にある一軒の邸宅の前で停車した。

高い塀に囲まれた、三階建ての屋敷。

長手のレンガ作りで、傾斜の急な三角の屋根をしている。イギリスのお城を思わせるチューダー式の西洋館。

もともとは、志乃の父親である中西克明《かつあき》の持ち家だったが彼の亡《な》きあと、志乃がそれを相続した。

一人で生活するのには、あまりに広い家。

〈ファミリー調査サービス〉で働くことが決まったとき、公香の提案で、この邸宅を利用することになった。

今は、事務所としてだけではなく、志乃を含めた公香、山縣、真田の四人が共同生活をしている。

公香が、ダッシュボードの上にあったリモコンを操作すると、鉄扉《てっぴ》の門がゆっくりと開く。

門を潜《くぐ》ったハイエースは、スロープを進み、邸宅の横にあるガレージに到着する。

山縣は、運転席を降りると、大きく伸びをしながらスタスタ歩いていく。

「ちょっと待っててね」

公香はそう言うと、助手席を降りてハイエースの後部に廻り、ハッチを開け、プラスチック製の渡し板を出し、志乃が車を降りるための道を作ってくれた。

「ありがとうございます」

渡し板を利用して車を降りた志乃は、公香に頭を下げる。だが、彼女は迷惑そうに表情を歪《ゆが》めた。

「そういうの、いちいち言わなくていいわよ」

「でも……」

「堅苦しいの嫌いなのよ」

公香は、ハエでも追い払うように手を振ると、スタスタと歩いていってしまう。志乃は、車椅子《くるまいす》のハンドリムを動かし、公香の背中を追いかける。

車を降りる度に、毎回同じやりとりが繰り返されている。自分のルールを曲げない。

お互いに、意地っ張りなのかもしれない。

ガレージの奥にあるドアを抜け、十畳ほどの広さの部屋に入った。

赤を基調にした絨毯《じゅうたん》に、ソファーセットが置かれ、天井にはシャンデリアがぶら下がっている。

玄関からも近く、使い勝手がいいことから、応接室兼会議室として利用している。

「足の方はどうなの？」

公香がソファーに深く座り、すらりと伸びた足を組んだ。

「やっと、筋力が戻り始めたんですけど、まだ歩行訓練には移れないそうです」

志乃は、母を失った交通事故で、自らも両足を複雑骨折するケガを負った。その傷は数ヶ月で癒《い》えたが、心に刻まれた傷は深く、歩く意志を奪ってしまった。

何をするにも周囲に甘え、リハビリを受けることもしなかった。そのせいで、筋肉は衰え、関節が固まってしまっていた。

今は、長年の車椅子生活で、固まってしまった関節を超音波治療とマッサージでほぐし、錘《おもり》をつけた器具で、筋力回復のためのトレーニングを行っている状態だ。

歩くどころか、立つことすらままならない。医者にも、再び歩けるようになるか、保証はできないと言われている。

「そっか。けっこう時間かかりそうね」

「すみません」

志乃は、申し訳ない思いを噛《か》み締め、頭を垂れた。

「だから、そういうのやめてくんない」

「え？」

「いちいち謝られても困るのよ」

「でも……」

迷惑をかけているのだから仕方ない。

「私は、そういうつもりで訊《き》いてるんじゃないの。ただ、髪切ったの？　とか、この前の合コンどうだった？　くらいの感覚なの。分かる？」

言っている意味は理解できるが、志乃は素直に頷けなかった。

いくら言葉では気にしないと言っても、足手まといになっているという事実は変わらない。

現に、志乃が〈ファミリー調査サービス〉の一員になることを、最後まで反対していたのは公香だった。

あたしは、望まれていない——。

七

「だから、違うって言ってるだろ」

真田は、苛立《いらだ》ちを抱えながらデスクにうつ伏せた。

同じ台詞《せりふ》を言うのは、これで七回目だ。さすがにうんざりする。

妻の浮気の現場を目撃した夫が、逆上してナイフを振りかざしたことには、共感はできないが理解はできる。

頭に来た。許せなかった。そういう単純な感情の爆発みたいなものだ。

今までも、そういう修羅場に出くわしたことは何度もある。

だが、問題は妻の行動だ。

——この人が、いきなりナイフを……。

そう言って指差した相手は、逆上した夫ではなく、それを止めに入った真田だった。

おかげで、取り調べを受けるはめになっちまった。

なぜ、彼女は自分を刺そうとした夫をかばったのか？　その心理については共感も理解もできない。

いいとばっちりだ。

それに、山縣と公香は、状況説明すらせずに現場から消えちまった。

あのまま依頼人が警察に引っ張られるようなことになれば、取りっぱぐれになっちまうからなのだろうが、それにしたってやり過ぎだ。

警察も警察だ。警備員の話を鵜呑《うの》みにして、裏も取らずに、いきなり暴漢だと決めつけ引っ張ってくるなんて、強引にもほどがある。

明らかな誤認逮捕だ。

頬杖《ほおづえ》をつきながら視線を上げると、目の前に座る北村という刑事が、憮然《ぶぜん》とした表情で睨《にら》みつけていた。

いかにも現場肌の頑固そうな男。外見で人を判断するタイプだ。

「何が違うんだ？　ええ？」

北村は、こめかみに血管を浮き上がらせ、茹《ゆ》で蛸《だこ》みたいに顔を真っ赤にしながら、また同じ質問を繰り返す。

それ以上興奮したら、本当に血管が切れちまいそうだ。

「だから、俺は、たまたま通りかかっただけなんだよ」

「嘘《うそ》をつくな！」

「嘘じゃねぇって」

「よく見ろ！　これは、お前のナイフなんだろ！」

北村は、ビニール袋に入ったナイフを、真田の眼前に突きつける。

刃渡り十センチほどの果物ナイフ。おおかた、家にあったのをそのまま懐《ふところ》に忍ばせておいたんだろう。

「知らねぇよ」

「どこで買った？」

「知るわけねぇだろ」

「そんな言い訳が、いつまでも通用すると思うなよ」

北村が、さらに顔を近づけてきた。美人ならキスしてる距離だ。

「指紋は採ったのかよ」

「ああ。お前の指紋と一致した」

北村が、黄ばんだ歯を見せながらニヤリと笑った。

ああ、そういえば男の上に馬乗りになったとき、ナイフを握っちまった——。

「いいか、小僧。俺は、お前が吐くまで諦《あきら》めない。覚悟しろよ」

北村は、興奮気味に鼻の穴を膨らませた。

この調子じゃ、山縣たちが事情を説明に来てくれるまで、ここから出られそうにない。

どうせ出られないなら、少しくらい遊んでやろうじゃねぇの。

「頼まれたんだよ」

真田は態度を一変させ、懇願するような眼差《まなざ》しを向けた。

「誰に？」

北村が、怪訝《けげん》な表情を浮かべながらも、質問を続ける。

「ＩＭＦだ」

「アイ・エム・エフ？」

北村が、下あごを突き出すようにして、睨みつけてきた。

「知らないのか？　インポッシブル・ミッション・フォースの略だ」

「笑わせてくれるじゃねぇか。じゃあ、お前はトム・クルーズか」

おっ、こいつは見かけによらず、ジョークが分かってる。

だが、ちょっと違う。残念だが、俺はトムのファンじゃない。あくまで俺が好きなのは、テレビドラマ版の「スパイ大作戦」だ。

「違う。俺は、マーティン・ランドーだ」

言い終わるのと同時に、北村の平手打ちが、真田の左頬をとらえた。

突然のことに、真田は椅子ごと床の上に崩れ落ちた。

ぐわん、ぐわんと耳鳴りがする。口の中に鉄の味が広がっていく。少し切ったのかもしれない。

こんな調子じゃ、明日までには血だるまになっちまう。

そういえば、前もこんなシーンがあった。思うのと同時に、真田はふとある人物の顔を思い浮かべた。

「柴崎警部を呼んでくれ」

真田は、頬をさすりながら椅子に座り直した。

「なんだと？」

「だからさ、柴崎警部だよ。組織犯罪対策課にいるだろ。あの人になら、全部喋《しゃべ》るからさ」

「いいか小僧。ここは、キャバクラじゃねぇんだ。取調官のチェンジはきかねぇんだよ！」

北村が、テーブルを叩《たた》きながら怒声を上げた。

——ごもっとも。

八

「依頼人は、警察関係の人なんですよね？」

志乃は、確認する意味でソファーに座る公香に訊いてみた。

「そうらしいわね」

公香は、興味ないという感じだ。今から打ち合わせという緊張感は、彼女にはない。

「警察の人が、探偵に依頼するなんて、変じゃないですか？」

「変？」

「気になりません？」

「気になるけど、あれこれ推測して神経をすり減らすのって疲れるじゃない」

そう言われてしまうと、返す言葉がない。

「それに、もう来たみたい」

公香が窓の外に目を向けながら付け加えた。

志乃も、窓の外に目を向けたあと、口を閉じてソファーの斜め後ろに車椅子で移動した。

山縣に案内されるかたちで、依頼人が部屋に入ってきた。

六十代と思われる男性と、三十代前半の女性。それと小学校高学年くらいの少女の三人だった。

「うちの従業員の池田と中西です」

山縣が、手で指し示しながら、簡単な紹介をする。

「池田公香です」

「中西志乃です」

それぞれが挨拶《あいさつ》をする。

「初めまして。郷野《ごうの》といいます」

それに答えるかたちで男が微笑《ほほえ》みながら、薄くなった頭を下げた。目が細く、ぷっくりとした顔をしていた。

人の良さそうなその笑顔とは裏腹に、動きが機敏だ。

おそらく、郷野というのが、山縣の知り合いである警察関係の人間だろう。

志乃は、続いて女性に目を向けた。

「彼女は、私の知人で松島さん」

「松島楓《かえで》と申します」

郷野の言葉を受け、女性が掠《かす》れた声で言いながら頭を下げた。

血色が悪く、頬がこけ、どこか疲れた感じのする女性だった。顔の凹凸が少なく、能面のように表情もほとんど動かなかった。

そして、もう一人の少女。

白のトレーナーに赤いリュックを背負っている。首の力が抜けてしまったかのように、ずっと顔を下に向けている。

「あなたのお名前は？」

志乃は、少女の顔を覗《のぞ》き込むようにして声をかける。

だが、彼女は怯《おび》えたように後退《あとずさ》りした。

「彼女は、鳥居《とりい》奈々《なな》といいます」

少女に代わって楓が紹介する。

奈々も苗字《みょうじ》が違う。それに「彼女」という言い方をした。楓は母親と思っていたが、どうやら違うらしい。

三人の関係が見えて来ない。

「こんにちは。奈々ちゃん」

志乃が声をかけても、奈々はうつむいたまま固まってしまったように動かなかった。

「すみません。彼女、母親を亡《な》くしてまして、それ以来ずっとこういう状態なんです……」

楓が、とりつくろうように言った。

「心的外傷後ストレス障害……」

「はい。奈々ちゃんは、感情を表に出さないんです。失語の症状もあって、人とコミュニケーションをとることもできないんです」

楓の説明を聞きながら、志乃は心臓をぎゅっと摑《つか》まれたような気がして、膝《ひざ》の上に置いた両手を強く握りしめた。

自分の足がそうであるように、衝撃的な体験をしたことによるトラウマは、心だけでなく身体《からだ》に大きな変調をきたす。

特に、耐性のない子どもには顕著だ。

「まあ、座ってください」

山縣が促し、郷野、楓、奈々の三人がソファーに座った。

こうして三人で並んでいると、祖父と母と娘という感じに見える。

「郷野さんは、まだ本庁に？」

山縣は、少し目を細め、過去の出来事を回想するように切り出した。

「もう、とっくに引退した」

「郷野さんほどの人材、もったいないです」

「お世辞を言うようなタイプじゃ無かったはずだがな」

郷野が、楽しそうに目を細めて笑いながら言った。

「外ではお世辞も必要になります」

山縣は、照れ臭そうに眉《まゆ》の上をかいた。

「人は変わるな」

「そうですか？」

「ああ。変わる。私もすっかり老いぼれて、今では隠居生活だ」

「そうは見えませんよ」

「歳《とし》には勝てんよ」

郷野は、自嘲《じちょう》したように笑った。

「二人は、警察時代の知り合いなの？」

公香が、口を挟んだ。

「山縣君が警察に入ったとき、私が上司だったんだ」

目を逸《そ》らした山縣に代わって、郷野が答えた。

「へえ」

「あの頃の山縣君は、かわいかったよ。生真面目《きまじめ》で、疑うことを知らない純朴な青年だった」

補足する郷野の目は、まるで自分の子どもを見ているように穏やかだった。

「想像できないわ」

「そうか。私には、あの頃と同じに見える」

「郷野さん。依頼したいことがあるという話でしたが……」

山縣が、雑談の終わりを告げるように咳払《せきばら》いをしてから、話を戻した。

郷野と楓は、お互いの顔を見合わせたあと、微《かす》かに頷《うなず》き合った。

「実は、人捜しをお願いしたいんだ」

両手を擦り合わせるようにして、郷野が言った。

「人捜しですか……」

「ああ。捜して欲しいのは、奈々ちゃんの父親だ」

郷野が、視線を奈々に向けながら言った。

「父親？」

山縣が、戸惑ったように言いながら耳たぶを摘《つま》んだ。

会話を録音しろという合図――。

「いけない。お茶を出してなかったわね」

サインを受けた公香が、小さく頷いたあとに、部屋を出て行った。

キッチンにあるスイッチを入れれば、応接室に仕込まれたマイクにより、会話を全《すべ》て録音できるようにしてある。

「事情を説明していただけますか」

一呼吸置いてから山縣が言った。

「楓さんは、奈々ちゃんの父親である鳥居という男性と交際をしていた。近々、結婚の予定もあった」

郷野が、あらかじめ準備しておいた原稿を読み上げるような、淡々とした口調で続ける。

「一週間前に、楓さんに自分の娘を預け、後を頼むと言い残し、連絡が取れなくなってしまった」

恋人であった人が、子どもを預けての突然の失踪《しっそう》。彼女は、それをどう受け止めたのだろう。

志乃は、楓の表情をうかがおうとしたが、彼女はそれから逃げるように俯《うつむ》いていた。

「なるほど……」

　山縣が納得したように頷いた。

「それで、私が楓さんから、相談を受けたんだ」

「警察では捜せないんですか？」

　志乃は、余計だと思いながらも口を挟んだ。

「そうしたいところだが、状況が良くない」

　郷野が苦虫を嚙《か》み潰《つぶ》したみたいに表情を歪《ゆが》める。

「どういうことですか？」

「自ら宣言して行方をくらました人間であれば、警察は捜索をしない」

　山縣が、郷野に代わって説明をした。

「なぜです？」

「慢性的な人員不足だからだ。残念だが、事件性が無い限り、行方不明者はリストに追加されるだけというのが、今の警察の現状なんだ」

「そうなんですか……」

「とにかく、なんとかして連絡だけでも取りたい。娘さんもいるしな……」

　郷野が呟《つぶや》くように言いながら奈々に視線を向け、ため息をつきながら肩を落とした。

わが子を、他人に預けて姿を消すなんて、志乃には到底理解できない行為だった。ましてて、彼女はトラウマにより心を閉ざしてしまっている。

「イチゴの……国に……サンタは……いない……」

彼女は、指を折りながら呪文《じゅもん》のように同じ言葉を繰り返している。まるで、現実から遠ざかろうとしているかのようだ。

「娘さんは、今はどこで生活しているんですか？」

山縣が、ちらっと奈々に視線を向けた。

「彼女の家で生活している」

郷野の言葉に、楓が微かに頷いてみせた。

「大丈夫なんですか？」

「彼女は、元介護福祉士なんだよ」

「なるほど」

ひとまずは、安心ということなのだろうが、このままの状況を放置するわけにはいかない。

「心当たりはないんですか？」

山縣は、楓に向かって問いかける。

「はっきりとは……ただ……」

「ただ、なんです？」

「何か、思い詰めているようでした」

少しだけ顔を上げた楓の目には、うっすらと涙の膜が張っていた。

「悩み事ですか？」

「あの人は、誰かに相談するタイプではありません。ですから、はっきりしたことは分からないんですが……」

楓の言葉は、そこで消えてしまった。

彼女は、鳥居がいなくなるまで何もできなかった自分を責めているのかもしれない。

「そうなると、捜すのはけっこう厄介ですね。仮に見付けられたとしても……」

山縣は、そこで言葉を切った。だが、その先は言わなくても想像がつく。

悩みを抱えて姿を消す者の中には、人生に行き詰まり、自らの死を望んでいる者も少なくない。

「分かっている。だが、このままの状況を放置するわけにはいかんからな。それに、もし、彼に何か悩みがあったのだとしたら、その理由も知りたい」

郷野が、真《ま》っ直《す》ぐに山縣を見返した。

「分かりました。郷野さんのお願いですから、やれる範囲で捜してみましょう」

山縣が答えると、公香がタイミングを見計らったように、トレーにティーカップを載せて部屋に入ってきた。

「どうぞ」

公香が、いつになくしおらしい態度で、ティーカップをテーブルの上に並べていく。

「その男性に関する資料はありますか?」

山縣の問いかけに、郷野は頷いて答えると、ジャケットの内ポケットから一枚の写真を取り出した。

証明写真か何かで撮影されたものだろう。緊張した面持ちで、真っ直ぐ前を見ている。

欧米人のように、顎《あご》と鼻が尖《とが》っている。それに反して、糸のような細い目をしていた。特徴的な顔をした人物だ。

公香もティーカップを並べながら、写真を覗《のぞ》き込んでいる。

「他には?」

山縣が、写真を手にしながら言った。

「名前は鳥居祐介《ゆうすけ》。住所や携帯の番号、知り得た彼に関する情報は、全部まとめてある」

郷野は、ポケットから折り畳んだ紙を取り出し、山縣に手渡した。

「お嬢さんもどうぞ」

公香が、ティーカップを奈々の前に置こうとした。

あっと思ったときには遅かった。

奈々は、急に癇癪《かんしゃく》を起こしたように、公香の手を払いのけた。ティーカップがテーブルに落ち、音をたてて砕け、紅茶がぶちまけられた。

楓が、とっさに立ち上がる。

「ごめんなさい」

公香が、慌《あわ》てて布巾《ふきん》でテーブルの上を片付ける。

志乃は、車椅子《くるまいす》のハンドリムを動かし、奈々のもとまで移動すると、持っていたハンカチで濡《ぬ》れた彼女の服を拭《ぬぐ》う。

「大丈夫？」

志乃が、奈々の顔を覗き込む。

「……イチゴの国に、サンタはいない」

奈々が、独り言のように言った。

「それはなに？」
さっきも同じことを言っていた。志乃は、訊《き》き返しながら、奈々に顔を近づけた。
次の瞬間、奈々がハンカチを持った志乃の手をぎゅっと摑《つか》んだ――。
バチッ。
静電気が弾《はじ》けたような痛みが走った。
強い光を当てられたみたいに、目の前が真っ白になる。
――これはなに？
その答えを出す間もなく、断続的な映像が志乃の網膜に飛び込んで来た。
ビル街が見える。
その中に、上の方が二股《ふたまた》に分かれた特徴的なビルが見えた。
おそらくは都庁――。
カラスが、上空を大きく旋回している。
それを見上げている男がいた。
口髭《くちひげ》を生やした、小太りの中年の男だった。
彼は、誰かに連れられるようにして、ゆっくりと歩き始めた。

ヘラヘラと薄気味悪い笑いを浮かべている。

バンッ。

何かが破裂したような音がした——。

さっきの男が、ストップモーションの映像のように、ゆっくりと倒れていく。

アスファルトの上に倒れた男の頭から、真っ赤な血が止めどなく溢《あふ》れ出す——。

これはなに？

混沌《こんとん》が、志乃の頭の中で渦巻いている。

地面が、ぐらぐらと揺れているようだった。呼吸が、苦しい。

「大丈夫？」

公香に肩を叩《たた》かれ、志乃ははっと我に返った。

すぐに、今見た光景が現実のものでないことは自覚したが、声を出すまでに、少し時間がかかった。

「大丈夫。ちょっと目眩《めまい》が……」

志乃は、微笑《ほほえ》んでみせたが、顔の筋肉が引きつっていて、うまく笑うことができなかった。

背中に、びっしょりと汗をかいていた。

志乃は、俯いている奈々に目を向けた。

今の映像は、この子のイメージだったのだろうか。

漠然とではあるが、志乃の胸の奥で、不安が波紋のように幾重にも広がっていた。

あたしは――。

九

彼は、煙草《たばこ》に火を点《つ》けた。

ワンルームの狭い部屋の中に、煙がゆっくりと充満していく。

新宿歌舞伎町を抜けた先にある、ワンルームマンション。

この街で部屋を借りるのに苦労はしない。

ここは、訳ありの人間が、身を削って金を稼ぐ歓楽街。

身分証明など必要なく、印鑑一つで格安の部屋を借りることができる。契約書に書かれた名前が本名かどうかなど、誰も確認しない。

何者かなど関係ない。自分が名乗りたいように名乗ればいい。それが真実か偽りかは問題ではない。そういう街だ。

彼も、そうやってこのマンションを借りた。

黒のロングコートを脱いだ彼は、テーブルを窓際《まどぎわ》に移動させると、その前に椅子を置いた。

窓の外に目を向けると、新宿の高層ビル街が間近に迫っていた。

ごうと低い雑踏がうなりを上げている。

コンクリートの塊であるビルが、まるで巨大な生き物のように見える。

今からやろうとしていることは、もしかしたら誰の理解も得られないかもしれない。

だが、それでいい。理解を求めることが目的ではない。

目的は、変えること——。

「これは復讐《ふくしゅう》ではない。改革だ」

彼は、自らに言い聞かせるように呟くと、部屋の隅に置いてあるケースを開け、中からスナイパーライフルPSG－1を取り出した。

全長が一メートル二十センチ。重量が八キロという大型のものだ。

アクション映画のように、これを手に持って狙撃《そげき》するのは不可能といっていい。

彼は箱形のマガジンを装塡《そうてん》し、銃身の底面に取り付けられたハンドガードの下の二脚式のスタンドを立て、ＰＳＧ－１をテーブルの上に置いた。

彼は、椅子に座るとスコープを装着し、あらかじめ印を付けた位置にアジャスターを回し微調整を済ませ、座り撃ちの姿勢にＰＳＧ－１を構えた。

スタンドを立てていても、グリップを握る手には、ずしりとのしかかるような重さがあった。

図体はデカイが、ＰＳＧ－１には、それを補ってあまりある性能がある。

それまでのスナイパーライフルは、ボルトアクション方式で、一発発射する度に銃身の横についたボルトを引き、次弾の装塡を行わなければならなかった。

その度に、スコープから目を離し、改めて照準を合わせる必要があるので、二発目からは大きなタイムロスが生まれる。

だからといってマシンガンのように、次々と銃弾をバレルに送り込むオートマチック方式をとると、その複雑な構造から命中率が大幅に低下してしまう。

現に、ソ連が開発したドラグノフというセミオートのスナイパーライフルは、命中精度が低く、軍に導入されたものの、ほとんど使い物にならないという惨状だった。

だが、ＰＳＧ－１は違う。ミュンヘンオリンピックを機に開発された曰《いわ》く付きの銃だ。

「黒い九月」として知られるテロ事件――。

ミュンヘンオリンピック開催中に、パレスチナの武装組織が、イスラエルの選手団を人質にとった。

ドイツ政府は、狙撃手による犯人グループの射殺を決断。

そして、犯人グループが、搬送用のヘリから離れるタイミングで狙撃が行われた。

それにより、犯人一名が死亡、一名が負傷。

しかし、残った犯人グループが反撃を開始し、銃撃戦に発展してしまった。

その結果、人質九名全員と、警官一人が死亡するという最悪の結末を迎えた。

この失敗の一番の原因は、ボルトアクション方式のスナイパーライフルのタイムロスだった。

ドイツ政府は、これを教訓にセミオートで射撃できるスナイパーライフルの開発を、H&K（ヘッケラー&コッホ）社など複数の銃器メーカーに依頼。

国の威信をかけて、開発に取り組んだ。

その結果、熟練の職人が手作業で製作することで、セミオートの方式をとりながら、ボルトアクションの命中精度を維持することに成功した。

値段は張るが、高い命中精度で、複数の標的を狙撃することができる数少ない銃だ。

彼は、スコープに右目を押し当て目標地点を捜す。

それは、すぐに見つかった。道路を挟んだ向かい側。

直線距離で二百メートル――。

風はほとんど吹いていないが、市街地ではビル風に注意を払わなければならない。

塀に囲まれた射撃場とくらべると、難易度は飛躍的に高くなる。

それに、今から撃つのは、練習用の静止した的ではない。生きた人間だ。

予定外の動きをすることも、充分考慮しなければならない。

そういうときのために、わざわざPSG－1を用意した。冷静さを失わなければ、外しても、すぐに次弾を発射できる。

失敗は、許されない――。

この部屋にベッドや寝袋は用意していない。ターゲットが現れるまで、ここで待ち続ける。

狙撃手は、集中力はもちろんだが、並外れた忍耐力が要求される。

彼は、ホワイト・フェザー（白い羽根の戦士）として畏《おそ》れられた、アメリカ海兵隊の狙撃兵、カルロス・ハスコックの逸話を思い出した。

ハスコックはベトナム戦争中、丸三日呑《の》まず食わずで匍匐前進《ほふくぜんしん》を続け、六百五十メートル離れた場所から敵の司令を狙撃したという。

今から、ここで一人の男を待ち続けることになる。

ベッドなどなくとも、雨風のしのげるマンションの一室は、ハスコックの置かれた状況に比べれば天国だ。

彼は、ゆっくりと深呼吸する。

狙撃は、呼吸のわずかな動きだけでもズレが生じる。

息を止め、精神を集中させ、自ら石のようになり、引き金を引く指にだけ力を入れる。

「バン」

彼は、イメージの中で引き金を引いた。

十

冷たい空気が、新宿のビル街を包み込んでいた——。

そびえ立つ都庁舎が見えた。

バブル期に建造され、「バベルの塔」をもじり「バブルの塔」と揶揄《やゆ》されたその巨体は、異様な存在感を放っている。

志乃は、乾燥した風を受けながら、それをじっと見上げていた。

カラスの鳴き声が響いた。

目を向けると、路上に置かれたゴミ箱の上から、一羽のカラスがバサバサと羽音を鳴らして飛び立っていった。

その先に、一人の男が立っていた。小太りの中年の男。

彼は、二人の男に付き添われるようにして歩いていた。その手首には、手錠が嵌《は》められている。

おそらくは、犯罪者と、それを連行する刑事といったところだ。

そんな状況でありながら、男は、ニタニタと口を歪《ゆが》めて笑っていた。余裕すら感じられる笑い。

――あなたは誰？

ざわざわと音をたてて、不快な波が広がっていく。

嫌な予感がする。これは、奈々に触れたときに見た幻覚と同じものだ――。

このあと、中年の男は頭から血を流して死ぬ。

――逃げて！

志乃は、とっさに声を上げた。

だが、その声は誰にも届かない――。

バンッ！

乾いた破裂音が、冷たい空気を切り裂いた。

ごぉと雷鳴のように、長い尾を引くような音があとに続く。

男が、仰《の》け反《ぞ》るようにしてアスファルトの上に倒れ、動かなくなった。

頭から血が流れ出していく。

志乃は、固く目を閉じ力の限り叫んだ。


「いやっ！」

志乃は、自らの悲鳴とともに目を覚ました。

首筋から背中にかけて、汗でぬるぬるとした感触がある。どくどくと心臓が胸を打つ。

志乃は、上体を起こし、両手で顔を覆《おお》った。

さっきの男の顔が、網膜に焼き付いて離れない。拒否すればするほど、鮮明な映像となって頭の中で夢の光景が再生される。

しばらく、怖い夢は見ていなかった。もう、二度と見ることはないと安心していたところもある。それなのに——。

普通の人なら、ただ怖い夢を見たというだけのことなのだが、志乃にとってそれは別の意味を持っている。

あたしは、また死を予見し始めたのだろうか——。

「どうしたの？」

志乃の思考を遮るように、声が聞こえた。

いつの間にか、ドアのところに公香が立っていた。

黒のジャージ姿で、眠そうに目をこすっている。さっきの叫び声が、隣の部屋にいる公香に聞こえてしまったのだろう。

「ごめんなさい。起こしてしまいましたね」

「いいのよ。もう起きるから。調査も始めなきゃいけないしね」

公香は、後ろでしばっていた髪を解き、あくびを噛《か》み殺しながら言った。

すっぴんでも、顔だちがはっきりしていて、華があった。何気ない仕草にも、色香が漂っている。

「昨日の依頼ですか？」

「そう」

昨日の作戦会議で、山縣と志乃が真田を迎えに行っている間に、公香がターゲットである鳥居の住居と勤務先を回ることになっていた。

志乃の脳裏に、楓の表情が思い起こされた。

憔悴《しょうすい》して、何かを諦《あきら》めているような表情だった。

もしかして――志乃は、頭に浮かんだ悪い連想を振り払った。

「彼女、かわいそうですね」

「なんで？」

公香が不思議そうに首を傾《かし》げた。

そんな風に返されると思っていなかったので、少し戸惑ってしまう。

「だって……急に愛する人がいなくなったんですよ」

「本当にそうかしら？」

公香は、懐疑的な反応だった。

「どういうことです？」

「私の勘だけど、彼女、恋人が行方不明になった理由に心当たりがあるわよ」

「え？」

「だから、山縣さんも会話を録音させたんでしょ」

「あたしには、そんな風に見えませんでした」

志乃は、むきになって反論した。

「だから、志乃ちゃんは、甘いのよ」

「甘い……ですか？」

「そうよ。ベリースウィート。人間はみんな志乃ちゃんみたいに素直じゃないの」

「なんだか、バカにされてるみたいです」

「そうは言ってないわ。ただ、割り切れないこともあるってこと」

志乃自身、それは経験している。

信じていたものが、偽物《にせもの》であることは、それほど珍しいことじゃない。

志乃は、改めて楓の顔を思い起こした。そこからの連想で、奈々に触れたときに見た幻覚まで蘇《よみがえ》ってくる。

頭から血を流して死ぬ男――。

あのとき見た幻覚が、さっきみたいな夢を見せたのか、すでに夢で見ていた記憶が、彼女に触れたときに戻ってきたのか、志乃には分からなくなっていた。

「それより、悲鳴を上げてたけど、悪い夢でも見たの？」

公香の言葉は、鋭利な刃物のように志乃の心に突き刺さった。

本人には、そんなつもりはないのだろうが、志乃の耳には「また、予知夢を見たのか？」と問い詰められているように聞こえてしまう。

「違います」

心情を気取られまいとするあまり、突き放したような口調になってしまう。

「志乃ちゃんって、嘘《うそ》が下手ね」

その言い方が、まるで子ども扱いされているみたいで苛立《いらだ》ちを誘う。

「本当になんでもないんです」

「ついでに、見かけによらず意地っ張り」

「そうですか？」

「そうよ。真田みたい」

真田を引き合いに出され、志乃は頬が熱くなるのを感じた。

「そんなこと……」

「まあいいわ」

公香は一方的に会話の終了を宣言すると、部屋を出て行った。

志乃は、一人ベッドに仰《あお》向《む》けになり目を閉じた。また、あの光景が脳裏に浮かび、すぐに目を開けた。

あたしは、どうしちゃったんだろう――。

十一

「移送ですか？」

署長室に呼び出された柴崎は、署長である伊沢《いざわ》からの言葉に耳を疑った。

「そうだ。間もなく本庁から引き取りに来る」

椅子《いす》に深く腰掛けた伊沢は、決められた文章を読み上げるかのように、淡々とした口調だった。

昨日、逮捕した二階堂を、本庁に移送するという決定が下されたのだ。

警察組織において、初動捜査は所轄《しょかつ》の刑事が行い、捜査本部を設置するような大規模な事件に発展した場合、本庁の管理官が陣頭指揮を執るというのがセオリーになっている。

だが、そうした場合、捜査本部は所轄署に設置される場合がほとんどだ。

わざわざ本庁に移送する理由が分からない。

「その必要があるのでしょうか？」

柴崎は、ストレートに訊《き》いてみた。

「立場をわきまえろ」

伊沢は、合掌するように手を合わせ、上目遣いに柴崎を見た。

それだけで、息苦しくなるような迫力があった。

「しかし……」

「君の仕事は、捜査をすることであって、捜査方針に口を出すことではない」

伊沢は、柴崎の言葉をかき消すように言った。

「そういうつもりでは……」

「では、どういうつもりだ？　捜査には、それぞれ役割がある。君は、自分に与えられた役割を全うすればそれでいい」

「失礼しました」

「くれぐれも、前みたいなスタンドプレーは止《や》めてくれよ。でないと、私の首が飛ぶ」

柴崎は、ふつふつと沸き上がる苛立ちを押さえようと、ぐっと身体《からだ》に力を込めた。

「はい……」

「柴崎警部には、二階堂の身柄移送後、本庁の指揮下に入り、捜査を継続してもらう」

背筋をピンと伸ばし、改まった口調で伊沢が言った。

「承知しました」

柴崎は、一礼して署長室をあとにした。

伊沢が柴崎のことを、厄介者として扱っていることは自覚していた。五ヶ月前の事件が原因だ。

あのとき、柴崎は娘の命を守るために暴走した。

結果として、組織を一網打尽にすることはできたが、数々の服務規程違反を犯したことは確かだ。

アウトローのレッテルを貼《は》られ、どこに行ってもそれがついて回る。

柴崎は、鬱積《うっせき》した気持ちを抱えたまま組織犯罪対策課の部屋のドアを開けた。

見たことのない男が四人立っていた。

小柄で、しわ一つないスーツを着た、いかにもキャリアですといった風体の男の横に私服が付き添い、それを挟むかたちで、屈強な制服警官が二人。まるで、真ん中の男を警護しているようだ。

「柴崎警部ですね。本庁組織犯罪対策部の宮沢です」

キャリア風の男が、手帳を提示しながら言った。

年齢は三十代初め。柴崎より年下であろう。だが、階級は一つ上の警視だった。

敢《あ》えて、敬語を使って話す様が、柴崎の神経を逆撫《さかな》でする。

「話は聞いてます」

柴崎は、答えながらも視線は合わせなかった。

「でしたら、話は早いですね」

宮沢は、満足そうに頷《うなず》いた。

柴崎は、怒りをぶちまける代わりに松尾を呼び、宮沢たちを留置場に案内するよう指示した。

松尾は「はい」と、元気のいい返事をして本庁の刑事たちを連れて部屋を出て行った。

なんだか酷《ひど》く疲れた。柴崎は、椅子に深く座り煙草《たばこ》に火を点《つ》けた。

こんなときの煙草は、少しもうまくない。舌にぴりぴりと痺《しび》れるような苦さがある。

だが、それが気分をいくらか落ち着かせてくれる。

デスクの上で携帯電話が着信していた。

誰かと話したい気分ではなかったが、表示されている名前を見て考えが変わった。

「お久しぶりです」

柴崎は、電話に出た。

〈私はつい、昨日のことのような気がするよ〉

電話から、山縣ののんびりした口調の声が聞こえてきた。

彼は、今は探偵事務所の所長をやっているが、その前は警視庁の敏腕刑事で、柴崎の上司だった男だ。

ある事件をきっかけに退官するまで、その実力をいかんなく発揮していた。

「どうしました？」

山縣は、昔の部下に電話をして、雑談や愚痴を楽しむようなタイプではない。

〈実は、うちの坊主《ぼうず》が、また問題を起こしてな〉

「坊主って……真田ですか」

〈ああ〉

真田省吾――。

柴崎は、あの真《ま》っ直《す》ぐで、強い意志を持った目を思い返した。

やんちゃで、無鉄砲。一度決めたら立ち止まることを知らない。自分の行く先に何があろうと、そんなことはお構い無しに突き進む。

喩《たと》えるなら弾丸のような男だ。

五ヶ月前に起きた事件のとき、柴崎はその真っ直ぐさに巻き込まれ、そして救われた。

「何をしたんです？」

〈ホテルで乱闘騒ぎを起こして、今はそちらの留置場にいるはずだ〉

「乱闘騒ぎ？」

〈不倫の調査で尾行してたんだが、夫が逆上して、ナイフで妻に襲いかかった。真田は、それを止めようとして、やり過ぎちまったってわけだ〉

柴崎は、思わず表情を緩めた。

後先考えずに突っ走る。あいつらしい――。

〈目撃者の証言が取れていれば、無関係ってことが分かるはずなんだが……〉

山縣の言うことが本当であれば、すでに真田の疑いは晴れているだろう。だが、一度留置場に入れたからには、簡単に出すわけにはいかない。

先走りした誤認逮捕を認めることになる。

担当部署に掛け合い、真田から誤認逮捕の件を黙秘するという密約を取れば、すぐに出すことはできるだろう。

「で、私にどうにかしろと」

〈まあ、そんなとこだ。今、引き取りに向かってる〉

「分かりました。それまでに出しておきますよ」

柴崎は、携帯電話を切り、煙草を灰皿に押しつけ立ち上がった。

十二

ベッドに寝転んだ真田は、ぼんやりと天井を眺めていた。

結局、一晩留置場で過ごすことになっちまった。

何もすることがないと、思い出したくないことが次々と頭に浮かんでしまう。

そんなとき、真っ先に頭を過《よ》ぎるのは、殺された両親のこと――。

真田は、額の右側に残る傷跡に手を当てた。

すでに完治したはずの傷が、じくじくと熱を持って痛みを帯びてくるような気がする。

あの日のことは、片時も頭から離れない。

それまで、真田の家庭は、平穏であったといえる。

ケンカもあったが、修復不可能なほど深刻なものではなかった。

父親が警察官だったことは承知していた。しかし、それで両親が殺されることになるなどとは考えたこともなかった――。

死というものからかけ離れた日常の世界。誰だって、そう思っているはずだ。

だが、それは錯覚に過ぎない。人は、誰しも死と隣り合わせで生きている。気付いたときには、全《すべ》てが手遅れだった。

死は、誰に対しても平等に訪れる。

真田は、そのことを痛いほどに分かっている。

胸に刻まれた哀《かな》しみは、薄れることはあっても消えることはない。

普段の生活の中では、記憶の底に沈めておくこともできるが、こうして一人で考える時間ができると、鮮明な映像となって蘇《よみがえ》る。

ガチャン。

ドアのロックが外れる音がした。

ようやくお迎えが来たようだ。

「遅い」

真田は、ベッドから飛び起き、ドアに向かって不満をぶつける。

「ずいぶんな言いぐさだな」

部屋に入ってきたのは柴崎だった。

五ヶ月前の事件のとき、世話になった刑事だ。

頬を吊《つ》り上げるようにして笑ってはいたが、目は憔悴《しょうすい》し、輝きを失っているように見えた。後ろに撫でつけた髪も、白いものが多くなった気がする。

「なんだ。あんたか」

「俺を出せと、喚《わめ》いていたそうじゃないか」

柴崎は、壁に寄りかかり、腕組をしながら言った。

「大げさだな。話の分かる奴《やつ》を出せって言っただけだ」

「それが、俺ってことか」

「ま、そういうことだ」

「そりゃ光栄だ」

柴崎は、鼻を鳴らした。

「まったく、散々な目に遭ったよ」

「話は聞いた。依頼人に膝蹴《ひざげ》りをかましたんだろ」

「仕方なくだよ」

「次は、手加減してやれよ」

「相手は、ナイフを持ってたんだぜ。そんな余裕はねぇよ」

「そりゃそうだ」

柴崎は、ひとしきり笑ったあと、外に出るように顎《あご》で合図した。

真田は、留置場の部屋を出て大きく伸びをした。ずっと同じ姿勢でいたので、関節がバキバキと音を立てる。

柴崎と並んで廊下を歩き、留置場の出口に向かい、必要書類にサインをして、預けていた所持品を受け取った。

「で、迎えは来てるのか？」

鉄格子《てつごうし》の扉をくぐったあと、真田は財布をポケットに突っ込み、狼《おおかみ》の牙《きば》を模したチョーカーを首にかけながら柴崎に訊《き》いた。

「もうすぐ来る頃だ」

「このまま放っておかれるのかと思ったよ」

「それは迷惑だ」

「どういう意味だよ」

真田は、不満を並べながらエレベーターの前に立った。

到着したエレベーターに乗り込もうとしたところで、二人の男が並んで歩いてきた。

一人はいかにも高級そうなスーツを着た、インテリ風の優男《やさおとこ》。

もう一人は、手錠を嵌《は》められた小太りの中年男。口髭《くちひげ》を生やし、たるんだ頰をゆがめ、ニヤニヤと薄気味悪い笑いを浮かべている。

「失礼」

スーツの男が言った。

柴崎は黙礼で返すと、真田の腕を引っ張り道をゆずった。

おそらく、容疑者を連行する刑事といったところだ。状況を察した真田は、素直に柴崎に従う。

彼らの後ろには、私服と制服警官が二人付き従っていた。

「お先に」

スーツの男が言うと、手錠を嵌めた男を連れて到着したエレベーターに乗り込んだ。残りの三人もそのあとに続く。

扉が閉まる寸前、口髭を生やした男が、両手を合わせて拳銃《けんじゅう》のかたちを作ると、銃口に見立てた人差し指を柴崎に向けた。

柴崎は、実際に銃口を向けられているかのように、緊張した面持ちだった。

「バン」

男が言うのと同時に、扉が閉まった。

「なんだ、ありゃ？」

「知らなくていい」

真田の言葉に、ぶっきらぼうに返した柴崎は、遅れて到着したもう一台のエレベーターに乗り込んだ。

「触らぬ神に祟《たた》りなしってか」

真田はぼやきながら、あとに続いてエレベーターに乗り込んだ。

柴崎は、自嘲《じちょう》気味に笑っただけで何も答えなかった。

頑固なおっさんのことだから、突っ込んで訊いたところで何も教えてはくれないだろう。

エレベーターを下りた真田は、柴崎と並んで裏口から警察署を出た。

冬の差し込むような日の光に、真田は思わず目を細めた。

行き交う車と雑踏とが混じり合い、巨大な生物の息遣いのように聞こえた。

来客用の駐車スペースを歩いていると、ちょうどメタリックブルーのハイエースが滑り込んでくるところだった。

運転席に、山縣の顔が見えた。

待ち人来たるだ。

駐車スペースに車が停車し、運転席から山縣が降りてくる。

山縣は、そのまま後部のハッチを開けると、渡し板を出し、車椅子《くるまいす》の志乃を車から降ろした。

志乃が、はにかんだように笑った。

「遅い」

文句を言いながらも真田は、ようやく肩の力が抜けた気がした。たった一日ではあったが、懐《なつ》かしい家族と再会しているようだった。

──あ……た……誰？

山縣と志乃に歩み寄ろうとしたとき、真田の耳の裏側で声が聞こえた。街のノイズに邪魔され、はっきりと聞き取ることはできなかったが、女の声だった。

その声に引《ひ》き摺《ず》られるように、真田は振り返った。

裏口から、さっきの口髭の男が刑事たちに連れられて出てきた。手錠をかけられているることを忘れてしまうほど緊張感のない笑い。それに反して、連行している方は緊張した面持ちだった。

彼らの行く先には、小型バスほどの大きさの護送車が、サイドのドアを開けたまま停車していた。

「行かないのか？」

不審に思ったのか、柴崎が声をかけてきた。

「ああ」

気のせいか――。

真田は前を向き、足を踏み出した。

――逃げて！

今度は、はっきり聞こえた。これは、志乃の声だ。だが、目に映る彼女は口を開いてはいなかった。

真田の脳裏に、五ヶ月前の事件の記憶が急速に蘇る。

もしかして、これは――。

「逃げろ！」

確信があったわけではない。だが、真田は直感に任せて叫んでいた。

バン！

真田の声に呼応するかのように、乾いた破裂音が雑踏を切り裂いた。

最初は車のバックファイアーかと思ったが、音の質が違うことにすぐ気付いた。ごぉと風を切るような音が、ビルの壁に反響して尾を引いた。

――銃声だ。

真田は反射的に身を屈《かが》めながら、振り返った。

口髭の男が、アスファルトの上に膝をつけ、右耳を押さえ、身体《からだ》をよじりながら悶《もだ》えていた。

押さえた指の間から、血が流れ出していた。

「耳が！　耳が！」

口髭の男が、まるで子どものように泣き叫ぶ。

「いやぁ！」

志乃の悲鳴にも似た声が、響き渡った。

あまりに突然のことに、刑事たちは時間が止まってしまったかのように、立ち尽くしていた。

「狙撃《そげき》だ！　隠れろ！」

山縣が、鋭く言い放った。

その声で、ようやく刑事たちは状況を呑《の》み込み、蜘蛛《くも》の子を散らすように四散し、護送車や花壇の陰に身を隠した。

真田も、柴崎と並んで護送車に背中をつけて身を隠す。しかし、口髭の男は動くことができず、膝立ちの姿勢のまま苦悶《くもん》の叫びを上げていた。

「伏せろ！」

真田は、男に向かって声を上げた。だが遅かった——。

耳を押さえていた男の右腕に血しぶきが舞った。

バン。

コンマ何秒か遅れて、さっきと同じ破裂音が轟《とどろ》く。

「あぁ！」

男は、腕をだらんと垂らし、断末魔の叫びのように、空に向かって吠《ほ》えた。

「冗談じゃねぇぞ」

真田は、対処法を探して視線を走らせる。

護衛していたはずの刑事たちが、護送車の陰で死人のように真っ青な顔をしていた。

ワゴン車の陰で、志乃を抱え込むようにして身を屈めていた山縣と目があった。その目は、動くなと言っていた。

だが、真田はその視線を振り切るように、アスファルトを蹴って男に向かって走り出した。

もう少しだ。真田が男に向かって手を伸ばしたそのときだった。

男の額に穴が空いた。

バン！

三回目の破裂音と同時に、男がゆっくりと仰向《あおむ》けに倒れた。

間に合わなかった――。

「真田！　身を隠せ！」

柴崎が声を上げながら、身を屈めて裏口に向かって走っていくのが見えた。応援を呼びに行ったのだろう。

真田は、男の前を離れ、近くにあった覆面車輛《しゃりょう》の陰に身を隠した。ふと目を向けると、道路に、状況を把握していないヤジ馬が集まり始めているのが見えた。

「お前ら！　どけ！」

真田は、道路に向かって声を張り上げた。

だが、誰一人として動こうとしない。

中には、携帯電話で写真撮影をしている者までいる。外国映画に出てくる、バカな日本人の観光客そのままの醜態だ。

自分たちは大丈夫だ。日本人は常にその感覚が抜けない。普通に生きていれば、自分たちが事件に巻き込まれることはない。

だが、それは大きな間違いだ。

真田の網膜に、フラッシュバックの映像のように、頭から血を流している両親の姿が浮かんだ。

「聞こえないのか！　どけって言ってんだよ！」

いくら叫んでも、それに耳を貸すものはいない。こいつら、なんなんだ――。

真田の苛立《いらだ》ちからくる憤《いきどお》りは、沸点を超えた。

「死にてぇのか！」

しばらくして、ポリカーボネート製の盾を持った機動隊員十数名が、警察署の裏口から飛び出してきた。

彼らに護衛されるかたちで、そこにいた六人は警察署の中に避難することになった。

警察署の受付の中は、突然の事態に一時騒然となった。

柴崎が、怒声を上げていた。

指揮系統が乱れているのか、機動隊員と制服警官が、右往左往している。まるで、野戦病院のような惨状だ。

真田は、混沌《こんとん》とした人混みをかきわけるようにして、山縣と志乃のもとに駆け寄った。

「動くなと指示しただろ！」

真田がたどり着くのと同時に、山縣が言った。冷静を信条にしている山縣も、さすがにこの状況には動揺の色を隠せないようだ。

「確認しに行けって合図だと思ったよ」

「冗談もほどほどにしろよ」

これ以上、茶化したら眠れる獅子《しし》を起こすことになりそうだ。

「悪かったよ」

真田は素直に詫《わ》びると、志乃の前に屈み肩に手をかけた。

「大丈夫か？」

志乃は、極寒の地に放り出されたみたいに、両手を擦り合わせるようにして、ぶるぶると震えていた。

「……大丈夫」

酷《ひど》く動揺し、掠《かす》れた声にはなっていたが、正気を失うほどではない。

彼女は、今まで何度も人の死を目にしている。一般女性よりははるかに耐性がある。

「今のは何だったんだ？」

真田は、周囲の警察官に気取られないように声を潜めて山縣に訊《き》いた。

「長距離からの狙撃だ」

山縣の口調は重かった。

「ライフル」

「そうだ。わずかだが、銃声より着弾の方が早かった」

つまり、弾丸のスピードが音速より速かったということになる。種類にもよるが、拳銃《けんじゅう》でそこまでの差は生まれない。

「なるほど。どこから狙《ねら》ってた？」

狙撃手らしき人物は見付けられなかった。

「最低でも二百メートルは離れている」

「マジかよ」

「その距離から命中させたんだから、素人《しろうと》の仕業じゃない」

「なるほど」

「弾道から、警察が狙撃場所を特定する頃には、犯人は姿を消しているだろうな」

「でも、狙撃ができる場所なんて、限られてるんじゃねぇの？」

真田の質問に、山縣は不快そうに表情を歪《ゆが》めた。

「新宿に、幾つビルがあるか知ってるか？」

「は？」

そんなものは数えたこともないし、見当もつかない。

「ビル街は、ジャングルと同じだ。狙撃場所を特定するのは至難の業だ」

確かにそうかもしれない。

警察署の裏口が見える位置からなら、狙撃が可能だ。平原ならともかく、ビルが乱立する新宿では、腐るほど狙撃場所があるということになる。

「協力してやったらどうだ？」

真田は、奔走している柴崎に視線を向けた。

「バカ言うな。スナイパー相手に、素手の探偵が勝てるとでも思ってるのか？」

「やり方次第じゃねぇの？」

山縣は、一瞬何かを考えているように視線を宙に漂わせたが、すぐに頭を振った。

「やめておけ。死ぬぞ」

正面玄関が開き、ようやく担架を持った救急隊員が到着した。

どんなに急いでも、あの状況では助からない。

救急隊員が、口髭《くちひげ》の男を担架に乗せようとしたところで、志乃が何かを感じとったらしく、真田の腕を掴《つか》んだ。

「どうした？」

志乃は、真田の問いに答えることなく、ハンドリムを操作して車椅子《くるまいす》を進める。

「おい。志乃」

真田は、引《ひ》き摺《ず》られるように志乃のあとを追いかける。

志乃は、制止する警官の間に車椅子を割り込ませ、男の前まで来たところで動きを止めた。そして、彼の顔を見るなり、引きつけを起こしたみたいに身体を突っ張らせた。

「おい、どうした？」

「いやっ！」

真田の声をかき消すように、志乃の悲鳴が響き渡った。

「志乃」

真田は、志乃の前に回り込み、興奮する彼女の両肩を揺さぶりながら声をかける。

だが、それでも志乃は呼吸を荒くし「いやっ」と声を上げながら身体をよじる。

「どうした。何があった」

真田は、辛抱強く志乃に声をかけ続ける。

「見たの……」

志乃は、こぼれそうなほど目を大きく見開き、わなわなと顎《あご》を震わせた。

「なにを見た？」

「あの人が、死ぬところを、私は見たの……」

志乃の悲鳴にも似た声に、真田は言葉を失った。

もう、終わったと思っていた。

だが、悪夢は繰り返される——。

第二章　Shooter

一

――仕留めた。

彼は、つぶやくように言うと、スコープから目を放した。

ターゲットが動いたせいで、最初の弾丸は右の耳を掠《かす》めただけだった。

動揺から、二発目の発射が遅れただけでなく、感情がそのまま引き金を引く指先に伝わってしまった。

手許《てもと》では、ほんの数ミリのズレであったが、目標に到達するときには、数十センチの誤差を生み、額ではなく右腕に命中した。

呼吸を整え、三発目にしてようやく額を撃ち抜くことができた。

持っていたライフルがＰＳＧ－１であったのが幸いだった。

ボルトアクションのライフルであれば、ターゲットを仕留めることはできなかったかもしれない。

汗ばんだ掌《てのひら》が、微《かす》かに震えていた。

――この手は、生まれて初めて人の命を奪った。

もうあと戻りはできない。

彼は、まだ銃身に熱の残るPSG－1を手早くケースに収めた。

警察は混乱し、状況を把握できずにいるが、すぐにこれが長距離からの狙撃《そげき》だと気付くだろう。

新宿のビル街において、すぐに狙撃位置を特定するのは難しいが、それでも弾道の進入角度や、弾丸の変形具合などから分析し、地道に捜査を続けていけば、やがてはこのマンションにたどりつく。

それに、マンションの住人が通報する可能性もある。

彼は、テーブルの位置をそのままに、床に落ちている三発の薬莢《やっきょう》を拾った。

円筒の金属の塊にも、まだ熱が残っている。

男の身体《からだ》もまた、熱を持っていた。

心拍数も呼吸数も、いつもよりずっと高い。

一種の興奮状態だといえる。

この熱が冷めたとき、自分のやった行為を悔いるのだろうか。

選択をするまでに、数え切れないほどに「イエス」と「ノー」の間を行ったり来たりした。

このまま終わりが来ないとさえ思った。

今回の計画の本意には共感できたが、その実行において多くの犠牲を伴わなければならない。

それは、必然であり、それ無くして計画の完遂はあり得なかった。

良心の呵責《かしゃく》、とひと言で言ってしまえるほど単純なことではない。

――これは、復讐《ふくしゅう》ではない。改革だ。

その思いが、出口の無い迷路を彷徨《さまよ》っていた男に、一筋の光を差した。

人は、行動を起こすのに理由を必要としている。

国のために、信じる神のために、あるいは信念のために――。

よりどころが無ければ、自分では何一つ決められない。逆に、理由さえ見つけられれば、それがどんなに非人道的なことであっても行動に移せる。

実に愚かで自分勝手な生き物――。

「もう、戻れない」

男は、弱気になる考えを振り払うように言った。

今さら、何を考えても手遅れだ。引き金を引いてしまった以上、その弾の行く末を変える術《すべ》はない。

心に迷いがあれば、引き金を引く指にズレが生じる。彼自身が、さっき経験したことでもある。

今回の計画においても同じだ。迷いがあれば、それは大きな歪《ひず》みとなり、予想もしなかった結果を招くことになる。

「これで、いいんだ」

彼は、自らに言い聞かせると、黒いロングコートに袖《そで》を通し、ポケットの中に薬莢を突っ込んだ。

信念を貫くためには、犠牲はつきものだ。

彼は、PSG－1のケースを手に、部屋をあとにした。

二

柴崎が取調室のドアを開けると、そこに山縣の姿があった。

腕組をして、格子《こうし》のかかった窓ごしに、薄暗くなった新宿の街並みを眺めている。

一見すると、失業中のサラリーマンが悲嘆に暮れているように見えるが、そうではないことを柴崎は知っていた。

警視庁に籍を置いていた時代は、策士として知られた人物だ。その脳内では、今回の事件を多角的に分析し、自分なりの考えを導き出しているはずだ。

「大変なことになりました」

柴崎は、ぼやくように言いながら山縣の向かいの椅子《いす》に座った。

「まったくだ」

山縣は、眠そうに目をこすりながら言った。

「大混乱ですよ」

「そうか……大変だな」

「ええ」

「そろそろ帰らせてもらえるんだろ」

「ええ。事情聴取は終わりましたから。真田と中西の令嬢は、もう受付にいます」

彼らが事件に関係のないことは分かっている。だが、現場に居合わせた目撃者として、型どおりではあるが、事情聴取を行う必要があった。

一時間程度で終わるものが、現場の混乱もあり、予定よりも長い時間がかかってしまった。

山縣は、ふうっと息を吐きながら立ち上がった。

「待ってください」

柴崎は、慌《あわ》てて呼び止めた。

「なんだ？」

「いくつか訊《き》きたいことがあります」

「知ってることは、もう話したよ」

「私が訊きたいのは、見たことではなく、山縣さんの推測です」

「素人《しろうと》の推測なんか訊いても役に立たんぞ」

山縣は、呆《あき》れたように言いながらも、椅子に座り直した。

素人などという言葉は、謙遜《けんそん》以外のなにものでもない。かつての柴崎の上司で、オリンピックのライフル競技の代表候補にもなった人物だ。少なくとも、山縣は銃の扱いに関しては精通している。

「助かります」

「勘違いしないように言っておくが、望んでいるわけではない」

「分かってます」

柴崎は頷《うなず》いた。

前回の事件のとき、山縣が言っていた言葉を思い出す。

人の生き死にかかわるのは、もうご免だ——。

仲間を殺され、その息子を引き取った山縣は、平穏な生活を守るため、警察の最前線から身を退《ひ》いたはずだった。だが、その意志に反して、彼の周りには事件が集まってしまう。

真田にしても、人の死を予見する中西志乃にしてもそうだ。

口ではどう言っても、山縣は目の前で起きていることを放っておけるタイプの人間ではない。そうした彼の性質が、事件を呼び寄せているようにも思う。

「で、何が訊きたい？」

「はい。使用された銃器は、何だと思いますか？」

柴崎は、頭に浮かんだ考えを振り払ってから口にした。

「弾丸の口径は分かったのか？」

「現在、分析中ですが、弾丸は被害者の頭蓋骨《ずがいこつ》を貫通していました。それなりの口径のものだと思います」

「それだけだと、はっきりしたことは言えないが……」

山縣は、言いにくそうに顎《あご》をさすった。

「なんです？」

「おそらく、使われた銃はセミオートのものだ」

「セミオート……」

「そうだ。立て続けに三発撃ってきた。ボルトアクションのライフルであれば、あれだけの間隔で精密射撃をするのは、不可能に近い」

確かにそうだ。

一発目から三発目まで、全《すべ》ての弾丸を発射するのに、十秒とかかっていなかった。ボルトアクションのライフルは、一発発射する毎《ごと》にスコープから目を離し、ボルトを引いて、再び照準を合わせなければならない。

どうしてもタイムラグが生まれる。

ケネディ大統領暗殺の際も、九秒の間に三発の銃弾が発射されたことが、オズワルドの単独犯という結末に、異を唱える者たちの最大の争点にもなった。

だが、別の考えかたもできる。

「複数犯の同時射撃という可能性は？」

「ない」

即答だった。

「なぜ、そう言い切れるんですか？」

「まあ、詳しい分析結果待ちではあるが、射撃は全て同一方向から行われていた」

「同じ場所に、複数いたのでは?」

「なんのために?」

「ミスショットの保険として……」

自分で口にしながら、柴崎はその考えに疑問を抱いた。

「保険として、同じ位置に配置するにしても、多少なりとも角度が変わるものだ」

山縣が、柴崎の疑問の答えを導き出すように言った。

「そうですね……」

セミオートでの狙撃ということになると、連射可能なアサルトライフル(突撃銃)である可能性が高い。

「セミオートとなると、八九式ですかね」

柴崎は、自衛隊や海上保安庁で配備されているアサルトライフルの名前を口にした。比較的命中精度が高く、単発での発射はもちろん、セミオート、フルオートにも対応している。

八九式であった場合、犯人が自衛隊関係の人間であることも視野に入れなければならない。

「たぶん違うな」

山縣が、首を振った。たぶんと言ったが、その口調から確信を持っているのが分かった。

「では、M4カービン？」

M4カービンは、アメリカ軍が制式採用している汎用性《はんようせい》に優れたアサルトライフルだ。

強化プラスチック製で軽い上に、伸縮自在のストックに、スコープはもちろんグレネードランチャーなどの装着も可能な仕様になっている。

「それも違うだろうな」

「なぜ、そう言い切れるんですか？」

「狙撃《そげき》は、おそらく二百メートル以上離れた場所から行われた。ゴルゴ13じゃあるまいし、その距離からアサルトライフルで人間を撃つなんて神業に近い」

「そうなんですか……」

「アサルトライフルの有効射程は三百メートル程度だ。それだって威力は半減する。仮に命中したとしても、硬い頭蓋骨を貫通させるなんて無理だ」

「なるほど」

やはり山縣に相談して良かったと思う。

日本の犯罪において、重火器が使用されることは稀《まれ》である。そのため、どうしても知識が薄くなる。名前や由来は知っていても、細かい特性までは理解していない。ましてライフルによる狙撃事件を扱うなど、柴崎にしてみれば初めての経験だった。

「山縣さんは、何が使用されたと思うんですか？」

柴崎は、山縣に質問をぶつけてみた。

しばらくの沈黙があった。

「ドラグノフか、PSG－1」

「それって……」

「ドラグノフは、ソ連が開発したセミオートのスナイパーライフルだ。だが、命中精度に問題があるってもっぱらの噂《うわさ》だ。本命は、PSG－1」

「最近SATに導入された、あれですか？」

「そうだ」

PSG－1は、SATの狙撃班の一部に制式導入されたというスナイパーライフルだ。

だが、柴崎もはっきりとそうだと知っているわけではない。ＳＡＴは、警察の中でも秘匿性《ひとくせい》の高い部署だ。装備や所属メンバーの詳細は、警察内部でも一握りの人間しか知らない。

町田市で起きた立て籠《こ》もり事件の際、ＳＡＴがＰＳＧ－１を配備していたことから、そうであると認識しているに過ぎない。

「なるほど」

「一つ、訊いていいか？」

山縣が表情を硬くした。

「はい」

「撃たれたのは、どういう男だ？」

山縣たちは、あくまで目撃者として事情聴取を受けた。被害者が誰なのかは、伏せられていたのだろう。

「銃器の密売をやっていた男です」

「拘置所へ移送する予定だったのか？」

「いいえ。本庁に身柄が引き渡されることになっていて、そのタイミングを狙《ねら》われました」

「まるで、そうなることを知っていたかのようなタイミングだな」

含みを持たせた山縣の言葉を聞き、柴崎は氷でも押しつけられたように、背筋がひやりとした。

「確かにタイミングが良すぎますね」

「その売人が、生きていては都合の悪い人間がいるってことだ」

「気が重いですよ」

言うつもりはなかったのだが、思わず弱音を吐いてしまった。張り詰めているうちはいいが、こうやって口に出すと、津波のように疲れが押し寄せてくる。

流れに任せて、何もかも放り出してしまいたい気持ちを堪《こら》えるように、柴崎は煙草《たばこ》に火を点《つ》けた。

「おそらく、次もあるぞ」

山縣が立ち上がりながら言った。

「なぜ、そう思うんです？」

柴崎は、山縣の思わぬ言葉に煙草をとり落としそうになる。

「殺し方が派手なんだよ」

「派手？」

「もし、怨恨《えんこん》によって殺すのなら、目立たないようにやればいい。あれでは……」

「なんです？」

「自分の存在をアピールしているようにしか見えない」

確かにその通りだ――。

もし、二階堂を殺すことが目的なら、白昼堂々とスナイパーライフルで狙撃する必要はない。

二階堂の狙撃は、あくまでプロローグに過ぎない。

犯人には、もっと別の目的がある。

柴崎の胸の中に、不安が靄《もや》のように広がっていった――。

三

志乃は、混乱する思考を整理できずに項垂《うなだ》れていた。

いや、実際は何が起きたのかを理解している。ただ、それを認めたくないだけ――。

耳鳴りがした。こめかみの辺りが、ズキズキと締め付けられるように痛んだ。

警察署での、あの混沌《こんとん》をぶちまけたような現場の光景が何度も脳裏をかすめ、弾丸を受けて倒れていく男の姿が繰り返し再現された。

停まっているはずの車椅子《くるまいす》が、動き出したような気がして、慌《あわ》ててハンドリムを摑《つか》む。

自分はまだあの場所にいるのではないかという気にさえなる。

しかし、それは錯覚で、志乃がいるのは事務所兼住居である邸宅の一階にあるリビングルームだった。

警察では、根掘り葉掘り質問された。

だが、今朝、あの人が死ぬ夢を見ました——などと言えるはずもない。

嫌疑をかけられたわけではないが、警察から解放されたのは夕方になってからだった。

「大丈夫か?」

真田が、グラスに入れた水を志乃に差し出した。

「ありがとう……」

志乃は、震えて力の入らない喉《のど》に意識を集中させ、ようやくそれだけ言った。

だが、真田から受け取ったグラスは、まるで鉛のように重く感じられ、支えることができずに手から滑り落ち、絨毯《じゅうたん》の上に落下した。

「ごめんなさい」

慌てて、床に転がったグラスを拾おうとしたが、自分の足が動かないことすら意識になく、無理な体勢になったせいでバランスを崩してしまった。

「おいおい。しっかりしろよ」

危うく倒れそうになるところを、真田に支えてもらった。

自分を強く持たなくてはいけない。

そう思うのだが、真田の前にいると、ついその力が緩み、刺激臭を嗅《か》いだときのように、鼻がつんとして、目に涙の膜が張った。

「本当に、ごめんなさい……」

「いいから、ちゃんと説明しろよ。どうしたんだ？」

真田は、グラスをどけると志乃の前に屈《かが》み込んだ。

「私は……」

言いかけたものの、なんと言葉を続けていいのか分からない。

真田の真《ま》っ直《す》ぐな視線を見ていることができずに、長い睫《まつげ》を伏せた。

「夢のことだな」

すでに状況を察しているらしい真田は、右の眉尻《まゆじり》から真っ直ぐに走る傷跡をかきながら、声のトーンを低くした。

自分の悪夢に、もう彼らを巻き込みたくない。志乃は、その思いから肯定することができずにいた。

だが、逆に否定することもできなかった。巻き込みたくないなんて、ただのきれい事で、心の底では、助けて欲しいと懇願している卑怯《ひきょう》な自分に腹が立つ。

あたしは、卑《いや》しい――。

「逃げるなよ」

真田が、厳しい口調で言った。睨《にら》みつけるような鋭い目。

「逃げてないわ……」

思いがけない言葉に、志乃は戸惑いながらも反論する。

「黙って何もしないのは、逃げてるのと同じだ」

「そんなつもりはないわ。あたしは、ただ……」

「みんなを危険に巻き込みたくない」

志乃の言おうとしていた言葉を引き継いだのは山縣だった。

コーヒーをすすりながら、ゆっくりとリビングルームに入ってくると、ふうっと息を吐きながらソファーに座った。

「もう、あんなことは嫌なんです」

志乃は下唇を噛《か》み、山縣を見上げた。

山縣は、探偵事務所のメンバーを危険から守るため、思慮深く、臆病《おくびょう》なまでに慎重な行動をとる。そんな彼なら、少しでも心情を察してくれると思った。

「一つ訊《き》いていいか？」

「はい」

「もう一度、人の死ぬ夢を見たらどうする？」

志乃は、山縣の質問の答えを、すぐに見付けることができなかった。

かつて、志乃は、夢で予見した死を変えようと必死にもがいていた。といっても、一人で何かできたわけではない。足の不自由な志乃にできることは、たかが知れていた。

結局のところ、山縣や真田の力を借りるまで、死の運命にある人を、誰一人として救うことはできなかった。

でも、それでも――。

「あたしは……黙って見ていることなんてできません」

人が死ぬのが分かっていながら、それを見過ごすような真似《まね》はできない。

命に優先順位はつけられない。自分の命が貴重であるように、他人の命もまた同じだけの価値がある。

「そう言うと思ったよ」

山縣は、呆《あき》れたように言うと、カップをテーブルの上に置いた。

「なんとかしようぜ」

真田が、勢いよく立ち上がる。

「なんとかって簡単に言うな。まだ状況が分かってないんだ」

「状況ってなんだよ」

「志乃が、過去に人の死を予見したのには、ちゃんと法則があった。お父さんの事件が完結したから、人の死ぬ夢を見なくなった。そうだろ」

「まあ、そうだけど」

山縣の言葉に、真田がふてくされた子どものように口を尖《とが》らせた。

「だったら、今回、志乃がまた人が死ぬ夢を見始めたのには、何か理由があるはずだ」

「理由？」

志乃も、それは感じていた。過去に見た人の死の予見は、まったく不規則なようでありながら、そこにはちゃんとした法則があった。

事件が解決に導かれたからこそ、志乃は夢を見ることがなくなった。

「そのためにも、まずは志乃から詳しい話を聞いて、人の死を予見するようになった原因を探る必要がある」

「なるほど」

真田が、パチンと指を鳴らす。

志乃は、山縣と真田の会話に置いていかれたような気になった。知らないうちに、ずいぶん遠くに行ってしまったみたい。

「ちょっと待ってください」

志乃は、堪《たま》らず口を挟んだ。

真田と山縣が、同時に動きを止めて志乃を見た。

声に出したわけではないが、「大事な話をしているのに、口を挟むな」と言われているようだった。

「あたしは、みなさんを巻き込みたくないんです」

「そんなこと言われても、目の前で人が撃たれたんだ。もう巻き込まれちまったよ」

真田は、あっけらかんとしていた。

この人は、いっつもそう。こっちの心配なんてお構い無しに、どんどん前に進んでしまう。

志乃は、得体の知れない苛立《いらだ》ちのようなものが、自分の胸の奥でざわざわと音をたてているのを自覚した。

「あたしは、真田君や山縣さん、公香さんが危険な目に遭うのが嫌なんです」

「それは同じだ」

志乃の言葉に同意したのは山縣だった。

「え？」

「真田や公香は、私の子どもみたいなもんだ。それは志乃だって同じだと言ってるんだ」

山縣の言葉が、同情や偽善といったものから生まれたのでないことは、その目を見ていれば分かる。

きっと、彼は志乃がこの事務所に入ると決めたときに、すでにそういう覚悟ができていたのだろう。

また、人の死を予見し、危険なことに巻き込まれるかもしれない。

それでも、受け容《い》れようという覚悟。

それなのに、あたしは——。

「志乃は、もう依頼人じゃない。仲間だろ」

付け加えるように言った真田の言葉が、志乃の中に張り詰めていたものを、いとも容易《たやす》く断ち切った。

「あたしは……」

「だから、さっさと話しちまえよ」

真田が、両手を広げておどけてみせる。

「調子に乗るな」

山縣は、窘《たしな》めるように言う。

「うるさいおっさんだねぇ」

「うるさくて結構。ただ、これだけは約束してくれ。私が危険だと判断したときは、即座に撤収してもらう。前回みたいなスタンドプレーは止《や》めてくれよ」

「それって俺のこと？」

「他に誰がいるんだ？」

「ええっ！」

山縣の言葉に、真田が大げさに驚く。

「まあ、とにかく詳しい話を聞かせてくれ」

山縣が、ゆっくりとカップのコーヒーを口に運んだ。

もう、意地を張る理由はなかった。

志乃は、頷《うなず》いてから二人に話を始めた――。

四

彼は、新宿の公園通りの歩道に立っていた。

コートのポケットに手を突っ込み、そびえ立つビル群に目を向けた。夜のビルは、まるで光り輝く水晶のように見える。

近くのベンチに座って、携帯電話で話をしている男がいた。

けたたましく鳴り響くパトカーのサイレンで、会話の内容までは聞こえないが、その身のこなしからして、警察関係者である可能性が高い。

一瞬、ベンチの男と目が合った。

この場から立ち去るという選択肢が頭に浮かんだが、彼はそうしなかった。逃げる必要などない。今、職務質問をされても、難なく切り抜ける自信があった。

警察は、まだ混乱の渦の中にあり、状況を摑《つか》み切れていないないはずだ。捜査の指揮をとるのは、警視庁刑事部捜査一課の管理官だろう。だが、公安も黙っていないはずだ。

思考を巡らせている間に、ベンチの男は姿を消していた。

彼は、肩の力を抜き、ゆっくりと息を吐き出した。

白い煙のような息だった。

かなり冷え込んでいるのだろうが、彼は不思議と寒さを感じなかった。むしろ、身体《からだ》の芯《しん》から、じわじわと熱が滲《にじ》み出てくる。

これは、計画を無事に実行したことからくるものなのか、それとも、人を殺したことからくるものなのか——。

彼は、考えることを止め、公園通り沿いに歩みを進めると、交差点の角にあるビルを見上げた。

目的の窓の明かりは消えていた。だが、落胆はない。今日、不在であることは、事前に確認をとってある。

次のターゲットは、多忙な人物だ。スケジュールがぎっしりと詰まっている。朝から外出予定で、たまに事務所に戻って、会議を済ませたら、すぐに次に向かうという過密さだ。

移動中のターゲットを狙《ねら》うことも不可能ではないが、成功率は低くなる。事務所に戻り、デスクに座っているところを狙うのが一番確実だ。

だが、安心はできない。

西側に位置するこのビルの窓は、光が乱反射する可能性もあるし、風の影響も充分に視野に入れる必要がある。

狙撃手《そげきしゅ》は、臆病なくらい慎重でなければ務まらない。

カルロス・ハスコックもそうだった。

彼が狙撃で九十三人もの敵を葬《ほうむ》ることができたのは、臆病なほどの慎重さ故《ゆえ》だ。

彼自身それを自覚し、臆病者の証《あかし》である白い羽根を帽子に留め、トレードマークにしていた。

嘲笑《ちょうしょう》の対象であったその白い羽根も、やがて恐怖の対象となり「白い羽根の戦士」として畏《おそ》れられるようになっていった。

自分に、ハスコックほどの腕があるとは思っていない。

だが、だからこそ、より成功率を上げるために臆病にならなければならない。

彼は、ビルに背中を向け、道路脇《わき》に駐車しておいた白いワンボックスカーの運転席に乗り込んだ。

ルームミラーに映る自分と目があった。

ギラギラと目を輝かせ、薄笑いを浮かべる自分の顔に、ぞっとする。

楽しんでいるのか？ この状況を？ そんなはずはない――。

五

「じゃあ、その子に会ってからってことか？」

志乃の話を聞き終えた真田は、確認の意味を込めて訊いた。

真田が、留置場に放り込まれている間に受けた人捜しの依頼。捜索を依頼されている鳥居という男の娘に手を摑まれたとき、フラッシュバックの映像のように、人が死ぬ映像を見たのだという。

そのときは、ほんの一瞬のことで、はっきりしたものではなかった。

だが、今朝夢で人が射殺される映像を見た。そして、その夢は現実のものとなった。

「確証はありませんが」

頷く志乃の表情は、その言葉に反して自信に満ちているようだった。

状況からして、志乃は失踪《しっそう》した鳥居の娘である奈々に触れたことで、再び人の死を予見するようになったということは確かだ。

前回の経験からして、志乃が死を予見するのには、特定の法則がある。そうなると、考えられる可能性は一つだ。

「失踪した鳥居ってやつが、志乃が今回予見した死に、何らかのかたちで関連しているってことか？」

「或《あ》るいは、鳥居自身が手を下したか……」

山縣が、天井を見上げながら呟《つぶや》いた。

「どうする？」

投げかけた真田だったが、それをかき消すかのように勢いよくドアが開き、公香が怒ったように足を踏みならしながら部屋に入ってきた。

「ああ、もう。面倒なことになったわよ」

公香は、ヒステリックに声を上げ、倒れるようにソファーに座った。

彼女は、一足先に鳥居という男の捜索を始めていた。

この反応からして、いい成果が得られなかったことは明白だ。

「どうだったんだ？」

山県が、報告を促す。

「どうも、こうもないわよ」

公香は、山県の飲んでいたコーヒーカップを横から奪い、水みたいに喉《のど》を鳴らして一気に飲むと「志乃ちゃんおかわり」とカップを掲げた。

「はい」

「ぬるめで、ありあり」

公香の趣味の悪い注文に素直に応じた志乃は、カップを受け取り、ハンドリムを器用に操作してリビングルームを出て行った。

「それで?」

真田は、公香に視線を向けて先を促した。

「アパートに行ってみたけど不在。ドアの郵便受けに新聞が詰め込まれてたわ」

「家に帰ってないってことか」

行方不明になってるんだから当然。いちいち目くじらを立てるほどのことじゃない。

「それで、問題は勤務先ね。小さな町工場だったんだけど、名前を告げても、写真を見せても、そんな人物はいないの一点張り」

公香が、降参という風に両手を挙げた。

「隠してたってことは？　小さい工場なら、口裏を合わせることくらいできるだろ」

「それはないわね。あの反応は、本当に知らないわね」

「情報にあった勤務先は、誰から訊《き》いたんだ？」

真田は、山縣に話を振った。

「鳥居の恋人だ」

「恋人に嘘《うそ》をついてたってことか？」

「その可能性が高いわね」

公香が、天井を仰ぎながら言った。

だが、そう落胆することもない。自ら姿を消す人間は、そうせざるを得ない事情を抱えている。嘘の勤務先を教えるなんて、別に珍しいことじゃない。

しばらく顎《あご》の先に手を当てて考えている様子の山縣だったが、白髪交じりの髪をかきながら、口を開いた。

「とにかく、急いで鳥居を捜した方がいいな。プランを立て直そう」

「賛成」

真田は、指を鳴らした。

「まずは、私と真田でアパートを当たる」

「だから、もう行ったわよ」

公香が、突っかかってくる。

「部屋の中には入ってないんだろ」

山縣は、念を押すように言った。

公香は、それ以上反論はしなかった。山縣の言葉の意味を悟ったからだ。思いっきり犯罪ではあるが、鍵《かぎ》を開けて中に入ろうってわけだ。

この際、多少強引な手を使うのも仕方ない。

「公香と志乃で、依頼人である楓という女性の素性を洗ってくれ。それと……」

「ちょっと待って」

山縣が次に出した指示に納得がいかなかったらしく、公香が手を挙げて話の腰を折った。

「なんだ？」

「なんで、依頼人の素性を洗うわけ？」

そういう部分に関しては、さすがに敏感だ。感心している真田に、山縣が視線を投げてよこした。

はいはい。説明しろってことね――。

おそらく、山縣は公香がヒステリーを起こすことを予測していたのだろう。まったく、嫌な役回りだ。

真田は、ため息を吐《つ》いてから公香に説明を始めた。

志乃が鳥居の娘に接触したことにより、再び人が死ぬ夢を見るようになったこと。そして、その人物が警察署の前で狙撃されたことを、かいつまんで説明した。

「冗談でしょ」

それが、説明を聞き終えた公香の第一声だった。

「冗談で、こんな話ができるかよ」

「もう。だから、私は反対だったのよ」

公香が口を尖《とが》らせた。

「どういう意味だよ」

「どうもこうもないわ。志乃ちゃんが人が死ぬ夢を見る度に、それを助けて回るつもり？　命がいくつあっても足りないわ」

「あいつだって、好きで夢を見てるわけじゃない」

「分かってるわよ。でもね……」

公香が途中で言葉を止め、バツが悪そうに視線を逸《そ》らして腕組をした。

見ると、志乃がコーヒーカップを持って戻ってきていた。

「ごめんなさい。あたしのせいで……」

志乃が、掠《かす》れた声で言いながらコーヒーカップを公香の前に置いた。

「志乃が悪いわけじゃねぇよ」

真田は、志乃の肩に手を載せた。

志乃は、全《すべ》てを背負い込もうとする傾向にある。仕方ないと割り切ることができずに、全ての原因を自分の中に見出《みいだ》そうとする。

志乃が、そういう考え方をするのは、おそらく母親の死が影響しているのだろう。もし、一緒に買い物に行かなければ、母親は死なずに済んだ。そうやって、自分を責める気持ちが、彼女から歩く意志を奪ってしまった。

「あたしが夢を見なければ……」

「それは、違うな」

絞り出すように言った志乃の言葉を、山縣が打ち消した。

「え？」

「志乃が夢を見なくても、あの男は死んだ。志乃は、事前にそれを知っていただけだ。今、議論すべきは、死ぬと分かっている人を目の前にして、私たちがどう動くかだ」

「でも……」

「私個人としては、知っていながら放っておくというのは、寝覚めが悪いな」

淡々とした口調でありながら、山縣の言葉には覚悟にも似た重さがあった。

「俺も、その意見に賛成」

真田は、手を挙げて宣言した。

「だけど……」

公香は、不満そうに厚みのある唇を尖らせたが、それ以上の反論はしなかった。

彼女だって冷酷なわけじゃない。ゴネてはいるが、志乃と同じように黙って見過ごすことができないタイプだ。

なんだかんだ言って、似た者同士の集まりなのかもしれない。

「それに、今回は志乃の夢が的中した。だが、それは継続すると決まったわけじゃない。はっきりしたことは何も分かってないんだ」

確かに山縣の言う通りだ。

志乃の今回の予見が、一過性のものか、継続性のあるものか、現段階ではその判別はできていない。

今朝見た夢が最後っていう可能性だって充分にある。

「じゃあ、どうするの?」

公香が、コーヒーを口に含んだ。

「今すべきことは、捜索を依頼された鳥居という人物を捜すことだな」

「分かったわよ。要は、調査を継続すればいいってことでしょ」

公香が、髪をかき上げ、はあっと長いため息をついた。

「そういうこと」

真田は、軽い調子でそれに答えながらも、決して気を緩めてはいなかった。

今回の事件はヤバイ——。

漠然とではあるが、その感覚が頭を離れなかった。

六

山縣との会話を終えた柴崎は、すぐに捜査会議に参加した。

想定していた通り、本庁の刑事部捜査一課と組織犯罪対策部五課の合同捜査になり、新宿署に特別捜査本部が設置された。

新宿署の講堂で行われた捜査会議には、百人を越える捜査員が詰めかけ、まるで祭りのような騒ぎになっていた。

陣頭指揮を執ったのは、本庁刑事部捜査一課の管理官だった。

会議の中で、それぞれ簡単な自己紹介を行い、現状の報告と、今後の捜査方針が伝えられた。

柴崎の所属する組織犯罪対策課は、二階堂が売買していた銃器の密輸ルートの調査を行うこととなった。

捜査方針に異論はない。

現段階では、二階堂が狙撃《そげき》された理由が明らかになっていない。怨恨《えんこん》からくる個人的な犯行、取引に絡《から》んでの抗争——あらゆる可能性を視野に入れて捜査を行う必要がある。

だが、柴崎が釈然としない思いを抱えていたのも事実だ。

会議を終えた柴崎は、もやもやとした感情を抱えたまま部屋に戻り、デスクに座ってため息を吐いた。

それを見計らったように、柴崎のデスクの内線電話が鳴り出した。

「はい。組織犯罪対策課」

〈柴崎警部ですか？〉

ハスキーな響きのある女性の声だった。

「ええ。そうですが……」

〈本庁捜査一課の櫻井《さくらい》です。少し時間をもらえるでしょうか〉

「私……ですか？」

柴崎は、突然の電話に慎重になる。

捜査会議で、本庁の人員紹介がされたが、その中に櫻井という名の女性はいなかった。

〈そうです。柴崎警部、あなたです〉

有無を言わさぬ口調だった。

「どちらにうかがえばよろしいですか？」

戸惑いながらも返事をした。

〈十分後に北通りまで来てもらえますか。迎えに行きます〉

「はい」

話をするだけなら、署内で充分だ。わざわざ外に出るということは、相応の理由があるのだろう。

〈それから、くれぐれも、私と会うことは、口外しないようお願いします〉

「どういうことですか？」

訊《き》いてみたが、答えは返って来なかった。

柴崎は、釈然としない思いを抱えたまま、まだ混沌《こんとん》としている新宿署の正面玄関を出ると、指定された北通りに向かった。

あんな事件があったせいか、街全体がいつもよりざわついている気がする。身を切るような寒さに背中を丸めながら歩道に立っていると、白のクラウンが柴崎の前で停車し、クラクションが鳴らされた。

運転席に座る女性が手招きをしている。

「とりあえず乗ってください」

「はい」

柴崎は、警戒しながらも、助手席のドアを開けて車に乗り込んだ。

運転席に座っているのは、三十代半ばの女性だった。想像していたよりずっと若い。ショートボブの黒髪に、紺のジャケットに膝上丈《ひざうえたけ》のタイトのスカートを穿《は》き、その先からはすらりとした長い足が伸びていた。

警察官というより、どこかの会社の社長秘書といった感じに見える。

「あの……」

柴崎の心情を察したのか、彼女はジャケットの内ポケットから手帳を取り出し提示した。紛れもない本物だった。

「櫻井亜沙美《あさみ》です」

「警視……」

警察手帳の身分証明書に書かれた肩書きを見て、驚きの声を上げた。柴崎より一つ階級が上だ。最近、キャリアの中にも女性が増えてきたと聞いている。彼女もその類《たぐい》だろう。

だが、そうなるとますます分からない。本庁捜査一課の警視直々に、何を話そうというのか――。

柴崎が考えている間に、亜沙美は手帳を仕舞い、車をスタートさせた。

自分で呼び出しておきながら、亜沙美は口を開こうとしなかった。エンジン音が、やけに大きく聞こえた。

「それで、警視のお話とは？」

柴崎は、居心地の悪い沈黙に耐えきれずに口にした。

「その呼び方、好きじゃないけど、まあいいでしょう。実は、頼みたいことがあるんです」

亜沙美は、ちらっと柴崎に視線を向けながら言った。

「頼み……ですか？」

本庁の警視から直々に「頼み」などという言葉を聞くとは思わなかった。

「二階堂事件にかかわることです」

「二階堂の……ですか？」

しかし、亜沙美は捜査本部の会議に参加していなかった。

「私は、ある密命を受けています」

亜沙美は、柴崎の疑念を見抜いたかのように話し始めた。

「密命？」

「今回の事件、不自然だと思いませんか？」

「と、いうと……」

「柴崎警部も、もう気付いているでしょ。二階堂は、移送されるタイミングで狙撃されました。ただし、その移送は前から決まっていたことではありません」

それは、柴崎もずっと引っかかっていた。

誰かが内部の情報を漏らさなければ、あのタイミングでの狙撃はあり得ない——。

「誰かが情報を流した……」

「私たちは、そう踏んでいます。私が受けた密命は、内通者のあぶり出しです」

「なるほど」

それで、彼女は敢《あ》えて捜査会議に顔を出さなかったのか——納得するのと同時に、柴崎は自分が疑われているのでは、という不安に襲われた。

「情報を横流ししたのは、所轄《しょかつ》の人間だと踏んでいます」

「私を疑っているのですか？」

柴崎は、眉間《みけん》に力を入れ亜沙美に視線を送った。

「いいえ。私は、柴崎警部に協力して欲しいと思っているんです」

「私に？」

「ええ。あなたです」

亜沙美は、確認するように言った。

「わざわざ所轄の警部を使わなくても、ご自身の部下がいますよね」

「本庁の捜査一課の刑事が、所轄に内通者がいると探りを入れれば、思わぬ反発を招くことになりかねませんし、正確な情報が得られるとも思えません。それに、現在は初動捜査の大事な時期です。あまり大っぴらに動けば、士気の低下を招きます」

「それは……」

亜沙美の言うことはもっともだ。

本庁と所轄の刑事たちの関係は良好とはいえない。所轄の刑事には、一種のひがみのような感情があることは確かだ。

それに、内通者がいると疑われた状態では、捜査に力も入らない。だからこそ、彼女は気取られないように、署を出てから話を始めた。

「なぜ私に？」

「柴崎警部の噂《うわさ》は聞いてるわ」

「噂？」

「五ヶ月前の密輸事件。あれは、あなたの単独捜査だったそうね」

亜沙美が意味深な笑みを浮かべた。

彼女は、少し誤解しているようだ。好んでスタンドプレーをしたのではない。あのときは、娘の命を救うために突き進んだに過ぎない。

結果として、密輸組織の全貌《ぜんぼう》を摑《つか》み、内通者のあぶり出しをすることになったが、あの日を境に、署長の伊沢を始め、署内の刑事たちから煙たがられ、距離を置かれるようにもなった。

逃れられないのかもしれない。ふとそんなことを思った。

「具体的に、私はどうすればいいんですか？」

「それは、同意と考えていいのかしら？」

「解釈は自由にしてください」

柴崎は、投げ捨てるように言った。

七

陽射《ひざ》しが眩《まぶ》しかった――。

自分が夢の中にいることを自覚した志乃は、手を翳《かざ》しながら辺りに視線を走らせる。

そこは、木目調のパーテーションに囲まれた部屋だった。おそらく、オフィスビルの一角を区切って作られた場所だろう。

大きなデスクがあり、窓に背を向けるかたちで革張りの椅子《いす》に男が座っていた。

小柄な身体《からだ》に、グレイのダブルのスーツ。白いシャツ、赤いネクタイを合わせている。全《すべ》ての組み合わせがちぐはぐだ。

上着の襟には、天秤《てんびん》を模したピンバッジが付いていた。あれは――。

男は、左手で携帯電話を握り話をしながらも、右手で器用にパソコンを操作している。

開いているのはメールソフトで、右上に時間と日付が表示されていた。午後二時五十分――。

会話の内容までは聞こえなかったが、誰かと口論をしているらしいことは分かった。

――あなたは誰？

志乃の問いかけは、男には届かない。

――ここはどこなの？

男の背面にある、正方形の大きな窓に目を向けた。

こんもりとした林が見えた。その向こうにそびえ立つ都庁が見えた。おそらく、新宿中央公園の近くだろう。

――あなたも死ぬの？

その問いかけも届かない。

志乃は、自分が予見する死の夢は、幽体離脱のように、意識だけがほんの少し先の未来に吸い寄せられているのだと認識していた。

だから、いくら叫んでもその声は届かない。

やがて男は電話を終え、ふうっと息をついてから煙草《たばこ》を咥《くわ》えて椅子に深く座り込んだ。

白い煙が、ゆっくりと立ち上っていく。

ピシッ。

音とともに、窓ガラスの中央に指先ほどの穴が空き、それを中心に蜘蛛《くも》の巣状のひびが広がる。

そして、男の額が爆発物でも仕掛けられていたように、血をまき散らしながら破裂した。

男は、そのまま前のめりにデスクにうつ伏せた。

真っ赤な血が、ゆっくりと広がっていく——。

「いやぁ！」

志乃は、叫び声とともに目を覚ました。

息が苦しい。目眩《めまい》がする。指先が、意志とは関係なく震えている。額に玉のように浮かんだ汗を拭《ぬぐ》う。

「落ち着いて」

声とともに肩を抱き寄せられた。志乃は、はっとなり顔を上げた。

そこにいたのは公香だった。

「公香……さん……」

「ゆっくり息を吐いて」

公香は、ゆっくりと志乃の背中を撫《な》でる。志乃は、それに合わせるように、意識して息を吐き出した。

「もう一度。吐き出すことを意識して」

公香の指示通りに、吐くことを意識した呼吸を何度も繰り返す。

呼吸が楽になってきた。指先の震えも軽減していく。

「はい。これ飲んで」

公香は、落ち着いたのを見計らって、水の入ったグラスを志乃に渡した。

志乃は、ぎゅっと力を込めてグラスを握る。

「ありがとうございます……」

「だから、そういう堅苦しいのやめてよ」

「でも……」

「それより、見たんでしょ」

公香は、志乃の言葉を遮るように言った。

志乃は、さっきの夢のことを話すべきか判断に迷い、公香から視線を逸《そ》らした。昨日は、山縣の考えに納得したはずなのに、実際に夢を見ると、やはり巻き込むべきではないという思いが頭をもたげてくる。

「志乃ちゃんはね、嘘《うそ》がつけないタイプなの。自覚した方がいいわ」

公香が、冗談めかしたように言うと、志乃の額を指先で突いた。

「そうそう。いくら隠しても無駄だぜ」

賛同の声を上げたのは真田だった。いつの間にか、戸口のところに寄りかかるようにして立っていた。

「女の子の部屋に、いきなり入ってこないで。デリカシーの無い男は、嫌われるわよ」

公香がいつもの調子で突っかかる。

「え、俺に言ってんの？」

真田が惚《とぼ》けてみせる。

「あんた以外に誰がいるのよ」

「ヒステリックな女はかわいくないぜ」

「私は、綺麗《きれい》で売ってるからいいの」

「ずいぶんな自信だな」

「あんたほどじゃないわよ」

「俺は、謙虚だぜ」

「はいはい。好きに言ってなさい。そんなことより、持って来たんでしょうね」

「もちろん」

公香に急《せ》かされた真田は、スケッチブックと鉛筆を志乃に差し出した。

「これは……」

志乃は、それを受け取りながらも真田の顔を見上げた。

「似顔絵、得意だろ」

真田は、傷のある右の眉尻《まゆじり》のあたりをぽりぽりとかいた。

「あたしは……」

「いいから、早く描いちゃって」

戸惑う志乃を、公香が急かす。

「でも……」

「大丈夫よ。捜すのは、私たちじゃないから」

志乃の心情を察したように公香が言った。

「どういうことですか？」

「暗い顔しないの」

公香が、俯《うつむ》いた志乃の顔を両手で挟んで持ち上げた。

「あたしは……」

「志乃が、死を予見した人物を捜すのは、警察にやってもらう。もちろん、護衛も含めてな」

真田が得意げにニヤリと笑った。

確かに、その方が自分たちが動くよりはるかに安全である。でも——。

「警察は、信じるでしょうか？」

人が死ぬ夢を見たと言ったところで、警察が相手にしてくれないことは、火を見るより明らかだ。

「そこは、大丈夫。信じてくれる人が一人いるだろ」

「柴崎警部」

志乃は、頭にふっと浮かんだ人物の名前を口にした。

「そういうこと」

真田が、パチンと指を鳴らした。

五ヶ月前、志乃は柴崎の娘が死ぬ夢を見た。そして、それを阻止するために奔走した。その能力を目《ま》の当たりにしている彼であれば、信じてくれるかもしれない。

「あんたは、何を偉そうに。これは、私の発案だからね」

公香は、真田の胸に指を突きつけながら抗議する。

「どっちでもいいじゃんか」

「よくない」

再び言い争いが始まっていた。その姿に、迷いは感じられなかった。一度決めたら、とことんまで突き進む。そういう人たちだ。

あたしは、なぜ立ち止まっていたのだろう。自分に腹が立つ。

「あと、分かる範囲でいいから、情報もまとめておいてくれ。終わったら、作戦会議やるから」

真田が、言いながら部屋を出て行った。

あたしには、立ち止まっている余裕はない。

志乃は、鉛筆を強く握ると、膝《ひざ》の上に置いたスケッチブックに、夢で見た男の顔を描き始めた——。

八

柴崎は、起き抜けに煙草に火を点《つ》けた。

身体が重い。それもそのはず。眠っていたのは、ベッドではなく固い椅子の上だ。

昨晩は、二階堂の顧客データの洗い出しを徹底的に行った。狙撃犯《そげきはん》は、何らかのかたちで二階堂に接触していた可能性が高い。それが、亜沙美の見解だった。

柴崎も、その考えに異論はなかった。

現に、顧客データの洗い出しをしていく過程で、リストの中に興味深いものを見付けた。

いつもは、拳銃《けんじゅう》をメインに販売している二階堂だが、二週間ほど前にライフルを一挺《ちょう》売っている。しかも、H&K社のPSG－1だ。

山縣が、狙撃に使用された可能性が高いとしたライフルだ。関連があるかもしれない。

灰皿に煙草を押しつけたところで、携帯電話が着信した。

「柴崎です」

目をこすりながら電話に出る。

〈朝早くから悪いな〉

電話の向こうから、眠そうな山縣の声が聞こえてきた。

「いえ、構いません。こちらも話したいことがあったんです」

柴崎は、部屋の中に誰もいないことを確認してから言った。

いろいろと山縣から意見を聞きたい。

だが、相手が元警察官だとはいえ、部外者である人間に、情報を流しているところを他の署員に見られるのはまずい。

〈話したいこととは？〉

「被害者は、二週間前にPSG－1を売っています」

〈それが、犯行に使われたと？〉

山縣の反応は、慎重だった。

「現段階では、ただの勘ですが……」

〈もし、それが真実なら、自分の売った銃で撃たれたってわけか〉

「シャレにもなりませんね」

〈確証は得られそうか？〉

「時間がかかりそうです」

今は鑑識の分析結果待ちの状態で、狙撃地点の特定はおろか、使用された銃器の特定にも至ってはいない。

安易な推測で先走りすると、足をすくわれることになる。

それに、顧客データだけで購入者を割り出すことは難しい。偽名を使っている可能性が高いからだ。

「で、山縣さんの話とは？」

柴崎は、一通り報告したところで話を切り替えた。

〈次の犠牲者が分かったと言ったら、信じるか？〉

山縣が、別人のように声を低くして言った。

「中西志乃ですか」

柴崎は、とっさにその名前を口にした。

〈そうだ〉

元、中西運輸の社長令嬢で、彼女は夢の中で人の死を予見するという特異な能力を持っている。

そんなものはインチキだと、信じない者がほとんどだろう。だが、柴崎は五ヶ月前の事件のとき、彼女の夢のおかげで娘の命を救うことができた。

「私は信じます」

〈実は、彼女がまた人の死を予見したんだ〉

山縣が、その話をした段階から、おおよそ察しはついていたが、それでも背筋が寒くなるのを感じた。

「もしかして、昨日の事件と関係があるんですか?」

〈ああ。彼女は、昨日の事件も夢で予見していた。そして、今日また新たな夢を見た〉

「同一犯?」

〈それはまだ分からん。だが、彼女の夢の法則からして、なんらかの関連があることは否定できん〉

「そうですね」

〈彼女の話では、オフィスにいるとき、窓ガラス越しに頭を撃たれて死ぬ。犯人の姿は見ていないが、状況からして遠距離からの狙撃だろう〉

「なるほど」

〈今から、彼女の描いた似顔絵をFAXする。その人物を捜してもらいたいんだが

……〉

「分かりました」

柴崎は即答した。

現状では、犯人を特定するのは困難だ。

志乃の見た夢を信じ、次に狙《ねら》われる人物を特定し、そこから捜査を進めるというのも、藁《わら》の中から針を探すような作業になるかもしれないが、一つの方法ではある。

〈今、分かっている範囲の情報を伝える〉

「はい」

柴崎は、デスクの上のメモを引き寄せた。

〈まず、被害者は上着の襟に天秤《てんびん》を模したバッジを付けている〉

そこから先は、柴崎も聞かなくても理解できた。天秤を模したバッジは、弁護士資格を持つ者が身につけているものだ。これで、藁の本数が減った。

「被害者は、弁護士ということですね」

〈そうだ。それと、狙撃は明日の午後三時だ〉

「時間が分かっているんですか？」

柴崎は、驚きから声を上げた。

〈どれほど正確かは分からんが、殺害されたとき、パソコンのモニターに表示されていた日時を覚えていたんだ〉

「なるほど」

柴崎は納得すると同時に、その時刻に間違いがないと感じた。

柴崎は、腕時計に目を向けた。

八時十二分――。

次のターゲットが殺害されるまで、三十一時間弱ということになる。

「急いだ方がいいですね」

九

真田は、山縣と小田急線に乗り、新宿方面に向かっていた。

ラッシュの時間帯ではなかったが、座ることができずに、混み合った車内で山縣と肩を並べ、つり革を握ることになった。

「なあ、いつになったらバイク買ってくれんだよ」

営業マンじゃあるまいし、探偵が電車で移動なんて、効率が悪くて仕方ない。

真田は、だだっ子のように口を尖《とが》らせた。

「二台もおしゃかにしたのは、どこの誰だ？」

それを言われると痛い。

前回の事件のとき、わずか数日の間に、バイクを二台大破させた。

「そりゃそうだけど」

「少し、歩いて運動した方がいい」

「そうは言っても、毎回電車で移動ってわけにもいかねぇだろ」

都内で尾行をするのに、小回りの利《き》くバイクは必需品といっていい。

「今、知り合いに手配してもらってる。もう少し待て」

「さすが。頼りになる」

「調子のいい」

話しているうちに電車は南新宿に到着し、山縣とならんで電車を降りた。

改札を出て左に曲がり、狭い路地を真《ま》っ直《す》ぐ進む。

五分ほど歩いたところで、鳥居が住んでいたというアパートが見えてきた。

築二十年は経《た》とうかという古い建物で、乱立するビルを背負うようにして、そこに建っていた。

「なんか、アンバランスだな」

「そうでもないさ。新宿のこの辺りは、もともと小さな商店がひしめく地味な地域だったんだ。こういう光景は珍しくない」

真田の言葉を、山縣が否定した。

「へぇ」

感心しながら、アパートの一階の角部屋の前に立った。

ドアの脇《わき》にある呼び鈴を鳴らしてみる。しかし、反応はなかった。

だが、想定内だ。ここで「どうも」なんて顔を出されたら、逆に興ざめしちまう。

真田は、身体《からだ》を伸ばすようにして、窓から中を覗《のぞ》こうとしたが、曇りガラスのうえに、カーテンが閉め切られていてダメだった。

電気メーターを確認してみたが、回転が止まっている。中で電気を使っていない証拠。

やっぱり、強引にでも中に入るしかなさそうだ。

合板のドアで、ノブについている鍵穴《かぎあな》は古いシリンダータイプだ。

これなら楽勝だ。

真田は、軍手をはめ、ポケットからピッキングツールを取り出す。その間に、山縣は通行人から見られないように、位置を移動した。

「よし」

真田は、かけ声をかけてドアの前にしゃがみ込むと、ピッキングツールを慎重に鍵穴に差し込み、中のピストンを引っかけるようにしてロックを外した。

——開いた。

真田は、慎重にドアノブを回し、隙間《すきま》から中を覗き見た。

鼻を突くような刺激臭がした。

「うぉ」

思わず声を上げた。

何かの薬品の臭《にお》い。腕で鼻を押さえながら、中に足を踏み入れる。

電気がついていないうえに、カーテンも閉められているせいで、日中だというのに、室内は薄暗かった。

振り返ると、山縣が無言のまま懐中電灯を差し出した。

真田は、それを受け取り、灯《つ》りを点ける。

玄関を上がってすぐのところに、廊下を兼ねたキッチンがあり、その奥が部屋になっている。

靴を脱ぎ、廊下に上がり、その先にあるドアを開けた。

臭いが、より強くなる。

鼻をツンと突き刺す——。

胃の中のものを、全部吐き出してしまいそうなほどだ。

八畳ほどのフローリングの部屋の中央にテーブルがあり、蓋《ふた》の開いた工具箱、電気のコードや、ネジ、鉄パイプといったものが乱雑に置かれている。

その中に混じって、薬品の調合に使うビーカーやフラスコ、半透明のプラスチック容器などが並んでいた。

「人造人間でも作ってたのか？」

真田は、おどけた調子で言ったが、山縣の表情はいつになく固く引き締まっていた。

「想像していたより、ヤバイことになってるな」

山縣が、テーブルの上を眺めながら言った。

「どういうことだよ」

「そこにある薬品は、アセトン、過酸化水素水、硫酸、塩酸だ」

山縣は、プラスチックの容器を一つ一つ指差していく。

真田は、改めてテーブルの上に置かれたプラスチックの容器に目を向ける。確かに山縣が言った名称が書かれたラベルが貼《は》ってあった。

「これが、どうしたんだ？」

「それらを化合すると、過酸化アセトンになる」

呼び方を変えただけのような気がする。

「それって美味《うま》いのか？」

「死にたきゃ飲んでみろ」

「毒物ってことか？」

「爆薬だよ」

山縣が、鋭い一瞥《いちべつ》をくれながら言った。

「マジかよ」

「マジだ。二〇〇五年のロンドン同時多発テロでも使用された」

こいつは驚きだ。だが――。

「爆薬の原料なんて、簡単に手に入るのかよ」

「スーパーで買うってわけにはいかないが、過酸化アセトンの原料は、ちゃんと手続きさえ踏めば、比較的楽に手に入る」

山縣の説明を聞いたうえでテーブルに目を向けると、ただのガラクタだと思っていた様々なパーツが、意味を持っているのだと気付かされる。

この部屋の住人は、ここで爆弾を製造していたわけだ。

しかもダイナマイトのように導火線に火を点けるような原始的なものではなく、何かの仕掛けをほどこした高度なもの。

だが――。

「爆弾なんて作って、どうしようってんだ？」

真田の問いかけを無視して、山縣はもう一つの部屋へと通じる戸を開けた。

そこは、六畳ほどの畳の部屋になっていた。

フローリングの部屋の惨状とは違い、別の家ではないかというほど片付いていた。

中央にちゃぶ台があり、壁際《かべぎわ》には仏壇が置かれていて、書棚には、本が整理して入れられていた。

「きれいにしてんじゃんか」

「そうだな」

山縣は、呟《つぶや》きながら仏壇の前に屈《かが》み込む。

木枠の写真立てが置いてあり、そこに微笑《ほほえ》んでいる女性が写っていた。

ショートカットのよく似合う、かわいらしい女性だった。目尻《めじり》に皺《しわ》を寄せ、楽しそうに笑っている。

「これは誰だ？」

「たぶん、鳥居の元妻だろうな」

「死んだのか？」

「ああ」

「ふうん」

真田が改めて写真に目を向けている間に、山縣はくるりと背中を向けた。

「行くぞ」

「え、もう？」

せっかく無理して部屋に入ったのだから、もっと時間をかけて捜査するべきだ。

「俺たちは警察じゃない。これ以上やると、言い逃れできなくなる」

「でもさ」

真田は、さらに食い下がる。

「忘れたのか。この部屋の住人は、爆発物を製造していたんだ。警察の捜査が入ったとき、あちこちに俺たちの指紋が残っていたら、共犯にされちまうぞ」

「じゃあ、どうすんだよ」

「別の方法を探す」

山縣が、足早に部屋を出て行ってしまった。

「心当たりはあるのか？」

「アプローチを変える」

「どういう風に？」

真田は、突っかかるように言いながらも、山縣のあとに続いてアパートを出た。

「鳥居が、まっとうな人間じゃないことは確かだ」

「爆弾作ってるくらいだからな」

「まっとうじゃない人間を捜すなら、警察にお願いするのが一番だ」

――なるほどね。

「柴崎のおっさんか」

「そういうことだ」

あのおっさんも、いいように使われて大変だ。

「じゃあ、俺たちの仕事は終わりか？」

「いや、他にやることがある」

山縣は、のんびりした口調で言うと、代々木方面に向かって歩き出した。

まったく。説明が足りないんだよな。

山縣を追って歩き出した真田だったが、背中に誰かの視線を感じ、ふと足を止めた。

カラスだった。

電信柱の天辺《てっぺん》にとまったカラスが、真っ黒な目でじっと真田を見ていた。

「何見てんだよ」

真田は、独り言のように言う。

それが聞こえたのか、カラスはバサッと羽根を羽ばたかせ、新宿の街に向かって飛んでいった。

アパートの背後に見える高層ビル街が、ぼんやりと光をまとっているように見える。

こうやって見ると、まるで生きているみたいだ。

この部屋の住人は、都心のど真ん中のアパートで、爆発物を作りながら何を考えていたのか――。

今の真田には、その答えを見出《みいだ》すことはできなかった。

十

〈ちょっと話したいことがあるの〉

柴崎が亜沙美に呼び出されたのは、山縣から送られてきた似顔絵の人物の割り出し作業にかかろうとしていたときだった。

一瞬、判断に迷った柴崎だったが、亜沙美の呼び出しは、捜査に進展があったことを意味する。松尾と八島に、二階堂に接触した可能性がある人物とだけ説明し、その人物の割り出し作業を任せて部屋を出た。

呼び出されたのは、本庁の鑑識課にあるモニタールームだった。

「待ってたわ」

亜沙美は、少し興奮したように頬を紅潮させていた。

「話とは、なんです？」

「説明するより、見てもらった方が早いわね」

亜沙美は、そう言うと映像を編集するためのプロダクション・スイッチャーに座る鑑識官の肩を叩《たた》いた。

鑑識官がジョグダイヤルとスイッチを操作すると、小型のモニターに映像が映し出された。

ドアを斜め上から撮影したものだった。

この映像は、柴崎も見覚えがある。二階堂が取引場所として使用していたマンションのドア近くに仕掛けられた監視カメラによって撮影されたものだ。

少し、映像を早送りする。

そこに、一人の男が現れたところで、映像が通常再生になる。

ロングコートを着て、俯《うつむ》き加減に立っている男。彼は、カメラに気付いたのか、ちらりと視線を上げた。

「止めて」

亜沙美の声に合わせて、映像が静止した。

監視カメラということもあり、映像が粗く、これだけで個人を特定するのは難しいように思える。

「拡大をお願いします」

亜沙美の指示に合わせて、鑑識官がマウスを操作して、顔にポインターを合わせると、顔の一部分だけ拡大する。

しかし、大きくなった分、さっきより粗さが目立ち、確認するに至らない。

鑑識官が、ポップアップの画像を呼び出しクリックすると、粗かった画像がブラシをかけたように上から鮮明なものに切り替わっていく。

まだピンぼけしているように見えるが、それでも特徴を捉《とら》えられる範囲まではなった。

やせ形で、欧米人のように尖《とが》った鼻をした男だった。

落ち窪《くぼ》んだ目が、まるで死人のように暗い。

「分からない?」

亜沙美の問いかけは意外だった。

「分かったんですか?」

「ええ」

亜沙美は、柴崎に資料を差し出した。

顔写真の貼り付けられた経歴書だった。

名前は鳥居祐介——。

警察官の制服を着て、真《ま》っ直《す》ぐに前を見ている男の顔。

鷲《わし》の嘴《くちばし》のように尖った鼻をしていて、彫りの深い顔立ちをしていた。純粋な日本人というよりは、イタリア系に見える。

映像の方が少し窶《やつ》れているが、こうやって見ると、映像の男に酷似している。

それに、この鳥居という男、どこかで見たことがある。

柴崎の記憶が、急速に蘇《よみがえ》ってきた。

――もしかして。

改めて写真の下に書かれている経歴に目を向ける。

一九九三年に警視庁に入庁。警備部第六機動隊勤務。五年前に警備部警備第一課を辞職したときの階級は警部補。

「気付いたわね」

亜沙美は、柴崎の胸中を察したらしく言った。

「噂《うわさ》程度でしか知りませんが……」

やはり、そうだったか――。

柴崎は、納得するのと同時に、五年前に起きた忌《い》まわしい事件を思い出した。

拳銃《けんじゅう》を持った青年が、病院内で発砲。駆けつけた警察官を撃ち、病院関係の人間と患者十数人を人質に立て籠《こ》もった。

機動隊に包囲され、逃げ道を失った青年は、説得に応じて拳銃を捨てた。

だが、機動隊が突入すると同時に、持っていた爆弾の起爆スイッチを押し自爆した。機動隊員を含む、十五名が死亡する惨劇となった。

「五年前の事件については、敢《あ》えて言わないわ」

亜沙美は、頬の筋肉を引きつらせた。

「鳥居は、辞職してたんですか……」

「実際は、させられたと言った方がいいわね」

「なぜ？　疑いは晴れたんでしょ？」

柴崎は、納得がいかずに亜沙美を見た。

鳥居は事件後、人権団体によって告発された。罪状は殺人罪だった。事件当日、ＳＡＴの狙撃班《そげきはん》としてライフルを構えていた鳥居が、命令の無いままライフルの引き金を引いたからだ。犯人が起爆スイッチを押すのと、鳥居が犯人に向けて発砲したのが、ほぼ同時だった。

そこを突かれた。

一般には名前も顔も公表されなかったが、ＳＡＴの狙撃手の発砲が、犯人の自爆を誘発したとマスコミを巻き込んで大きな議論になった。

まるでスポーツの試合のように、マスコミが撮影していたビデオでの判定まで行われた。

結果として、鳥居が発砲するより〇コンマ何秒か早く、犯人が起爆スイッチを押したことが証明され、不起訴処分になった。

「結果なんて、問題じゃないの。それは、あなただって分かっているでしょ」

亜沙美の声は、怒りを孕《はら》んでいるように聞こえた。

キャリアである亜沙美が、警察の歪《ゆが》みに不快感を持っていることが意外だった。いや、違う。男社会の中で果敢に生きている彼女だからこそ、その歪みを実感できるのだろう。

もしかしたら、今後の警察社会を変えていくのは、キャリアとかノンキャリアとかではなく、亜沙美のような女性なのかもしれない。

彼女には、そんな期待を持たせるような魅力があった。

「しかし、ライフルを購入したのが鳥居だとして、なぜ二階堂を撃ったんです？」

「これは鳥居の復讐《ふくしゅう》なんじゃないかしら」

「復讐？」

「思い出して。五年前の立て籠もり事件で、鳥居がなぜ命令を無視して発砲したのか？」

その答えは、すぐに柴崎の頭に浮かんだ。

「自分の家族が、現場にいた……」

殺人罪で訴えられていたこともあり、警察は鳥居と同様にその名前を伏せていたが、立て籠もり事件の人質の中に、鳥居の妻と子どもがいた。

スコープを覗《のぞ》いていた鳥居は、当然それに気付いていた。許可が無い中で引き金を引いたのは、妻子を守りたかったからに他ならない。

だが守ることができなかった――。

子どもは軽傷で済んだものの、彼の妻は病院に運ばれたが、重度の火傷《やけど》を負っており、三日後に息を引き取った。

事件後、対応に追われた鳥居は、妻のいる病院にかけつけることができなかった。何度も鳥居の名を呼んだだろうに、結局、彼は死に際《ぎわ》の妻の顔を見ることもできなかった。

彼は、どんな思いで事件後の数日間を過ごしたのだろう。

妻の死を知らされたとき、それをどう受け止めたのだろう。

娘を人質にとられた経験のある柴崎は、家族を失うかもしれないというジレンマが、どれほどのものか知っている。

あのとき柴崎は、娘の命を守るために、犯罪者の要求に屈した。それで、家族を守れるなら、全《すべ》てを失っても構わないと思った。

柴崎が鳥居と同じ立場なら、間違いなく引き金を引いていた。

考えただけで、胸が詰まる思いがした。

もし、鳥居が復讐を企てたとしても、柴崎は責める言葉を持っていない。

だが――。

「誰に対しての復讐です？　あのときの犯人は、もう死んでいます。二階堂を撃ったのはなぜです？」

「調べ直してみないと分からないけど、五年前の事件の犯人が持っていた拳銃は、ベレッタM92Fだったわよね」

「ええ」

柴崎は、記憶を辿《たど》りながら返事をした。

「犯人が死亡したことで、不明になっていますが、その青年はどこからその銃を手に入れたんですか？」

確かにそうだ。猟銃であれば盗んだということも考えられる。

だが、ベレッタM92Fとなると話は別だ。法律に則《のっと》れば、日本に存在するはずのない拳銃だ。

「二階堂が売ったと……」

「あくまで、可能性の話だけど」

少し吊《つ》り上がった亜沙美の目は、言葉とは裏腹に自信に満ちていた。

確かに、そうであった場合、鳥居と二階堂がつながる。

鳥居は、妻の復讐のために、五年前の事件にかかわった人間を次々と狙《ねら》っているということか。

――もしかして。

柴崎は、その思いにとりつかれ、ジャケットのポケットに折り畳んで仕舞っていた似顔絵を取り出した。

志乃が、死を予見した弁護士――。

この弁護士が、鳥居を告発した人権団体の人間だったとしたら――。

確かめてみる必要がある。

部屋を出たところで、柴崎の携帯電話が着信した。

十一

真田は、代々木駅にほど近い喫茶店の窓際の席にいた。

狭い店内だが、チェーン展開している店と違い、落ち着きがあり、静かな雰囲気だった。

コーヒーをすすりながら、窓の外に目を向けると、電柱に寄りかかるようにして携帯電話で話をしている山縣の姿が見えた。

電話の相手は、柴崎だ。山縣は、用もなく長電話をするようなタイプじゃない。おそらく柴崎が、重要な情報を摑《つか》んだのだろう。

コーヒーをもう一杯もらおうとしたところで、山縣が喫茶店に戻ってきた。

「どうだった？」

「予想以上に面倒なことになりそうだ」

山縣は、うんざりだというふうに白髪混じりの髪を両手でかきあげながら、向かいの席に座った。

珍しく苛立《いらだ》っているようだ。

「なんで？」

真田が訊《き》くのと、店内に郷野が現れたのが同時だった。

タイミングの悪い――。

郷野は、こちらを見付けると、ほっとしたように表情を緩め、コートを脱ぎながら歩み寄って来た。

「どうぞ」

山縣は、郷野を上手の席に促しながら、真田の隣に座り直した。

「いや、遅くなってすまんね」

郷野は、コートを畳んで膝《ひざ》の上に置くと、両手を擦り合わせた。

「全員、コーヒーでいいか？」

真田は、確認をとってから、ウェイターに三人分のコーヒーを注文した。

「彼は？」

郷野が、真田に視線を向けた。

そういえば、郷野が依頼に来たときは、留置場に入っていて、直接会うのは初めてだった。

「真田省吾だ。山縣さんにこき使われてる」

「確かに、山縣君は人使いが荒いからな」

郷野が、豪快に笑った。だが、山縣は無表情のままだ。

「で、話というのは？」

郷野が、ひとしきり笑ったあとに切り出した。

山縣は、それには答えず、表情を硬くした。まるで、真剣勝負を挑む武士のようだ。見ているこっちまで息苦しくなる――。

「鳥居祐介とは、何者ですか？」

ウェイターが注文したコーヒーをテーブルに置くのを待ってから、山縣がゆっくりとした口調で話し始めた。

「楓さんの恋人で、町工場に勤める……」

「私が訊いているのは、過去のことです」

山縣が、郷野の言葉の腰を折った。

おそらく、山縣はさっきの柴崎との電話で、鳥居の過去についての情報を入手している。だが、あえてそれを口にしないことで、相手の反応をうかがっている。

したたかなおっさんだ――。

「過去は、普通の公務員だった」

郷野は、真《ま》っ直《す》ぐに山縣を見返した。

なかなか図太いおっさんだ。そう簡単に腹の底は見せないってわけだ。

「普通の公務員が、自宅で爆発物を製造しますか？」

山縣の口調には、いつになく熱がこもっていた。

「爆発物……」

「ええ。過酸化アセトンです」

「そうか……」

郷野が、諦《あきら》めたように首を左右に振った。

「もう一度訊きます。鳥居は、何者ですか？」

「鳥居は、元警視庁警備部警備第一課SAT狙撃班に所属していた」

「マジか」

真田は、思わず声を上げた。

「なぜ、最初にそれを言ってくれなかったんですか？」

山縣の疑問はもっともだ。最初から知っていれば、もうちょっとスムーズに話が進んだ。

「五年前に起きた、病院の立て籠《こ》もり事件を知っているか？」

山縣は黙って頷《うなず》いた。

真田も、その事件は知っている。

普段の生活の中で思い出すことはないが、こんな事件があったよねと問われれば、大筋を思い出すことはできる。

だが、その程度の認識でしかない。

「あのとき、鳥居は狙撃班として待機していた。そして、許可なく引き金を引いてしまった。その結果は、山縣君も知っているだろ」

「ええ。犯人はほぼ同時に自爆し、多数の犠牲者が出た……」

「そうだ。報道は自粛していたが、人質の中には、鳥居の妻である奈津《なつ》さんと娘の奈々ちゃんもいた。あいつは、目の前で、仲間と自分の奥さんが炎に包まれるのを見ちまったんだ」

郷野の目には、うっすらと涙の膜が張っているように見えた。

「ひでぇな……」

真田は、呟《つぶや》くように言った。

その光景を思い浮かべてみた。例えば、目の前で志乃が人質にとられていたらどうするだろう？

鳥居と同じように、命令がなくても引き金を引くだろう。

だが、それでも間に合わず、目の前で死んでいく。

真田の脳裏に、両親の死の光景が浮かび、額の右側にある傷が、じりじりと熱をもってうずいた。

「鳥居は、娘と二人ただ生きてるだけの生活を送っていた。あいつの目は、まるで死人のようだった」

「生きる希望を失ってしまった……」

山縣の言葉に、郷野が頷いて答えた。

「私は、そんな鳥居を、ある会合に誘ったんだ」

「会合？」

「あの事件の被害者の会だ。そこでは、鳥居と同じように、事件で大切な人を失った者が集い、事件を乗り越えるための活動をしているんだ」

「誰が創設したんですか？」

「私だよ」

山縣の言葉に、郷野は泣き笑いのような表情を浮かべる。

「郷野さんが？」

「これは、息子の形見でね……」

郷野は、左手に嵌《は》めた腕時計に視線を落とした。

銀色のその時計は、文字盤が割れ、針も止まり、時計としての役割は果たしていなかった。

「私の息子は、あの事件のときに、機動隊員として最前線に立っていたんだ……私は、目の前で息子が吹っ飛ぶのを見てしまった……」

「そうだったんですか……」

郷野は、目頭を押さえるようにして、滲《にじ》んだ涙を拭《ぬぐ》うと、大きく息を吸い込んでから話を続けた。

「私自身が被害者遺族になったことで、何とかしなければと思ったんだ。それで……」

「鳥居は、望んで参加を？」

山縣が訊いた。

「最初は嫌がったよ。自分は、被害者であり加害者である。鳥居はそう思っていたからね」

「その状況で、まだ自分を責めてたのかよ」

真田は、苛立ちから口にした。

愚鈍なまでに不器用な男だ。犯人が悪いと割り切ってしまえば、自分の心も少しは救われたものを——。

「鳥居は、そういう男だ。どこまでも潔癖なんだ。それが災いして、なかなか立ち直ることができなかった」

「そこで、楓さんと会ったんですね」

山縣が呟くように言った。

「そうだ。彼女も、夫をあの事件で亡《な》くしている。機動隊員だったんだ。当時、彼女は妊娠していたが、精神的な疲労がたたって……」

郷野は、そこまで言って下唇をかんだ。

その先は、いちいち聞かなくても分かる。影を背負った女。

「会合を重ねるうちに、二人はお互いを意識するようになった。それが、通常の恋愛感情から生まれたものでないことは分かっていたが、それでも支え合って生きていけるなら、それでもいいと思っていた」

「だが、違った」

山縣が、その先を促す。郷野は、それに頷いて答えてから、話を進める。

「楓さんから、鳥居が姿を消したと聞いたとき、嫌な予感がした。具体的にそれが何なのか分からなかった……」

「それで、私たちに調査を依頼したんですね」

「そうだ」

山縣が、テーブルの上に「L」の文字を書いた。

相手が嘘《うそ》を言っているときのサイン。真田も、山縣の読みには賛成だった。

「おっさん。嘘ついてんだろ」

真田は、郷野の目を真っ直ぐに見ながら言った。

「面白いことをいう青年だ」

「別に、笑かそうとしてるわけじゃねぇよ」

「なぜ、嘘だと思うんだ？」

ほら来た――。

山縣は、腕組をして黙っている。助言する気はないようだ。相変わらず厳しい。

「人は、嘘をつくとき、自然と視線をそらすんだよ。あんただって元警察の人間なんだから、それくらい分かるだろ」

郷野はコーヒーを飲み、一息ついてから苦笑いを浮かべた。

「彼は、山縣君が仕込んだのかね？」

「私は、何もしてません。こいつは、もともとクレバーなんですよ」

山縣は、郷野の問いに無表情のまま答えた。

「確かにクレバーだな」

「話がそれてるぞ」

真田は、逃げ道を塞《ふさ》ぐように言った。

「君の言う通りだ。一つ、嘘をついていた。事件のあとに再会した鳥居の目は、死んでいなかった。腹に一物を抱えて、何かを狙《ねら》っているハンターの目だった」

「ハンター？」

「そう。獲物を狩るハンターの目だ。確信があったわけではないが、鳥居が事件に怨《えん》恨《こん》を持ち、何かをしようとしている気がした」

「被害者の会に参加させた本当の理由は、それですね」

ここでようやく山縣が口を挟んだ。

「ああ。被害者の会は、復讐《ふくしゅう》心《しん》を持った人間たちの集まりじゃない。心に傷を負った者たちが、お互いを励まし合いながら、この先を生きていく場所だ」

「その姿を鳥居が見れば、変わると？」

「ああ。だが、被害者の会に参加するようになってから、鳥居は次第に過激な思想を口にするようになっていった」

「具体的に、どういうことですか？」

「発砲許可を出さなかった、警察組織に対する不信感……いや、怨恨といってもいい」

郷野は、悔しそうに表情を歪《ゆが》めた。

「怨恨……」

「そうだ。私には、彼が危険な思想を持ち始めているように見えた。被害者の会からも、彼に対する疑念が沸き上がってね……注意を促そうとした矢先の失踪《しっそう》だった」

これで、今回の狙撃《そげき》の犯人は鳥居って線が確定的になった。問題は、どうやって鳥居を捜し出すかだ。

鳥居を捕まえない限り、事件は終わらない。

「郷野さん。鳥居の最終目的はなんですか？」

山縣は、顎《あご》を撫《な》でながらぼつりと言った。

郷野は、静かに首を振った。

「もし、それが分かっていれば、鳥居を捕まえることができる」

確かにその通り。

鳥居は、何をもって復讐の終わりだと判断するのだろう――。

「当時の鳥居を知る人間は、誰かいませんか？」

「一人、心当たりがいる。会えるように私から連絡してみよう」

郷野は、しばらく何かを思案するように視線を漂わせたあと口にした。

十二

柴崎は、応接室のソファーに座っていた。

黒い高級な本革を使用したソファーだ。テーブルや書棚などの調度品も、高級感漂うシックな色合いで統一されている。

香りのいいコーヒーを出されたが、それに手を付ける気にはなれなかった。

背面にある四角い窓からは、新宿の街を一望できた。

新宿中央公園の西側に位置するビルの、九階にある事務所だ。

この立地なら、家賃は坪単価で三万円は下らない。そこで百坪の事務所を構えるのだから、家賃だけで月額三百万になる。

相当な儲《もう》けがなければ、こうはいかない。

この弁護士事務所の主《あるじ》は、長谷部《はせべ》清志《きよし》。五年前の事件で、鳥居を告発した人権団体のリーダーだった男だ。

いろいろと調べて分かったことだが、長谷部は五年前の事件以来、急激に事務所の規模を拡大したばかりか、ときおりテレビ番組にコメンテーターとして出演したりと活躍している。

長谷部たちが鳥居を告発したのは、明らかな売名行為だ。だが、それがもたらした影響は大きい。

四十年ほど前に起きた瀬戸内シージャック事件の再来だ。

警察官を刺して、仲間とともに逃走した二十歳の男が、銃砲店からライフルと弾丸を強奪し、定期旅客船に乗り込み、その乗客乗員を人質にとった。

その際、乗船を阻止しようとした警官に発砲、負傷させた。さらに、肉親の説得に対し、ライフルを乱射し、一人の警察官が重傷。

被害の拡大を恐れた警察は、狙撃手により犯人を射殺した。

その後、狙撃を指示した県警本部長と、狙撃手が殺人罪で告発された。結局、不起訴処分にはなったものの、あれ以来警察は世論を恐れ、立て籠《こ》もり犯に対して消極的になり、引き金を引けなくなった。

ここ数年、銃による立て籠もり事件の数は、飛躍的に上がっている。現場にいる警察官は、ただ包囲しながら説得を続けることしかできなくなってしまっている。

人命を尊重する。それが大前提であることは分かる。だが、警察が引き金を引かないことで、どれだけの人命が奪われたことか――。警察官や人質が射殺されるだけでなく、最後には犯人が自殺するケースも少なくない。

アメリカのように、抵抗した犯人は、とにかく撃ち殺せというつもりはない。だが、撃たなければならないときもある。

犯人の人命を尊重することで、結果的に他の命を危険に晒《さら》している。

柴崎の思考を遮るように、応接室のドアが開いた。

入って来たのは、小柄で卵のような顔をした中年の男だった。

柴崎は、その顔を改めて見て確信した。志乃が死を予見したのは、この男だ。

「新宿署の柴崎です」

「長谷部です」

お互いに名刺交換を済ませ、向かい合うかたちでソファーに座った。

「お一人ですか？」

長谷部は、足を組みながら言った。

今、亜沙美が本庁の刑事部に対して、次のターゲットが長谷部である可能性が高いことを進言している。

彼女の交渉がうまくいけば、長谷部に警護をつけることができる。

「そうです」

「で、警察が何の用件ですか？」

長谷部は、煙草《たばこ》に火を点《つ》ける。その態度が、いちいち高圧的で神経を逆撫でする。

「最近、脅迫の類《たぐい》はありませんでしたか？」

柴崎は、咳払《せきばら》いをしてから口を開いた。

「そんなもの、しょっちゅうですよ。私は、有名人ですからね」

長谷部は口許《くちもと》を歪め、ヤニで黄色くなった歯を見せながら笑った。

「その中で、具体的なものは？」

「さあね。秘書が選別してると思うが、それがどうしました？」

「見せていただくことはできますか？」

脅迫状などがあれば、それを理由に警護をつけることも容易《たやす》い。

「令状はあるんですか？」

また、上から見下ろすような態度。

「ありません」

「では、お見せできません。問題があるようでしたら、こちらから警察にうかがいます」

柴崎は、苛立《いらだ》ちから固く拳《こぶし》を握った。

さすがに警察の扱いに慣れている。こちらが手の内を明かすまで、のらりくらりとかわすつもりだろう。

――本当に、この男を救う価値があるのか？

柴崎は、ふと頭に浮かんだ疑念を慌《あわ》てて振り払った。法を守る者は、命に優劣をつけてはいけない。

「これは、オフレコにして頂きたいのですが、あなたの命を狙っている者がいるという情報が入りました」

柴崎の言葉に、長谷部の目の色が変わった。だが、それはほんの一瞬だけのことだった。

「それは、どこからの情報です」

「今のところ、ある情報筋としか言えません」

「情報の出所が明かせないのであれば、裁判で証拠として扱われません。警部だって
それくらいご存じでしょ」

長谷部は、小馬鹿《こばか》にしたような口調だった。権力には屈しない。そう言いたいのだ
ろう。

「これは、裁判ではありません」

「同じことです」

長谷部は、話はこれまでだという風に煙草を灰皿に押しつけ、立ち上がった。

「鳥居祐介を覚えていますか？」

柴崎は、呼び止めるかわりにその名前を口にした。

効果覿面《てきめん》だったようだ。長谷部は、少し思案したあと、もう一本煙草をくわえてソ
ファーに座り直した。

「もちろん覚えてますよ」

「先日、二階堂という武器密売人が射殺されました。そして、その二階堂の所に、鳥
居によく似た人物が入って行くのが確認されています」

柴崎は、できるだけ表情を変えないように意識した。

「それで、次は私だと？」

「まだ、その人物が鳥居だという確認は取れていません。しかし、その可能性は極めて高いと考えています」

「なぜ、私が狙われる？」

長谷部は、眉根《まゆね》を寄せた。演技ではない。本当に分からないという表情だ。まさか、自分のしたことを忘れたわけではないだろう。だが、この手のタイプの人間は、自分のしたことが、他人に与えた影響までは考えないのかもしれない。

「復讐です」

「何の復讐だね？　私は、おかしいことを、おかしいと言っただけだ」

長谷部の悪びれもしないその態度に、柴崎は苛立ちを募らせる。

「あの状況では、引き金を引くのが最善の方法でした」

長谷部の態度に刺激され、柴崎は、つい本題とは関係のないことを口にしてしまった。

「あなたは、ご自身の言葉の意味が分かっていない。引き金を引くということは、人を殺すということですよ」

「それは、そうですが、あの場合は……」

「犯人であれば命を奪っても構わない。警部は、そうおっしゃりたいんですか？」

「そうは言っていません」

「同じことです。警部みたいな方がいるから、日本の治安は一向に良くならないんです。誰もが命を尊いと思えば、犯罪なんて起きないんです」

長谷部の吐き出す煙が、柴崎の顔にかかった。

「それは極論です」

彼の言葉は、至極正しいのだが、机上の空論に過ぎない。

「あなたは、人の死の重みが分かっていない。犯人にだって、親兄弟がいるんです。その哀《かな》しみを考えたことがありますか？」

——偽善者め。

柴崎は、言いかけた言葉を呑《の》み込んだ。

それを言ってしまえば、決裂するだけだと分かっていたからだ。長谷部の言うことは、いちいちもっともだ。命は尊重すべきだ。

だが、警察が何もしないで人質を殺害されたとき、同じことを被害者の遺族に対して言えるのか？

少なくとも、被害者には、殺害される理由はどこにもない。

あなたは、鳥居と同じ状況にあってもなお、同じ言葉が言えるのか？

柴崎は、その問いかけを胸の奥にしまい込んだ。

長谷部がなんと言うかは、訊《き》くまでもなく分かっている。彼は、引き金を引かないと答えるはずだ。

だが、それは真に危機的状況を体感したことがない人間が発する言葉だ。

想像の中では、なんとでもいえる。いつでも、そこから逃げられるからだ。だが、現実は違う。

柴崎には、鳥居の行動を責めることはできなかった——。

十三

真田は、山縣と新宿の高級ホテルのラウンジにいた。

吹き抜けの天井で、豪華なシャンデリアがつり下がっていて、ソファーも身体《からだ》が沈み込むほど柔らかかった。

「マジかよ」

真田は、メニューを見て思わず声を上げた。

コーヒー一杯が千五百円もする。しかも、それが一番安い。

「騒ぐな。みっともないぞ」

山縣が、黒いスーツを着たウェイターに二人分のコーヒーを注文しながら言った。

なんだか、父親に窘《たしな》められる子どもの気分になってくる。

「ところでバイクは、どうなってる？」

「安心しろ。これが終わったら取りに行く」

「よっしゃ」

真田は、興奮でガッツポーズを決めた。

この五ヶ月間、どれほど待ち望んだことか。

「壊すなよ。次はないぞ」

「子どもじゃねぇんだから、いちいち言われなくても分かってるよ」

嫌みなら、耳にたこができるほど聞かされている。はっきり言って、もううんざりだ。

「だいたい、お前は……」

「それより、郷野っておっさんとは、どういう関係なんだ？」

これ以上の説教はご免だ。真田は、山縣の話を遮るように言った。

ただ、実際に興味があったのは確かだ。警察時代の知り合いだとは聞いていたが、二人の間には、それ以上の何かがあるような気がしていた。

「私の新人時代の上司だった人だ」

山縣は、憂鬱《ゆううつ》そうに顔をしかめながら口を開いた。

「へぇ。どんな新人だったんだ？」

「お前みたいに、世間知らずなガキだったよ」

「一緒にすんなよ」

「郷野さんは、厳しい人だったが、自分の部下を子どものようにかわいがった。親父《おやじ》と呼んで慕ったもんだ」

真田は、郷野の顔を思い返した。

「今でも、頭が上がらないってわけだ」

山縣は、返事をする代わりに苦笑いを浮かべた。

ウェイターがコーヒーを運んできたところで、ラウンジに一人の男が入って来た。

このホテルの警備員の制服の上に、茶色いウールのコートを着ている。

おそらくあれが、郷野に紹介してもらった男、鷹野だろう。彼は、注文を取りに来たウェイターに「私はいいです」と答え、テーブルの前に立った。

「えっと……山縣さんでいいんでしたっけ」

「鷹野さんですね。山縣です」

山縣が立ち上がり頭を下げる。真田も、それにならって席を立ち自己紹介しながら頭を下げた。

「まあ、座ってください」

山縣の言葉に合わせて、全員が席に着いた。

「申し訳ありません。わざわざお越し頂いて……」

鷹野が丁寧に詫《わ》びを言う。

「いえ。休憩時間に無理に呼び出したのは、こちらですから」

「それで、鳥居さんのことについて訊きたいということでしたね」

鷹野がちらりと腕時計に目をやった。あまり長い休憩時間ではないようだ。

「鳥居さんとは、SAT時代にご一緒だったんですよね」

山縣が、話を始めた。

「ええ。狙撃班《そげきはん》で一年一緒でした。私の師匠ともいえる人でした」

「腕は立つんですか？」

「ピカ一でした。練習中に、三百メートル先のコインを撃ち抜いたときには、さすがに絶句しましたよ」

「それは、本当の話か？」

真田は、思わず口を挟んだ。

狙撃の経験が無い人間でも、それが凄《すご》いことだというのは分かる。

「本当です。何より集中力が凄いんです。鳥居さんは、スコープを覗《のぞ》くと、その先にいるターゲットの息遣いや、心の中まで見えるんだと言ってました」

鷹野は、何かを懐《なつ》かしむように目を細めた。

その瞳《ひとみ》には、憧《あこが》れや羨望《せんぼう》といった感情が込められているのかもしれない。

「事件のときの鳥居さんはどんな風でした？」

山縣の次の質問で、鷹野の表情が一気に曇った。

「あの日、私は隣にいながら、鳥居さんの家族が人質にいるとは知らなかった。そんな状況にありながら鳥居さんは冷静でした。もし、あのとき、発砲許可が下りていれば、鳥居さんはし損じることなく仕留めたと思います」

鷹野は、淡々とした口調だった。

実際、鳥居に会ったことはないが、彼の言っていることに嘘《うそ》はないように思う。

「だが、許可は下りなかった」

「ええ。爆発が起こったあと、SATも現場に駆けつけました。それは、酷《むご》いものでしたよ。地獄があるとしたら、ここだと思いました」

「地獄？」

真田は、イメージがわかずに首を捻《ひね》った。

「君は、バラバラに飛び散った人間の死体を見たことがありますか？」

「いいや」

「そういう死体が、あちこちにあった。肉の破片が、ガムみたいに壁に貼《は》りついていた。人間の焦《こ》げた臭《にお》いが立ちこめていて、むせ返るほどでした。腹に穴が空き、傷口から内臓の一部が露出している人もいた……」

鷹野は、そのときの光景を思い出したのか、息を詰まらせた。顔が真っ青だ。

真田自身、想像しただけで背筋がぶるぶると震えるのを感じた。とても、平和な日本で起きたこととは思えない。

「あの瞬間、鳥居さんの中で、何かが壊れてしまったみたいだった」

どこか遠くを見るような目で鷹野が言った。

「壊れた？」

「告発されたときも、自分の処遇なんて興味が無いみたいに、じっと押し黙っていました。警察を辞めたあとも、何度か会ったのですが、常にどこか遠いところを見ているようでした。もしかしたら、その時から……」

「あなたは、どうして警察を？」

山縣が、しばらく間を置いてから訊いた。

鷹野は、口の端を歪《ゆが》めて俯《うつむ》いた。

「私は、あの事件で、心が折れてしまった」

「折れた？」

「虚無感って言った方がいいかもしれませんね。あの事件のとき、一時的に立て籠《こ》もり事件の対応について騒がれました。でも、それは一過性のものです」

「すぐに忘れる」

「地下鉄の毒ガスにしても、先日起きた立て籠もり事件にしてもそうです。対応について一時的に問題意識を持っても、何年かすれば忘れてしまう。結局、何も変わらないんです」

「警察は、絶対に犯人に手出しできない……」

「ええ。撃てないのに、狙撃の訓練をするのは、何のためなんでしょうね」

「やる気をなくした」

「まあ、そんなところです」

照れ臭そうに言った鷹野は、腕時計に目をやった。

「時間ですか？」

「すみません。交代しなければいけないので」

鷹野は、席を立ち一礼してから歩み去っていった。

十四

志乃は、ハイエースの後部スペースから、窓の外を眺めていた。

参宮橋《さんぐうばし》の駅から、山手通り方面に十分ほど進んだ先にある路地に停めた車からは、楓が住んでいるマンションが見える。

今のところ、彼女の部屋に出入りした人物はいない。

見た感じ、間取りは２ＬＤＫといったところだ。

独身女性が一人で住むには、広すぎるように思う。それに、新宿と渋谷の中間地点にあるこの場所は、アクセスもいいので、家賃もかなり高い。

もしかしたら、恋人だった鳥居と住むことを前提に借りたのかもしれない。

運転席の公香は「嘘でしょ？」と何度も大きな声を上げながら、携帯電話で話をしている。

電話の相手は山縣だ。その反応からして、何か大きな動きがあったことは容易に想像がつく。

「志乃ちゃん。五年前に起きた立て籠もり事件って覚えてる？」

公香が、電話を切るのと同時に、身体を乗り出すようにして振り返った。

「なんとなくですけど……」

志乃は、答えながら膝《ひざ》の上に載せたノートパソコンでインターネットサイトを開き、検索をかける。

一番最初に表示されたニュース記事をクリックし、表示された記事が公香にも見えるように、モニターの向きを変えた。

二十二歳の青年が、拳銃《けんじゅう》を持って病院に侵入。手当たり次第に発砲し、病院内に立て籠もった。機動隊が病院を取り囲み、突入した瞬間、青年は持っていた爆弾のスイッチを押し自爆した。

人質と機動隊の隊員、合わせて十五名が死亡する大惨事になった。

その後、ＳＡＴの隊員が殺人罪で訴えられ騒ぎになっていた。

事件自体は志乃も知っていたが、その顚末《てんまつ》までは知らなかった。

ほとんどの人間がそうだ。何か大きな事件が起きたとき、マスコミに煽《あお》られて、一斉にバッシングするが、次の事件が起こると、すぐに矛先を変え、顚末を見届けることはない。集団ヒステリーのようなものだ。

本当に、問題意識を持っている人間は、ほんの一握りに過ぎない。

「楓さんには夫がいて、突入した機動隊員の中の一人だったんだって」

公香の補足説明に、志乃は思考を中断させた。

「そうだったんですか……」

志乃は、楓の顔を思い浮かべた。

化粧も薄く、死人のような虚《うつ》ろな目をしていて、重く暗い影を引《ひ》き摺《ず》りながら歩いているような印象があった。

彼女をとりまく影の正体が分かった気がする。

「それと、私たちが捜している鳥居は、その事件のときに狙撃手として現場にいたんだって。で、彼も事件で奥さんを亡《な》くしてるらしいわ」

「そうですか……」

志乃は、改めてインターネットの記事に目を向けた。訴えられた狙撃手の名前は載っていないが、その妻が現場にいたことが書かれていた。

「同じ事件で、傷を負った者同士が寄り添っていたってわけね」

そうなると、今回の事件の状況はまるで変わってくる。

鳥居の失踪《しっそう》には、五年前に起きた事件が大きく関与している可能性が高い。

「あの、機会をみてもう一度楓さんと話してみた方が、いいと思うんです」

「そうね。それも一つの手ね」

「はい」

返事をしたところで、ふと一人の男の姿が志乃の目に留まった。

薄暗がりの中、ゴルフバッグのようなものを肩から担《かつ》ぎ、道路の反対側からじっとマンションを見上げている。

顔がはっきり見えたわけではない。だが、志乃には「もしかして」という思いがあった。

設置されている道具箱の中から、単眼型の暗視スコープを取り出す。望遠鏡のような形状で、片手に収まる大きさの暗視スコープだ。

第一世代のもので、赤外線の光で対象物を照らし、赤外線イメージ管を通して、人間の目に見える映像に変換する。

志乃は、電源を入れ暗視スコープを右目に当てた。緑がかった赤外線映像の中に、コート姿の男が浮かびあがってくる。

男の顔に狙《ねら》いを定めズームさせた。

「やっぱり……」

志乃は、その顔を見て、自分の勘が正しかったことを確信する。

「どうしたの？」

公香が、身を乗り出すようにして訊《き》いてきた。いろいろ説明するより、見てもらった方が早い。

志乃は、無言のまま暗視スコープを手渡す。意図を察したらしい公香は、それを受け取り男にレンズを向けた。

公香は、暗視スコープを外すと、驚きの表情を浮かべて志乃を見た。

「志乃ちゃん。山縣さんに連絡して」

「公香さんは？」

「尾行に決まってるでしょ」

「一人では危険です」

志乃は、今にも飛びだそうとしている公香の腕を摑《つか》んだ。

「仕方ないじゃない。一人しかいないんだから」

公香の言葉に悪意がないことは分かっている。だが、それでも志乃の胸の内側に、えぐるような痛みがあった。

「すみません。あたしが……」

志乃は、恨みを込めて自分の動かぬ足に目を向けた。

「だから、そういうの止《や》めて！」

公香の表情は、いつになく険しかった。

「でも……」

「人には、それぞれ特技ってあるのよ。私や真田は動くのが得意ってだけ。志乃ちゃんは、頭を使えばいいの。分かる？」

「それは、分かってるつもりです」

「だったら、ごちゃごちゃ言わない」

公香が、会話の終わりを宣言するのと同時に男が動いた。

コートのポケットに手を突っ込み、踵《きびす》を返すと、背中を丸めて駅の方向に向かって歩いていく。

「じゃあ、あとは頼んだわよ」

公香は、そう告げると、ドアを開けて車を降りた。

志乃は、その背中を見送ることしかできない自分が悔しかった——。

十五

「CBRじゃん」

真田は、興奮気味に声を上げた。

ガレージに置かれていたのは、ディープレッドに塗装された、HONDAのCBR600RRだった。

MotoGPレーサーに近い構造を持ち、レーサーレプリカの走りに重点が置かれたバイクだ。

ケチな山縣のことだから、原付バイクを用意されるんじゃないかと心配していただけに、喜びは倍増だ。

「オモチャじゃないぞ」

近くで腕組をしながら見ていた山縣が言った。

「分かってるよ。それより、これ動くのか？」

真田は、バイクショップのオーナーである河合に向かって言った。放置されていたのか、汚れが目立つ。

「走行距離は、けっこういってるが、まだまだ使える」

河合は、巻き舌気味に言った。いかにも、元暴走族ですといった感じだ。

詳しい事情は知らないが、かつて山縣に世話になったらしい。お節介な山縣のことだから、河合に説教でも垂れたんだろう。

「本当に、もらっていいのか？」

山縣が、河合に問う。

「ああ。気にすんな。どうせ、廃車処分にしようと思ってた物だ。それに、山縣さんがいなきゃ、この店もなかったしな」

河合が照れくさそうに首の後ろをかいた。

「エンジンかけてもいいか？」

真田は、二人の会話に割って入るかたちで声をかける。

「ああ。好きにしろ」

河合は、くわえた煙草《たばこ》に火を点《つ》けた。

真田は、シートにまたがり、キーをオンに回しエンジンをかける。

すぐに点火し、マフラーから白い煙が吐き出され、シートを通して心地よい振動が伝わってくる。

真田はハンドルを握り、覆《おお》い被《かぶ》さるような前傾姿勢になり、スロットルを回す。

淀《よど》みないエンジンの振動が腹の中に響く。

「悪くない」

「なんだって？」

エンジン音で聞こえなかったらしく、河合が耳を突き出した。

「いいバイクだって言ったんだ」

真田が、アクセルをゆるめながら言った。

それと同時に、山縣の携帯電話に着信があった。

電話に出た山縣は、神妙な面持ちだった。何かトラブルか――真田は、一度エンジンを切り、会話に耳を傾ける。

「……そうか……分かった……そこで待機してくれ」

電話を切ったあと、山縣は長いため息をついた。

「何かあったのか？」

「志乃からの連絡だ。鳥居が現れた」

「どこに？」

「楓さんのマンション前だ」

山縣は、眉間《みけん》に皺《しわ》を寄せ、分からないという表情を浮かべていた。

真田も同じ気持ちだった。自らの意志で行方不明になったはずの男が、のこのこと舞い戻って来た。

なんのために？

「分からねぇ奴《やつ》だな」

「公香が先走って、鳥居の尾行を始めてしまったようだ」

「志乃は？」

「車で待機してる」

フォロー無しでの尾行は、見失う可能性が高いうえに、不測の事態にも対応できない。

しかも、鳥居は自宅で爆弾を作っていた男だ。もし、尾行が気付かれたら、かなりヤバイな。

「あのバカは、何をやってんだ」

真田は、毒づいた。

「お前が言えた義理か？」

すぐに山縣からの突っ込みが入る。

「ええ、そうでしたね」

「行けるか？」

「もち」

真田は、答えるのと同時に、バイクのスタンドを蹴《け》り上げ、再びエンジンを回し、スロットルをひねった。

エンジンが唸《うな》り、回転速度を上げる。

「貸してやるよ」

河合が、真田にフルフェイスのヘルメットと、グローブを投げて寄越した。

メットもグローブも、臭そうなほど薄汚れていたが、何も無いよりはマシだ。

「サンキュー」

真田はヘルメットを被り、グローブをはめると、大きく深呼吸をしてからバイクをスタートさせた。

CBRは、想像以上の加速をみせ、ぐんと加重で身体《からだ》が仰《の》け反《ぞ》った。

「このバイク、かなりいじってるな」

真田はぼやきながらも、ガレージを飛び出し、そのままアスファルトの路面に出た。

クラッチが少し固いが、すぐに慣れるだろう。

真田は、ギアチェンジをくりかえし、さらにバイクを加速させた。

十六

公香は、暗がりの中で男の背中を追いかけていた。

最初は、駅に向かっているのかと思った。だが、鳥居は駅前の道を通り過ぎ、坂道を登った先の陸橋を渡り始めた。

尾行するときには、足音に充分注意しなければならない。特に、今日は尾行になるとは思っていなかったので、ヒールを履いてきてしまっている。だからといって、素足で歩くわけにもいかない。

できるだけゆっくり歩いて欲しいところだが、その願望に反して男の歩調は規則正しく、そして速かった。

少しでも歩調を緩めたら、すぐに見失ってしまいそうだ。

今のところ、鳥居はこちらの存在に気付いている素振りは見せていない。

陸橋を渡りきったところで、鳥居は何かを思い出したように、ふと動きを止めた。

公香も、それに合わせて動きを止めた。

——気付かれた？

一瞬ひやりとしたが、鳥居は何事も無かったかのように、再び歩き始めた。

「驚かせないでよ」

公香は、声を出さずに口だけ動かして言うと、鳥居の尾行を再開した。

やがて、鳥居は古びた倉庫の前で一度立ち止まり、辺りを見回してから背中を丸めて敷地の中に入っていく。

公香も、すぐに後に続く。

建物のコンクリートの壁に背中を付け、足音をさせないように、倉庫の裏にゆっくりと進んでいく。

電気が点いておらず、窓ガラスは割れ、壁はスプレーで落書きをされ、廃墟《はいきょ》のような状態だった。

すでに使用されていない場所なのだろう。

鳥居は、ここに身を隠しているのか？

公香は、角まで来たところで足を止め、息をつめて聞き耳を立てる。通り過ぎる車の音以外は何も聞こえない。

慎重に顔を覗《のぞ》かせる。

暗くてはっきりとは見えない――。

ただ、倉庫の裏口が開いているのは分かった。

公香は、掌《てのひら》の汗をスカートにこすりつけて拭《ぬぐ》い、ゆっくりと倉庫の裏口に近づき、中を覗いた。

だだっ広い空間が広がっている。闇《やみ》に包まれていて、反対側の壁を見ることはできない。

なんだか、嫌な予感がした――。

公香は、倉庫から一旦《いったん》立去ろうと身体の向きを変えた。

「やっ！」

驚きで、思わず悲鳴を上げた。

五メートルほど先に、鳥居が立っていた。

狩猟に使うような木製ストックの、ボルトアクション式のライフルを構え、その銃口を公香に向けている。

「動くと、頭が吹っ飛ぶことになる」

この至近距離で、右目をスコープに当てたまま、鳥居が低いトーンで言った。

冷静なその様が、余計に公香の恐怖心を刺激した。

膝《ひざ》が震え、全身が粟立《あわだ》ち、膝から崩れ落ちそうになるのを堪《こら》えるのがやっとだった。

「両手を挙げろ」

公香は、言われるままに、両手を挙げて、無抵抗の意思表示をする。

鳥居は、微動だにしない。まるで、銃が身体と一体化しているようだった。

「お前は、誰だ？」

鳥居が言った。

薄暗がりの中で、彫りの深い男の顔が、不気味に見えた。

「私は、たまたま通りかかっただけで……」

「今度嘘《うそ》をついたら、引き金を引く」

鳥居は、右手の人差し指をライフルの引き金にかけた。

ギリギリと締め付けられているような緊張感――。

嘘をつけば引き金を引く。言葉に出さなくても、その意志がひしひしと伝わってくる。隠しきれそうにない。公香は、そう判断した。

「私は、探偵事務所の人間よ。名刺もあるわ」

「なぜ、探偵が俺を尾行する？」

鳥居は、ライフルを構えたまま質問を続ける。

「あなたを捜してくれって頼まれたの」

「誰に？」

「楓さんよ」

「楓……だと……」

一瞬、鳥居の表情が歪《ゆが》んだ。困惑しているようだった。

「ええ。そうよ」

「なぜ、楓が俺を捜す？」

公香には、鳥居の質問の趣旨が分からなかった。

娘を恋人に預けて失踪《しっそう》したのだ。その恋人が、捜そうとするのは至極当然のことだ。

「なぜ？」と疑問に思う理由などない。

お互いに顔を見合ったまま、沈黙が流れた――。

その沈黙を破るように、ポケットの中に入れておいた携帯電話が、着信の振動を始めた。おそらく、心配した志乃からの電話だろう。

だが、この状況では出るに出られない。

志乃ちゃん、ごめんね。あなたの言うことを聞いておけば良かった——。

十七

携帯電話を鳴らしてみたが、公香が電話に出ることはなかった。

志乃は、ただ待つことしかできない自分に怒りを覚えた。

車椅子《くるまいす》のあたしは、一人で車の外に出ることができない。真田や公香がどんなに慰めの言葉を並べようと、その事実が変わることはない。

あたしは、足手まといだ。

パソコンのモニターには、地図が表示されていて、その中央で赤い点が点滅している。

携帯電話に仕込んである発信器の電波による位置情報でしか、公香の状況を知ることができない。

今は、三百メートルほど離れたところにある倉庫の前で停止している。

人の往来があるとは思えないような場所——。

それが、余計に志乃の胸を苦しめた。

何度目かのため息をついたところで、フロントガラスの向こうに強い光が見えた。

志乃は手を翳《かざ》し、目を細める。

それは、だんだんと近づき、エンジン音を響かせながらハイエースの横で停車した。

赤いレーサーレプリカのバイクだった。

――誰？

志乃が戸惑っている間に、バイクの人物は、フルフェイスのヘルメットのバイザーを開けた。

「真田君！」

その顔を見ると同時に、張り詰めていた肩の力がふっと抜けた。

「よう」

真田は、いつもと変わらぬ軽い調子で手を挙げる。

「そのバイク……」

「さっき、手に入れたばっかりだ。それより、公香は？」

志乃は、すぐにノートパソコンを掲げ、真田にモニターを見せた。

「さっきから、この場所でずっと止まってます。電話にも出ないし……」

喋《しゃべ》りながら、声が震えているのを自覚した。

しっかりしなければいけない。それは分かっている。だが、どうしても真田の顔を見ていると心が脆《もろ》くなる。寄りかかってしまいたくなる。

「泣くなよ」

「泣いてなんか……」

「大丈夫だ。俺に任せとけ」

真田が、親指を立てて、どうということはないという風に笑った。

「お願いします」

今は、真田に任せるしかない。

「じゃあ、行ってくる」

「待って！」

志乃は、真田を慌《あわ》てて呼び止めた。

「なんだ？」

「無線機を、持っていってください！」

志乃は、無線機を摑《つか》み、窓から真田に渡した。

「じゃあ、ちょっと行ってくる」

真田は、無線機をポケットに押し込むと、バイクをUターンさせ、勢いよく走り出した。

ぐんぐんとスピードを上げるその後ろ姿は、ハングオンしながら最初の角を右に曲がり、すぐに見えなくなってしまった。

また、一人だけ取り残された――。

志乃は、奥歯を嚙《か》み、動かない足に爪《つめ》をたてることしかできなかった。

十八

「世話が焼ける」

真田は、ぼやきながらアクセルをひねった。

志乃に見せてもらった地図は頭に入っている。五分もあればたどりつけるはずだ。

商店街を抜け、陸橋を過ぎると、すぐにその建物が見えてきた。

まるで、廃墟のような場所――。

公香の姿は見えない。

「現場に到着した」

真田は、バイクのエンジンを止め、ヘルメットを外し、ポケットから無線機を取り出し呼びかけた。

〈発信器は、その場所から動いていません〉

すぐに、志乃からの返答があった。

喫茶店やホテルだったら、目立たぬ場所を見つけて張り込みに移行したと考えられるが、残念ながらここは人気のない倉庫だ。

「裏手に回ってみる」

〈気をつけて〉

「分かってるよ」

真田は、バイクを降りて倉庫の裏手に移動する。

角まで来たところで、倉庫の壁に背中を貼《は》りつけ、顔だけ出してその先の様子をうかがう。

——見付けた。

想像していたのより、ヤバイ感じになっている。

公香は、黒いコートを着た男に、ライフルを突きつけられていた。その顔を、はっきりと確認することはできないが、おそらくあれは鳥居祐介だ。

何か話しているようだが、会話の内容までは聞き取れない。

さあ、どうする――一気に飛び出して飛びかかることを考えたが、それだと二人揃《そろ》ってライフルの餌食《えじき》になる可能性が高い。

ほんの一瞬でいいから、怯《ひる》ませることができれば――。

「いちかばちか、やってみるか」

真田は、呟《つぶや》くのと同時にバイクのところに舞い戻る。

「行くぜ」

かけ声に合わせてバイクを押して走りながらエンジンをかけ、角を曲がるのと同時に飛び乗り、アクセルを吹かした。

突然の音に反応して、鳥居がライフルを構えたまま向き直った。

真田はライトをハイビームにして直進する。

鳥居は、目くらましを食らった格好になり、手を翳して顔を背けた。

「よけろ！」

真田は、フルスロットルで公香と鳥居の間を駆け抜けた。

鳥居と公香が同時に、仰《の》け反《ぞ》るようにして転倒する。

真田は、ブレーキをかけながら、バイクの後輪を滑らせドリフトさせる。

二本のタイヤが、白い煙を上げながら横滑りし、反対側の壁ギリギリのところで停まった。

「ちょっと、危ないじゃないの！」

公香が拳《こぶし》を振り上げながら叫んでいる。

助けてやったってのに、感謝する気はないようだ。

「考えるのは苦手なんだよ」

真田は、冗談めかして返した。

だが、その表情はすぐに緊張で強張《こわば》った。

鳥居は、すでに立ち上がり、ライフルを構えスコープに右目を当てていた。

やばいことになった――。

鳥居は、無表情だった。感情に身を任せているわけではない。すがるべき信念を持っている。そういうタイプの男だ。

話せば分かってくれるなどと思ったら大きな間違いだ。この手の奴《やつ》は、頭で計算し、必要だと思えば冷静に引き金が引ける。

「お前は、いったい誰なんだ？」

鳥居が言った。

「あいにく、記憶喪失でね」

「嘘《うそ》をつくな」

「嘘じゃねぇよ。銃で撃たれて、マルセイユ沖をただよっているところを、漁船に助けられたんだ」

「なるほど。お前は、ジェイソン・ボーンってわけだ」

呆《あき》れたように鳥居が笑った。見かけによらず洒落《しゃれ》の分かる奴だ。

「よく知ってるな。次は、あんたの番だぜ」

真田は、言うのと同時に、バイクのアクセルをひねり、体重を後ろにかけ、前輪を持ち上げたウィリー走行で鳥居に突進する。

鳥居は、引き金を引く間もなく、二メートルほど後方に吹っ飛び、そのまま背中から倒れた。

激突した衝撃で、バランスを崩した真田は、立て直しを試みたがダメだった。後輪が滑り、そのままバイクの下敷きになるように転倒した。

「ちょっと、大丈夫?」

「ライフル!」

真田は、心配して駆け寄ろうとする公香に向かって叫んだ。

公香は、すぐに察したらしく、地面に転がったライフルを拾い、起き上がろうとする鳥居の頭に銃口を向けて素早く構えた。

「銃は撃ったことないけど、この距離なら外れないわね」

得意そうに言う公香だったが、鳥居はそれに動じることはなかった。

銃口を向けられていることをものともせず、落ち着いた動作で立ち上がった。

「ちょっと。それ以上動いたら、本当に撃つわよ」

公香が、表情を強張らせながらヒステリックに叫ぶ声が、コンクリートの壁に反響した。

かなり混乱している。勢いで本当に引き金を引いてしまいそうだ。

だが、それでも鳥居は動じない。

無言のままコートのボタンを外し、コウモリが羽根を広げるように前を開けた。

首には、金属の首輪のようなものをしていて、地肌に防弾チョッキのようなものを着ている。

そして、腹の周りには、二十センチほどの円筒状の物体が何本も取り付けられ、電源コードが伸びていた。

首輪に付けられた赤いランプが、鼓動のように明滅を繰り返していた。

「まずい……爆弾だ」

真田は、鳥居の部屋で山縣に説明されたことを思い出した。

こいつは、自爆するつもりか？

考えている間に、鳥居は素早い動きで、動揺している公香からライフルを奪い取った。

鳥居は、ライフルを構えることなく、ポケットからリモコンスイッチのような物を取り出し、アピールするように掲げて見せた。

何も言わなくても分かる。近づいたら、起爆スイッチを押すってわけだ。

鳥居は、ゆっくりと後退《あとずさ》りしていく。

真田は、必死に考えを巡らせたが、バイクに足を挟まれた状態では、金縛りにあったみたいに、じっとしていることしかできなかった。

倉庫の角まで後退した鳥居は、一気に身を翻《ひるがえ》し、コートの裾《すそ》をなびかせながら姿を消した。

あれじゃ、まるでアメコミのコウモリ男だ——。

十九

〈長谷部には、護衛がつくことになりました〉

柴崎が、亜沙美からその連絡を受けたのは、長谷部の事務所を出てすぐのことだった。

思いの他、素早い判断に驚きを覚える。

「よく、上が了解しましたね」

〈また、都内で狙撃《そげき》なんてことになれば、激しいバッシングにあいます。それを懸念《けねん》してのことでしょうね〉

結局は、保身から来る考え。腹は立つが、この場合はそれが功を奏した。

「そうですか」

柴崎は、返事をしながら路肩に停めた覆面車輛《しゃりょう》に乗り込んだ。

〈長谷部はどうでした？〉

「彼は、自分が狙撃される可能性など、かけらも感じてません」

説明しながら、怒りが再燃していくのを自覚した。

〈彼だけではありませんよ〉

「え？」

〈この国に住む、ほとんどの人間が彼と同じ考えの持ち主です〉

「自分は無関係……」

〈そうです。テロなどの凶悪事件が起こっても、それは、日本以外のどこかで、その犠牲者は自分以外の誰かだ〉

「本当に、そうでしょうか。以前に比べれば、その意識は大きく変わってきていると思います」

〈柴崎警部は、意外に楽観的な物の見方をするんですね〉

「楽観的？」

　その言葉が、引っかかった。

〈そうです。地下鉄サリン事件があったあとでさえ、一般市民は無防備なままです〉

　亜沙美の言うことは否定できない。

　一般市民に対して化学兵器が使用された、極めて凶悪なテロ事件だった。だが、それ以降も一般市民は何の対策も講じないまま、普通に地下鉄を使って通勤している。

　対岸の火事だという感覚が抜けない。しかし――。

「一般市民はそうであっても、警察は違います」

〈本気で言ってるんですか？〉

「もちろん」

〈では、なぜ未《いま》だに警察は発砲できないんです？〉

亜沙美が、柴崎の言葉にかぶせるように言った。

「それは……」

〈もし、本当に危機感があるのなら、立て籠《こ》もり事件があったとき、発砲許可が下りるはずです〉

論理は飛躍しているように思えるが、言わんとしていることは分かる。

〈五年前の事件もそうですが、他にも長久手《ながくて》、町田で類似する事件が起きています。犯人は助かりました。しかし、被害者や警察官がどうなったかは、言うまでもないでしょう〉

亜沙美の言葉は、熱を帯びていた。

まるで、学生運動の演説を聴かされているような錯覚を覚える。柴崎自身、彼女の話に賛同のシュプレヒコールを送りたくなる気持ちすらあった。

〈警察自体、その都度対策を講じてきましたが、それは一過性のものに過ぎません。

SATがいい例です〉

彼女の言う通り、テロの抑止力であるSATではあるが、その指揮系統は警視総監、警備部長におかれている。

許可が無ければ発砲はおろか、突入することすらできない。

たとえ、目の前で人質が殺害されていてもだ――。

〈一般の刑事も同じです。撃たれることはないと思ってるでしょう。長久手の立て籠もり事件のとき、現場に駆けつけた十人の刑事が、どういう状態だったかは知っていますよね〉

「拳銃《けんじゅう》を所持していなかった……」

銃を持って立て籠もっているという通報を受けていながら、現場に駆けつけた刑事十人全員が、拳銃を所持していなかった。

丸腰で銃を持った立て籠もり犯と渡り合おうとしたのだ。

〈現場の意識が低いのは明らかだわ〉

「確かにそうかもしれないですね」

柴崎は、唇を嚙《か》んだ。

秋葉原で起きた通り魔事件のときもそうだった。

警棒一本で犯人と向かい合う警察官の写真が話題になったが、もし犯人が持っているのがナイフでなく銃だったら？

〈柴崎警部。私が、あなたに協力を求めたのも、そこにあるんです〉

「どういう意味ですか？」

〈あなたは、自分の判断で引き金が引ける人です〉

亜沙美の言葉は、柴崎の胸の奥をチクリと刺した。

五ヶ月前の事件のとき、柴崎は人の命を救うために引き金を引いた。それによって、事件の幕を引くことができたが、逆に柴崎は、恨みを持った男に対して、銃口を突きつけたこともあった。

あのとき、止められなければ引き金を引いていた――。

やはり、銃が凶器であることに変わりはない。

「引きたくて引いたわけじゃありませんよ」

〈もちろん分かってるわ。でも、犯罪を抑止するためにも、警察は引き金を引けるのだと認識させる必要がある〉

それは一理ある。

現場に出て、凶悪犯罪と向き合っているとよく分かる。いくら威嚇《いかく》として拳銃を向けても、日本において立ち止まる犯罪者はほとんどいない。撃たれないことを知っているからだ。

〈とにかく、長谷部は護衛に任せて、私たちは内偵を進めましょう〉

亜沙美が、議論を締めくくるように言った。

二十

彼は、地下の駐車場にいた。

ライトブルーの作業衣を着て、白いワンボックスカーの荷台から、バケツやモップといった道具を取り出し台車に乗せる。

最後に、一メートル強の長さがある長方形のケースを取り出し、立てかけるようにして台車に乗せた。

彼は、帽子を目深《まぶか》に被《かぶ》り直し、台車を押しながら搬入口へと向かう。

あらかじめ用意しておいたマスターキーを使い、ドアを開けて中に入った。

台車を押しながら広い廊下を抜け、突き当たりにある搬入用の大型のエレベーターに乗り込んだ。

最上階のボタンを押すと、しばらくして扉が閉まり、ウィンチを巻き上げる音とともにエレベーターが動き出した。

ここに来て、計画外のことがいろいろと起こり始めている。

本来、作戦の決行は明日の予定だったが、警察がターゲットに護衛をつけたという情報が入ってきたことで状況が変わった。

だが、想定外のことではない。

多少のズレであれば修正すればいい。

最上階に到着し、エレベーターの扉が開いた。

彼は、台車を押してエレベーターを降りると、すぐに左に曲がり、そのまま突き当たりのドアに向かった。

マスターキーを使い、屋上へと通じるドアを開ける。

ごぉぉっ、とうなりを上げた冷たい風が、彼の顔に当たった。

彼は台車ごと屋上に出ると、ドアの鍵《かぎ》を閉めた。

長方形のケースを開け、中からＰＳＧ－１を取り出すと、それを持って屋上の縁に向かう。

風が、より一層強くなる。

眼下には、まるで川のように流れる車のライトと、ネオンが不規則に瞬《またた》いている。

さらに視線を走らせると、新宿中央公園が見えた。光がほとんどないその一角は、まるで、ぽっかりと開いた穴のようだ。

自分の心を投影しているようだと彼は思った。

どこまでも暗い穴——。

自分は、その穴の中に落ちた。どこまでも続く深い穴。もう、二度と這《は》い上がることはできない。

彼は、頭を振って感傷を断ち切った。

PSG－1のハンドガードの下に付いた二脚式のスタンドを屋上の縁に立て、立射の姿勢でライフルを構える。

スタンドを立ててはいるものの、座射や伏射にくらべて安定感ははるかに低い。

夜間で視界が悪いうえに、風の影響も考慮しなければならない。

そのうえ、今回のターゲットには護衛がついている。

前回のときとはくらべものにならないくらい難易度が高い。だが、やるしかない。

彼は、息を止め、ゆっくりとスコープに右目を当てた。

二十一

志乃は、楓のマンションのリビングにいた。

部屋の中には、真田と公香の姿もある。

よく片付いたリビングだった。部屋にはソファーセット以外はほとんど何もなく、マンションのリビングというよりは応接室とか、会議室といった趣だった。

ソファーには公香と楓が向かい合うかたちで座っている。真田は、美術館にでもいるかのように、部屋の中のものを注意深く観察して回っている。

部屋の隅では、奈々が膝《ひざ》を抱えて座っていた。

周囲に見えない壁を張り巡らせ、自分の世界に閉じこもっているようだ。

志乃は、既視感を覚えた。七年前、母を亡《な》くした直後の自分も、あんな風だった。

事実を受け容《い》れたくない。その思いに反して、母の死に顔が、繰り返し網膜にフラッシュバックされる。見開かれた目、流れ落ちる血――。

「本当に、心当たりはないんですか？」

公香の言葉で、志乃ははっと我に返った。

「はい……」

楓が、か細い声で言った。

「でも、おかしいじゃない。鳥居祐介さんは、あなたに娘さんを任せて連絡が取れなくなったんでしょ。そんな人が、あなたの部屋を監視してたのよ」

公香は、さっき鳥居からライフルの銃口を向けられた。その鬱憤《うっぷん》を楓にぶつけているようだった。

「本当に、知りません……」

楓は、首を小さく振る。

彼女は、今にもその存在が消えてしまいそうなほど弱々しかった。

公香は、もうお手上げという風にソファーに身体《からだ》を預け、両手で顔を覆《おお》った。

真田が、壁際《かべぎわ》のサイドボードの前に立ち、写真立てを指さし、口だけ動かして何かを言った。

志乃は、目をこらしてその写真立てに目を向ける。

その写真立ての中の彼女は、今とは違って自然な笑みを浮かべていた。そして、笑顔の彼女の隣にいるのは、鳥居ではなかった。

「あれは、亡くなったご主人ですか?」

志乃は、できるだけ柔らかい口調を心がけて言った。

楓が、驚いたように顔を上げたが、それもほんの一瞬のことで、すぐにさっきまでの能面に戻った。

「知ってらっしゃるんですね」

彼女の声は、さっきまでとは別人のようにはっきりとしたものだった。

「少し、調べましたから」

「そうですか……」

また楓が俯《うつむ》いた。そのことについては、答えたくない。その意志が伝わってきた。

「あの……鳥居さんとは、どこで?」

志乃は、質問を変えてみた。

「五年前の事件のあと、被害者の会が開かれるようになったんです」

犯罪に遭った被害者の権利確立や、被害者支援などを目的にしたシンポジウムなどを開催している団体が複数あることは、志乃も知っている。

「そこに、鳥居さんが来た」

「会の発起人は郷野さんなんです。彼が、ある日、鳥居さんを連れて来ました。最初は、抵抗がありました。報道により、鳥居さんが引き金を引いたことが、惨劇の一因だと考えられていましたから……」

「でも、違った」

「はい。私たちは、郷野さんや鳥居さんの話を通じて、ああいった事件の場合、狙撃《そげき》が一番安全な解決方法だと理解しました」

「だけど、警察は引き金を引かない」

真田が、背中を向けたまま言った。

楓が、こくりと頷《うなず》く。

「制度が変わらなければ、私たちと同じような被害者は、増え続ける。哀《かな》しいですけど、それが現実です」

「それで、鳥居さんとは、いつ頃から話をするようになったんですか？」

志乃は、話を本題に戻した。

「一年くらい経《た》ってからです。鳥居さんも現場にいて……あの事件で奥さんを亡くされました……」

楓は、そこまで言って言葉を切った。

その先は、聞かなくてもだいたい想像ができる。失った者同士が、お互いの穴を埋めるように寄り添った。それは、自然なことのように思える。

「どんな方です？」

志乃は、別の質問をぶつけてみた。

「無口でしたけど、とても優しい人でした」

楓は、呟《つぶや》くように言った。

「今のは、どっちの話？」

訊《き》いたのは公香だった。それは、志乃も疑問に思った。

鳥居のことを訊いたつもりだったのに、彼女は過去形で話した。まるで、亡くなった元夫のことのように聞こえる。

「……もちろん、鳥居さんのことです」

「彼は、生きてるのよね」

公香が、さらに突っ込んだ質問をする。

「鳥居さんに会ったんですよね？」

「そうだけど……」

質問をした公香が、困ったように顔をしかめた。

会話が、おかしな方向に逸《そ》れたところで、不意に奈々が立ち上がったかと思うと、頭を抱えて悲鳴を上げた。

志乃にも経験があった。事件の記憶がフラッシュバックして、恐怖から感情のコントロールができなくなっている。

楓は、憔悴《しょうすい》しきったように首を振り、目頭を押さえた。

志乃は、車椅子《くるまいす》のハンドリムを動かし奈々の前まで進み、彼女に視線を合わせる。

「奈々ちゃん。落ちついて」

呼びかける志乃だったが、奈々の悲鳴は止まらない。

「大丈夫だから」

志乃は、奈々の両手を握った。

その瞬間、体中に電気を流されたみたいな衝撃が走った。

目の前が真っ白になる。

そして――。

男がいた。

今朝の夢で見た男だった。だが、状況が少し違っていた。

夢で見たのは、まだ明るいうちだったのに、今は夜だ。それに、彼の隣には刑事らしきスーツ姿の男が二人控えていた。

男は、パソコンを操作している。

モニターの右上に表示された日付に目を向ける。

今日の午後九時になっていた。

これは、もしかして――。

困惑している志乃の思考を遮るように、窓ガラスに穴が空いた。

それと同時に、男は弾《はじ》かれたように前のめりに倒れる。

刑事らしき男二人が、慌《あわ》てて男にかけより、何事かを叫んでいる。

デスクにうつ伏せた男の頭から、真っ赤な血が流れ出していく――。

「いやぁ！」

志乃は、叫び声を上げ、奈々から手を放した。

奈々と目が合った。彼女は、さっきまでの興奮が嘘《うそ》のように、放心状態に陥っていた。

再び夢で死を予見するようになったのは、彼女に触れてからだ。

具体的な説明ができるわけではないが、彼女があたしに夢を見させている。志乃はそう感じた。

「どうした？」

真田が駆け寄ってきて、志乃の両肩を摑《つか》んだ。

「死亡時刻がズレたの……」

志乃は、真田の腕にすがりつくようにして言った。

「ズレた？」

「また夢に見た映像が見えたの。明日のはずだったのに、日付が今日に変わってた」

おそらく、あたしたちが、動いたせいで犯人の行動が早まった――。

それしか思いつかなかった。止めようとしているのに、運命は悪い方に転がっていく。

「正確な時間は分かるか？」

「今から、三十分後……」

志乃は、時計に目を向けてから答えた。

「まだ、間に合う」

真田は、志乃の両肩を揺さぶるようにして言った。

二十二

楓のマンションを飛び出した真田は、非常階段を駆け下りる。

道路に出たところで、山縣から電話が入った。

「今、忙しい」

真田は、路肩に停めたバイクにまたがりながら電話に出る。

〈公香と志乃から聞いた〉

「事情が分かってるなら切るぜ」

〈真田！　待て！〉

「待てねぇよ」

真田は、山縣の言葉を一蹴《いっしゅう》してバイクのエンジンを回した。

あと三十分しかない。生憎《あいにく》、山縣の説教を聞いているほど時間の余裕はない。

〈お前が、今から行っても間に合わん〉

山縣の言うことはもっともだ。だが——。

「だからって放っておくわけにはいかねぇだろ！」

山縣が危険を嫌うのは分かっているが、だからといって見捨てていいはずがない。

〈弁護士は、柴崎たち警察に電話して、安全な場所に避難するよう指示する。お前は、狙撃地点に向かえ〉

予想外の山縣の言葉に、肩すかしをくらった。

「行っていいのか？」

〈止めても行くんだろ〉

「ああ」

さすがによく分かってる。

〈だったら、せめて指示に従え〉

そういうことね。だが――。

「狙撃地点なんて分かるのか？」

〈今から割り出す。無線をインカムにつないでおけ〉

「了解」

ライフル狙撃に詳しい山縣なら、撃たれる場所と角度が分かっていれば、おおよその狙撃地点を割り出すことは可能だろう。

とりあえず新宿方面にすっ飛ばせばいいってわけだ。

真田は、返事と同時に無線機につないだインカムを耳にセットして、ヘルメットを被《かぶ》った。

〈いいか、くれぐれも狙撃地点の確認だけだぞ。鳥居を見付けても、絶対に手を出すな〉

「臨機応変に対応する」

真田は言い終わるのと同時に、バイクのスタンドを蹴《け》り上げ、アクセルをふかし、バイクをスタートさせた。

山縣は間に合わないといったが、バイクで飛ばせば、鳥居を止められるかもしれない。

いや、止めなければならない。

さっき見た、鳥居の暗い目を思い出した。

本当は、あいつは止めて欲しいのかもしれない。根拠はないが、真田はそう感じていた。だから――。

「間に合えよ」

二十三

山縣からの連絡を受けたとき、柴崎は長谷部の事務所の前で、路肩に寄せた覆面車輛《しゃりょう》の運転席から、事務所の窓の明かりを眺めていた。

狙撃《そげき》の可能性があるという訴えにもかかわらず、長谷部は仕事を理由に帰宅しようとはしなかった。

警護にあたった刑事も、それを了承してしまった。

警察署の前で容疑者を狙撃されるという憂《う》き目に遭いながら、警察は未《いま》だに危機管理がゆるい。

しつこく帰宅を主張した柴崎だったが、逆に警護にあたる刑事の怒りに触れ、事務所の外に追い出される格好になってしまった。

志乃の予見では、長谷部が撃たれるのは明日――。

それまでに、どうにか対策を練らなければと思っていた矢先の連絡だった。

「なんですって！」

助手席に亜沙美がいることも忘れて、叫びに近い声を出してしまった。

彼女が、何事かと驚きの表情を浮かべているが、それを気にしている余裕はない。

「それは、本当ですか？」

〈ああ。志乃が予見した。今すぐ、弁護士を事務所から移動させる必要がある〉

「外は危険では？」

〈狙撃は、ターゲットの大きな動きには対応しきれない。移動している方が安全だ〉

「分かりました」

柴崎は、腕時計に目を向ける。志乃が狙撃を予見した午後九時まで、あまり時間がない。電話を切るのと同時に車を降りて走り出した。

ビルに入り、エントランスを抜け、エレベーターの前に立ち、ボタンを何度も押す。

「何があったの？」

あとを追ってきた亜沙美が、柴崎の肩を摑んだ。

エレベーターが到着し、扉が開く。

「長谷部が、今夜中に狙撃される可能性があります」

「どういうこと？」

「ゆっくりと説明している時間はない」

柴崎は、早口で言うとエレベーターに乗り込んだ。亜沙美は、怪訝《けげん》な表情を浮かべながらも、あとに続いた。

「さっきの電話は誰？」

エレベーターの天井を見上げながら言う亜沙美の声には、疑念が込められていた。

無言を通せば、その疑念はあらぬ方向に走ることになる。

「かつて、私の上司だった人です。射撃のオリンピック代表候補になったこともある。事件についてアドバイスをもらってるんです」

「信頼できるの？」

「私は信頼してます」

会話の終わりを告げるように、エレベーターが目的の階に到着した。

柴崎は、扉を強引に押し開け、そのままの勢いで走り出した。

長谷部の事務所の入り口に、二人の私服刑事が立っていた。さっき、柴崎を追い出した二人組だ。

門番のように二人並んで入り口を塞《ふさ》いでいる。

「中に入れてくれ！」

「何度言わせれば分かる。管轄外《かんかつがい》の人間が口を出すな」

一人の刑事が、柴崎の肩を押した。

柴崎は、両足を踏ん張って私服刑事を睨《にら》みつける。

「中に入れなくてもいい。とにかく、長谷部を事務所から出すんだ」

「さっきも、言っただろ。その必要はない」

刑事は、傲慢《ごうまん》な口調だった。

「詳しく話している時間はない。今夜中に狙撃される可能性がある」

「今は夜だ。狙撃なんてできっこない」

「お前は、狙撃したことがあるのか？」

「は？」

「だったら、どうして夜間だから狙撃の危険がないと言い切れるんだ？」

「暗いからに決まってるだろ」

「戦争中は、夜間でも狙撃が行われたんだよ！」

「ここは日本で、今は戦争中じゃない」

柴崎は苛立《いらだ》ちから、血管が浮き出るほどに固く拳《こぶし》を握った。

こいつらは、何も分かっちゃいない。鳥居にとって、これは犯罪じゃない。信念に基づいた聖戦だ。

「どいて。責任は、私がとるわ」

あとからやってきた亜沙美が、警察手帳を提示した。

二人の刑事が、明らかに表情を引きつらせた。

所轄の警部の言うことには抵抗するが、本庁の警視には口を挟めない。そんなところだろう。

柴崎は、二人の間を抜け事務所の中に入り、急いで奥にある長谷部がいる個室に向かった。

ドアを開け、中に飛び込むと、待機していた二人の刑事が驚いたように飛び上がった。

「急いでそこを離れろ！」

柴崎は、声を上げ長谷部のいるデスクに向かって進んでいく。

「お前、何をやっているんだ」

一人の刑事が、柴崎の腕を摑《つか》む。

「離せ。今すぐ、彼をここから連れ出すんだ！」

「いったい何の騒ぎですか」

長谷部が、キーボードを叩《たた》く手を止めて顔を上げた。

「早く、ここから出てください」

「さきほどもお話しましたが、私は……」

長谷部は、最後まで言うことなく、脱力したように前のめりにデスクに倒れた。

頭から流れ出した血が、ゆっくりと広がっていく。

二十四

真田は、新宿方面にバイクを走らせた。

この時間帯は、あちこち渋滞していて、思うように前に進むことができない。それでも、強引に車の間を縫うようにして先を急いだ。

左前方に都庁が見えてきた——。

「場所は分かったのか？」

真田は、無線につないだインカムに向かって呼びかける。

〈おおよそ見当はつけた。今、どこだ？〉

すぐに山縣から返答があった。

「甲州街道を新宿方面に向かって直進中」

〈新宿中央公園の通りに入れるか？〉

「了解」

危なく通り過ぎるところだった。

真田は、トラックの脇《わき》をすり抜け、強引に車線変更をし、ハングオンしながら信号を左に曲がった。

クラクションが鳴り響いたが、残念ながら相手をしている暇はない。真田はバイクを立て直し、前傾姿勢になりさらに加速させる。

〈そのまま直進。中央公園を抜けた先に、ホテルが見えるはずだ〉

そこなら知っている。

一年くらい前に、張り込みで足を踏み入れたことがある。

「客室のどれかにいるってことか？」

だとしたら、捜すのはかなり困難だ。鳥居が本名で部屋をとっているはずもなく、写真を見せたとしても、ホテル側が簡単に教えてくれるとは思えない。

〈部屋にはいない〉

真田の思考を遮るように、山縣が言った。

「なんで？」

〈そのホテルの客室の窓ははめ殺しだ。命中精度を考えたら、窓を割る必要がある〉

なるほど。窓を割ったりしたら、客室係がすっ飛んでくるだろう。それに、ライフルを持ち込むのにも目立って仕方ない。

ということは――。

「屋上か？」

〈その可能性が高い。地下に搬入口がある。そこのエレベーターから屋上に出られるはずだ〉

「守衛がいるんじゃねぇのか？」

〈臨機応変に対応しろ〉

まったく、無茶いいやがる。

「了解」

会話をしている間に、目的のホテルが見えてきた。

道路沿いに地下へと続くスロープが延びているが、面倒なことに反対車線だ。ゆっくり停車して、車の列が途切れるのを待っている余裕なんてない。

真田は、減速しながらタイミングを見計らうと、一気にバイクを傾け加速しながら道路を横断する。

急ブレーキの音が悲鳴のように響く。

衝突寸前のところで道路をすり抜けた真田は、そのままスロープに向かう。

厄介なことに、入り口と出口が分かれていて、ともに進入禁止の黄色と黒のバーで遮られている。

ちょうど、地下から車が出庫するところで、反対車線のバーが上がっていた。

「行くぜ」

真田は、身を狭めるように意識しながら、車と壁のわずかな隙間《すきま》をバイクで駆け抜けた。

車のサイドミラーを引っかけちまった。

ドライバーには悪いが、そのまま行かせてもらうぜ。

「地下駐車場に着いたぜ」

〈い……はいっ……は……〉

ダメだ。コンクリートの壁に、エンジン音がこだまし、インカムの音をかき消してしまっている。

真田は、スロープを下り、案内板に従って搬入口の前に到着した。

バイクを降りようとしたとき、搬入口から出て来る怪しい人影を見付けた。

ライトブルーの作業衣を着て、帽子を目深《まぶか》に被《かぶ》り、白いワンボックスカーに積み込みの作業をしていた。

「おい！」

真田は、ヘルメットを脱ぎ、男に向かって声をかけた。

動きを止めたものの、返事はなかった。萎縮《いしゅく》したように俯《うつむ》いている。

「あんた、鳥居祐介なんだろ」

真田が言うのと同時に、男は腰のホルスターから拳銃《けんじゅう》を抜いた。

躊躇《ちゅうちょ》なく引き金が引かれ、バンッという乾いた破裂音とともに、弾丸が発射される。

真田の頭の横を掠《かす》め、コンクリートの壁に着弾した。

「マジかよ」

あの野郎――。

真田は、バイクを急発進させ、男に向かって突進する。

男は、ワンボックスカーの陰に隠れながら拳銃を構えた。

反射的に、身体《からだ》を低くする。再び、乾いた破裂音がして、フロントカウルのアクリルの風防が弾《はじ》け飛んだ。

直撃こそしなかったが、バランスを崩し転倒した。

肩に衝撃があり、目の前が真っ暗になる。

一瞬、意識が飛んだ。目を開けると、コンクリートの天井が見えた——。

「クソッ！」

痛みを堪《こら》えて起き上がる。

白いワンボックスカーが、駐車場を出て行こうとしているところだった。

「バイクは……」

すぐに追いかけようと視線を走らせたが、バイクはシルバーのＢＭＷとコンクリートの地面の隙間に突っ込んで大破していた。

またやっちまった。最短記録かもしれない。

ワンボックスカーが速度を上げていく。

「逃がすか！」

真田は、あとを追いかけて、走り始めた。

上り坂のスロープで、車と競走して勝てるはずがない。

だが、諦《あきら》められるかよ！

一時的に距離は離されたが、地上に出たところで、中央公園の通りに出ようとしているワンボックスカーを視界に捉《とら》えた。

このあたりは、車の通りが多い。そう簡単に道路には出られない。

「捕まえた！」

真田は、ワンボックスカーの運転席に詰めより、サイドミラーに手をかけた。

それと同時に、ワンボックスカーは急発進する。

真田は、振り払われるかたちになり、道路に転がった。

ワンボックスカーのテールランプが、ぐんぐんと離れていく。

「待て！」

真田は、すぐに走って追いかけようと立ち上がったが、最初の一歩を踏み出す前に、突き飛ばされるような衝撃に襲われた。

身体がふわっと宙に浮いた。

気が付いたときには、車のボンネットの上に仰向《あおむ》けに倒れていた。

運転手らしき男が、蒼白《そうはく》になりながら「大丈夫ですか？」と何度も問いかけてくる。

真田は、背中の痛みを堪えながら、転がるようにしてボンネットから下りた。ジーンズの右膝《ひざ》が破れ、血が出ていた。

「買ったばっかなのに……」

車のボンネットに手をつき、身体を支えながらぼやいた。

〈真田。状況は？〉

インカムから山縣の声が聞こえてくる。

「犯人逃亡。バイク大破。俺、ズタボロ」

〈また壊したのか〉

山縣が呆《あき》れたようにため息を吐《つ》いた。

前にも、こんなことがあったな。本当についてない。

「で、弁護士はどうなった？」

〈間に合わなかった……〉

「くそったれ！」

真田は、ボンネットに拳《こぶし》を打ちつけた。

二十五

志乃は、寝室の窓を開け放ち、冷たい空気に身をさらしていた。

——この足が動けば。

自分の足が動いたくらいで、結果は変わらないことは、志乃自身分かっている。だが、危険な思いをするのはいつも真田や公香で、自分だけ黙って見ていなければならない。それが、悔しかった。

「悪い。間に合わなかった」

声に反応して顔を上げると、真田が戸口のところに立っていた。

右の頬にすりむいた痕《あと》がある。地下駐車場で犯人と遭遇し、拳銃を発砲されたうえに、道路に飛び出して車に撥《は》ねられた。

病院で検査をしてもらい、奇跡的にかすり傷程度で済んでいるとわかったが、一歩間違えば死んでいた。

「真田君は、悪くないわ。あたしが、もっとちゃんとしてれば……」

「志乃は手を抜いたのか？」

真田は、右足を引きずりながら歩み寄り、ベッドに座った。

投げかけられた予想外の言葉に、困惑しながらも真《ま》っ直《す》ぐに真田を見返した。

「そんなことありません。あたしは……」

「だったらさ、そうやって落ち込むの止《や》めようぜ」

「でも、もっと、あたしに力があれば、あの人を救えたかもしれません」

「厳しいんだな。そうやって、自分を責め続けて辛《つら》くないか？」

真田の言葉は、ひりひりと熱を持った痛みとなって、志乃の心に広がっていく。

「でも……」

「後悔なら俺だってあるさ。だけどさ、未来は予見できても、過去には戻れない。人は、現在から前に進むことしかできないんだ」

「前に？」

「そう。俺に、それを教えてくれたのは、志乃、お前なんだぜ」

「あたしが？」

真田が、何を指して言っているのか分からず首を捻《ひね》った。

いつも助けられてばかりで、真田に何かを教えたような記憶はないし、自分にそんな影響力があるとも思えない。

「前にさ、俺が、復讐《ふくしゅう》にかられた瞬間があったろ」

「ええ」

真田は、五ヶ月前の事件のことを言っているのだろう。

事件を追う中で、真田は、思いがけず自分の両親を殺害した犯人を見付けた。そして、拳銃の引き金に指をかけた――。

「志乃の『止めて』って言葉を聞かなければ、確実に引き金を引いてた。そんとき思ったんだ。過去の何かをひきずるより、前に向かって生きるべきだってな」

「あたしは……」

志乃は、言葉に詰まった。

買いかぶりだ。あのとき、夢の中でただ必死に叫んだだけ——。

「鳥居って男もさ、復讐にかられて我を失ってるんだよな」

真田は、腕を枕《まくら》にしてベッドに仰向けに倒れた。

「奥さんのこと？」

「ああ。想像してみたんだ。五年前の事件のとき、鳥居はライフルで犯人を狙《ねら》ってた。たくさんの人たちを救えるだけの力を持っていたんだ」

「ええ」

志乃は、頷《うなず》いた。

「それなのに、警察組織の歪《ひず》みで、その力を行使できずに、目の前で愛する人を失った……」

「はい」

「似てるよな」

「似てる？」

「ああ。志乃も、ずっとそういう想《おも》いを抱えてきたんだろ」

「そうかも、しれません」

志乃は、同意の返事をして、窓の外に目を向けた。

真田の言う通り、鳥居も分かっているのに、できなかったというジレンマを抱えていた。

「愛する人を失ったあと、鳥居は振り向いちまったんだ」

真田の声には、寂しそうな響きが込められていた。

たぶん、真田も自分と鳥居の姿を重ねているのだろう。両親を殺害された復讐に囚《とら》われ、拳銃の引き金に指をかけたあの瞬間の自分に——。

「彼は、止まれるでしょうか？」

志乃は、視線を真田に向けた。

鳥居の心の闇《やみ》は、深く根強い。面識はないが、今までの行動をみていると、二度と戻らない覚悟をしているようにさえ感じられる。

「止めるさ」

言ったあとに、真田は「よっ」と声を上げながら飛び起きた。

「だからさ、頼りにしてるぜ」

「え？」

「鳥居が、次に誰を狙うのか？　それが分かるのは志乃の夢だけなんだ」

思いも寄らぬ言葉だった。

「あたしの？」

「そうだ。志乃にしかできない」

真田が、振り返って微笑《ほほえ》んだ。

それが、慰めの言葉でないことは、志乃にも理解できた。

目頭がじわっと熱くなる。人の死を予見する、呪《のろ》われた能力だと思っていたのに、この人はそれを必要だと言ってくれる。

――あたしは、一人じゃない。

志乃の中に、はっきりとした自覚が芽生えた。

「あんたは、何してんのよ！」

公香がもの凄《すご》い形相で走ってきたかと思うと、飛び上がるようにして真田の頭をひっぱたいた。

「なにすんだよ！」

突然の暴挙に、真田が不満の声を上げる。

「それはこっちの台詞《せりふ》よ！　こんな夜中に、志乃ちゃんの部屋に忍び込んで、いったい何をしようとしてたの？　ことと次第によっちゃ、ぶっ飛ばすわよ！」

腰に手を当て、まくしたてる公香は、まるで子どもに説教をしている母親のようだった。

「言いがかりだよ。ただ話をしに来ただけだろ」

真田が、ふてくされた子どものように口を尖《とが》らせる。

「なら、リビングルームで話せばいいでしょ」

「二人で話したいときだってあるだろ」

「へぇ、どんな話？」

「言えないから二人で話すんだろ」

「どうせ、下心があったんでしょ」

「お前と一緒にすんなよ」

二人のやりとりを聞いていて、志乃は思わず表情が緩んだ。さっきまで沈み込んでいた気持ちが、嘘《うそ》のようだ。

彼らとなら、前に進んでいける。そんな気がしていた。

二十六

署に戻った柴崎は、脱力して頭を抱えた。

分かっていて何もできないというのが、これほどまでに心に負担をかけるものだとは思わなかった。

五年前の事件のとき、鳥居が抱いたのも同じ無力感なのかもしれない。

引き金を引けば、それで事件が終わる。分かっているのに命令は下りなかった。

鳥居はあの日、自らの妻が、爆発の業火《ごうか》に呑《の》み込まれていく様を、どんな思いで見ていたのだろう。

そのことを考えれば、鳥居が復讐を企てることも、仕方ないことなのかもしれない。

「違う」

柴崎は、口に出して否定し、鳥居に対して同情的になっている感情を追い払った。

どんな理由があろうと、彼のやっていることは許されることではない。警察が、復讐を容認していいはずがないのだ。

しかし——。

柴崎にはどうしても腑《ふ》に落ちないことがあった。

それは、志乃の予見した夢の日付が一日早まったこと。

勘違いであったとしてしまえばそれまでだが、それは違うように思う。

鳥居が次のターゲットとして長谷部を狙っているという情報が流れた。だから、計画が早まった——。

だが、だとすると、やはり内通者がいると見るべきか？

いったい誰が？

柴崎は煙草《たばこ》に火を点《つ》けた。煙が目に染《し》み、思わず顔をしかめる。

不意にドアが開き、一人の男が入室してきた。

署長の伊沢だった。御自ら足を運んで来るなど、今まで一度もなかった。柴崎はあまりのことに驚き、煙草を灰皿に戻し立ち上がった。

「どうされましたか？」

「一つ訊《き》きたいことがある」

伊沢は、腕組をして真っ直ぐに柴崎を見据えた。敵意の込められた視線だった。

「なんでしょう？」

「お前は、何を嗅《か》ぎ回っている？」

「いえ……その……」

不意打ちを食らった格好になり、口ごもってしまった。

「長谷部の警護に当たっていた本庁からクレームが来ている。所轄《しょかつ》の、しかも組織犯罪対策課の刑事が捜査の妨害をしていると」

「そんなつもりは……」

柴崎は、言いかけた言葉を呑み込んだ。こっちにその気が無くても、縄張り意識の強い警察組織において、他部署の事件を嗅ぎ回ることは、ケンカをふっかけているのと同じだ。

こういう展開になるのは、想定内のことだ。

「君に与えられた任務は、二階堂の線から捜査を継続することだ」

「はい」

「分かっているなら、なぜ、長谷部の警護に口出しをした？」

柴崎は、内通者をあぶり出すために、亜沙美と共同捜査を行っていることを説明すべきか判断に迷ったが、結局口にはしなかった。

内通者の候補が絞り切れていない以上、全《すべ》ての人間にその可能性がある。

「申し訳ありません」

「質問の答えになっていない」

伊沢の言葉には、相手を萎縮《いしゅく》させるだけの熱があった。

彼はキャリアではない。警備畑でコツコツと努力を重ねながらここまでのし上がって来た叩《たた》き上げの刑事だ。

数々の修羅場をくぐり抜けてきた経験が、彼の眼光に鋭さを加えている。

「捜査の段階で、ある筋から、長谷部が狙われているという情報を入手しました。そこで、少しでも力添えできればと……」

「余計なお世話だ。長谷部が次のターゲットである可能性は、刑事部の捜査ですでに分かっていたことだ」

「そうだったんですか……」

声が少し上ずってしまった。

亜沙美は、自らが彼に警護をつけるように交渉したと言っていた。伊沢と亜沙美の説明にはズレがある。

どちらを信じるべきかは、考えるまでもなかった。

最初からおかしかったのだ。事件に執着するあまり、大事なものを見失っていたのかもしれない。

「話は以上だ」

伊沢は、くるりと背中を向け、きびきびとした足取りで部屋を出て行った。

その背中を見送った柴崎は、長い息を吐きながら椅子《いす》に座った。

津波のように押し寄せる疲労に、身体《からだ》ごと流されてしまいそうだった。

二十七

鳥居は、コートの襟を立て、背中を丸めて歩いていた。

取り付けられた金属のパーツと、爆弾の重みで足を一歩踏み出すたびに身体が軋《きし》む。

――あと少しで終わる。

それを考えると、怖さより寂しさのようなものがついて回る。

「奈々」

鳥居は、娘の名を口にした。

彼女は、五年前の事件のショックから、感情を萎縮させてしまった。心的外傷後ストレス障害だ。

自分の殻に閉じこもり、外部とコミュニケーションを取ろうとはせず、言葉もほとんど口にしない。だが、だからといって奈々の心が死んでしまったわけではない。

おそらく彼女は、何が起きているかを理解しているだろう。

五年前のあの日、鳥居はスコープの向こうに地獄を見た。

犯人である青年の、いびつな歪《ゆが》み。そして、恐怖に怯《おび》える人々の蠢《うごめ》く感情の波——。

爆発の瞬間、もだえ怒り、憎しみ、苦痛に喘《あえ》ぐ人々の混沌《こんとん》とした感情のうねりを、正面から受け止めてしまった。

そして、娘のために全てを投げだそうとする妻の深い愛情を見た。

奈津が望んだのはただ一つ。娘の奈々が無事であること。

彼女は、自分の身体を盾にして、奈々の命を守り抜いた。それなのに、自分はそれができなかった。

この命を捨てることで、奈々の命を救えるならそれでいい。

鳥居は、病院の前まできたところで、足を止めた。五年前の事件が起きたあの病院だ。ここが、人生の終着地点になる。

病院の敷地に入った鳥居は、本館の裏手に回り、鉄製のドアの前に立った。

ドアの上には、赤いビニールテープの切れ端が、目印として付けられていた。

——ここだ。

鳥居は、そこが事前に指定されたドアであると確認し、ドアノブを回した。

鍵《かぎ》は開いていて、スムーズにドアが開いた。

中は、光の届かない真っ暗な空間だった。

まるで、別の次元に迷い込んでしまったかのようだ。

鳥居は、肩に背負ったゴルフバッグを壁に立てかけ、コートのポケットから懐中電灯を取り出した。

懐中電灯の小さな光に照らされて、キャビネットの並んだ倉庫のような部屋が浮かび上がる。

鳥居は、部屋の一番奥まで足を運んだ。

そこに、合成樹脂のケースが置かれていて、ドアと同じように赤いビニールテープが貼《は》り付けられている。

鳥居は、そのケースの前に屈《かが》み込み蓋《ふた》を開けた。

そこには、スナイパーライフルPSG－1が収められていた。

PSG－1をケースから取り出した鳥居は、左腕に付けられたバンドに目を向けた。

時間を確認するためではない。一見すると、時計のようにも見えるバンドだが、実際は違う。

文字盤の位置に表示される時間は、現時刻ではなく、計画の最終段階に向けてのカウントダウン。

その上には、電波の受信状況を示すアンテナが表示されている。

特定のエリアから外れ、電波が途切れるとカウントダウンを待たずに、スイッチが入る仕組みになっている。

「まさに、かごの中の鳥だ……」

自嘲《じちょう》気味に笑った鳥居は、PSG-1を抱えるようにして持ち、壁に背中をつけて座り込んだ。

「明日で終わる」

呟《つぶや》いてから目を閉じた。

疲労は蓄積していたが、眠気が訪れることはなかった。目蓋《まぶた》の向こうに、あの日の光景が浮かんでくる。いくら拒絶しても、否応《いやおう》なしに入り込んでくる。

爆発を見たあと、しばらく動くことができなかった。

理解の範疇《はんちゅう》を超えた出来事だった。

なぜ、もっと早く引き金を引かなかった？

その答えはすぐに出た。日本でテロなど起きるはずがない。鳥居自身がそう思っていたからだ。

　一般人のテロに対する意識の薄さ、そして、警察内部の現場を無視した官僚主義を批判しておきながら、自らの危機意識が薄いことに気付いていなかった。

　消火作業の続く現場で、皮膚を焼かれて倒れている妻を見た。救急車で運ばれる彼女の表情に、後悔や自責の念はなかった。

　それなのに、自分はどうだ？

　引き金を引けなかった。

　愛する者を守れなかった。

　だから、今自分はここにいる。

　明日だ。明日で全てが終わる――。

第三章　Limit

一

寒い——。

志乃は、白い壁に囲まれた部屋の中にいた。

部屋の隅で、椅子《いす》に座っている男がいた。五十代後半だろうか——。

手足をロープで縛られていて、憔悴《しょうすい》しきったように項垂《うなだ》れていた。呼吸はあるが、意識を失っているようだ。

窓際《まどぎわ》に、鳥居の姿があった。

椅子に座った状態で、窓の外に向けてライフルを構えていた。

窓から二十メートルほど離れた場所には、数十名の機動隊員が、ポリカーボネート製の盾を持って整列している。

その後方には、さらにたくさんの警察官が控えていた。

まさに、一触即発の状態——。

時間が止まってしまったかのように、両者とも動かなかった。

志乃は、すぐにこの状況を理解した。

鳥居は、椅子に座っている男を人質に、立て籠《こ》もったのだ。

彼が、なぜこんなことをしているのかは分からない。だが、スコープを覗《のぞ》く引き締まった横顔は、まるで何かを覚悟しているようだった。

おそらく、鳥居は自分の命を諦《あきら》めている。根拠はないが、そう感じた。

不意に、鳥居が口許《くちもと》を緩めた。

それは、笑っているようでもあり、泣いているようでもあった。

その刹那《せつな》、眩《まばゆ》い光が放たれた。

続いて、真っ赤な炎が、地面を揺らす轟音《ごうおん》とともに巻き上がる。

――自爆。

白煙が、もやのように漂っている。

怒号と悲鳴が交錯し、混沌《こんとん》の波を押し広げる。

何人かが部屋に飛び込んで来た。

志乃の目には、全《すべ》てがスローモーションに見えた。

瓦礫《がれき》の中に、黒こげになった肉片が散らばっている――。

――なぜ、こんなことに。

志乃が呟《つぶや》いている間に、目の前がブラックアウトする――。

　やがて、志乃の意識がたどり着いたのは、会議室のような部屋だった。

　窓の外には、建設中のビルが見えた。中央部分が膨らんだ、繭《まゆ》のような形をしている。

　部屋の中央に、奈々がいた。

　お尻《しり》を床にペタンとつけて、ゆらゆらと身体《からだ》を揺すっている。

　――イチゴの国に、サンタはいない……。

　まるで、何かのおまじないのように、同じ言葉を繰り返している。

　前に、彼女に会ったときも、同じことを言っていた。

　それに、何か意味があるのだろうか？

　音もなく、何者かが奈々に歩み寄り、彼女の眼前に拳銃《けんじゅう》を突きつけた。

　――誰なの？

　真っ黒に塗り潰《つぶ》されたようになっていて、拳銃を持った人物の顔を見ることはできない。

　奈々は、両手を耳に当て、金属を引っ掻《か》いているような叫び声を上げる。

　引き金に指がかけられる。

——お願い！　やめて！

志乃は、奈々に負けないくらいに叫んだ。

だが、銃口は容赦なく火を噴いた。

奈々は額に穴を開け、糸を切られた操り人形のようにパタリと倒れた。


「いやっ」

志乃は、水中から息継ぎをするように目を覚ました。

耳鳴りがする。額から首筋にかけてべっとりと汗をかいていた。

「大丈夫？」

声をかけてきたのは公香だった。

すでに起きていたようで、戸口のところに立っていた。ジーンズにベージュのセーターという格好で、髪を後ろでまとめている。

「はい」

志乃は、目頭を押さえてから返事をした。

「辛《つら》いと思うけどがんばって。志乃ちゃんだけが頼りなんだから」

公香は、フェイスタオルで志乃の額の汗を拭《ぬぐ》った。

口ではどう言おうと、彼女は人の痛みを知っている人だ。志乃の心の底に、その優しさが染《し》み込んでいく。

「はい」

返事をした志乃は、自分の夢に対する考え方が変わっていることを自覚した。

人の死を予見するのは嫌だ。それは変わらない。

だけど、不思議と今は、その能力により人の命が救えるかもしれない、という希望の光が宿っていた。

「待って、スケッチブック持ってくるから」

「必要ないです」

ベッドの脇《わき》を離れようとした公香を、志乃が呼び止めた。

「え？」

「夢の中で死んだのは、確認できるだけで三人いました」

「そんなに……手が回らないわね」

公香が冗談めかして言った。

確かにそうだ。あたしの能力を信じて行動してくれる人数は限られている。

だが、全く希望がないわけではない。なぜなら——。

「全員、見覚えがある人物です」

志乃は、公香の目を真《ま》っ直《す》ぐ見ながら言った。

二

「えらいことになってんな」

報告を受けた真田は、興奮気味に声を上げた。

リビングルームに集まり、志乃の夢の報告が行われたが、その内容は想像以上に厄介だった。

てっきり、次に鳥居が狙《ねら》うターゲットを見つけ出せればいいと思っていたが、そう単純な話ではない。

志乃の話では、鳥居が人質をとって立て籠もり、機動隊の突入前に自爆するらしい。

そのうえ、別の場所で鳥居の娘である奈々が、何者かに射殺される。

二つの出来事は関係があるのだろうが、具体的にどうつながっていくのか、今の段階では判断できない。

それに、もう一つ気になることがある。

「人質が、誰か分かってるって言ってたけど、それは本当か？」

真田は、疑問をぶつけた。

「はい。警視総監です。この前の狙撃《そげき》事件のとき、テレビでコメントしてるのを見ました。面長で、白髪の特徴的な顔をしているので覚えていたんです」

なるほどね。だが――。

「鳥居も、大きく出たな。目的はなんだ？」

「分からん」

山縣が即答した。

「じゃあ、どうすんだよ」

「警視総監の方は、柴崎に任せよう」

山縣が、目頭を押さえながら答えた。

「それで、大丈夫かよ」

前回の弁護士のときは、守りきれなかった。真田は、不安をそのまま口にする。

「そうね。ちょっと頼りないわね」

賛同の声を上げたのは公香だった。

今まで散々ゴネてたクセに、このところ態度が変わってきている。女は、覚悟ができると意外にタフなのかもしれない。

「残念だが、うちが動いたところで、警視総監に近づくことすら不可能だ」

「確かに」

山縣の言うことはもっともだ。

「どうするの？」

公香が、苛立《いらだ》ちのこもった口調で言った。

「別のアプローチをするしかないんだが……」

山縣は、難しい顔をして、深くソファーに身を沈めた。さすがの策士も、いいアイデアが浮かばないらしい。

「あの……あたしが奈々ちゃんのところに行きます」

志乃が、我慢しきれないといった感じで声を上げた。

「そうね。今の状態じゃ、警察は彼女を守ってはくれない」

珍しく公香と志乃が同意見だ。

しばらく黙っていた山縣だったが、やがて諦めたようにふうっと息をついた。

「そうだな。まずは、彼女を保護することが先決だな」

そうと決まれば、早く動いた方がいい。

「さっそく準備しようぜ」

真田は、勢いよく立ち上がった。

「先走るな」

山縣がそれを制す。

「急がないとマズイんじゃねぇのか？」

「よく考えろ。彼女は、何者かに命を狙われているんだ」

「分かってる。だから、保護しに行くんだろ」

「分かってない。彼女を助けるということは、こっちも狙われる可能性があるってことだ」

確かに山縣の言う通りだ。

しかも、相手は少女一人殺すのに、拳銃を持ち出すような物騒な人物だ。

「注意してかかれってことね」

「それに、いくら保護しても、それでは何の解決にもならないことは、前回の事件で経験済みだろ」

山縣が追い打ちをかけるように言った。

それもおっしゃる通り。

奈々は、事故で死ぬのではなく、殺害されるのだ。

一生守り続けることができるわけもない。なぜ、彼女が殺害されるのか？　その理由を突き止め、犯人を抑えない限り同じことが繰り返される。

「じゃあ、どうすんだ？」

「まずは、公香と志乃で奈々を確保してもらう。真田は二人のバックアップに回れ」

「バックアップったって、公香と志乃が車を使っちまったら、俺はどうやって動くんだよ」

山縣のプランは間違っていないが、昨晩の一件でバイクがおしゃかになった。とてもじゃないが、バックアップができる状況ではない。

「騒ぐな」

「そうよ。子どもみたい」

山縣と公香のワンツーパンチ。

「だけどさ……」

「安心しろ。そろそろ届くはずだ」

「何が？」

「バイクだよ」

「マジで？」

「昨晩、河合君にお願いしておいたんだ。動くやつを一台手配してくれってな」

「さすが！」

真田が飛び跳ねるのと同時に、山縣の携帯電話の着信音が鳴った。

「はい。山縣です」

会話の内容を、はっきりと聞き取ることはできなかったが、取り乱した感じの女性の声が漏れ聞こえてきた。

歓迎できない事態が発生していることは理解できた。

三

山縣からの連絡を受けた柴崎は、急いで二階にある署長室に向かった。

鳥居の次のターゲットが、警視総監である可能性を示唆《しさ》するためだ。

志乃の夢のことを説明せず、どれほど信じてもらえるかは分からない。だが、何もしないよりはいい。

この話は、まだ亜沙美には話していない。

柴崎の中で芽生えた、彼女に対する疑念は、どうしても払拭《ふっしょく》できなかった。

「その話は、本当か？」

柴崎の話を聞き終えた署長の伊沢は、両手を合わせ静かに言った。

「はい」

「どこからの情報だ？」

その質問は、当然といえる。

「今は、まだお話できません。ですが、確かな筋です」

「そんな曖昧《あいまい》なことで、警察が動かないことは、君だって知ってるだろ」

「大事をとって、護衛を増やすだけでいいんです」

柴崎は、固く拳《こぶし》を握り強い口調で訴えた。

理論的に説明できればいいのだが、今はその手段を持ち合わせていない。愚鈍な方法ではあるが、真っ直ぐに伊沢を見返すことしかできなかった。

長い沈黙のあと、伊沢はようやく息を吐き出し、緩慢な動作で顔を上げた。

「君の情報は、おそろしく正確だな」

「どういう意味です？」

伊沢は、何かを諦《あきら》めたように首を振った。

「惚《とぼ》けるのは止《や》めたまえ」

伊沢の声には、緊張の色がうかがえた。

引き締まった顎《あご》が、微《かす》かに震えているようにも見える。ざわざわっと嫌な予感がした。

「惚ける？」

「今回の事件は、内通者がいなければ成立しないことは、君も理解しているはずだ」

「はい」

それは同意できる。だが――。

「君の情報は、犯人しか知り得ないものであると言っているんだ」

伊沢の声が、耳の奥で反響した。

疑われているのか――。

柴崎は、ここに来てようやく状況を把握することができた。冗談じゃない。

「私が内通者だとおっしゃるんですか？」

「私だって、そんなことは疑いたくない。だが、君の行動は明らかに捜査本部を混乱させている。さらに言えば、二階堂の狙撃も、君の逮捕から始まっている。否定する根拠があるなら、今すぐそれを提示したまえ」

伊沢の口調は、まるで決められた台本を読むように淡々としていた。

柴崎は、息苦しさを覚えた。シーソーの上に立っているように、足許《あしもと》が不安定に揺れていた。

「もし……否定する根拠を持っていないとしたら？」

干上がる喉《のど》を押して訊《たず》ねた。

その答えは、聞くまでもなく理解していた。

「君を、拘束させてもらう」

「違います。私は……」

「本庁の刑事部からも、君が疑わしいという情報が入ってきている」

「そんな……」

柴崎は言葉を失った。

本庁の警視である亜沙美と、内通者を割り出すための捜査をしていた。それなのに、なぜ自分に疑いがかかるのか。

「署長、信じてください！」

柴崎は、机にドンと拳を落とし、伊沢に詰め寄った。

「残念だよ」

伊沢が囁《ささや》くような小声で言った。

彼の言葉の意味を察し、柴崎が振り返ったときには、もう遅かった。

警備の警官が二人、素早い動きで部屋に入ってきた。

「違います。私は……」

「私だって、こんなことはしたくない。だが、そうさせているのは君だ」

伊沢は、柴崎に指を突きつけた。

迂闊《うかつ》だった——。

伊沢の判断が間違っているわけではない。

二回にわたり犯行の予測をしたのだから、内通者として疑われても仕方のないこと。

事件の解決を焦《あせ》るあまり、真《ま》っ直《す》ぐに動き過ぎた。

「柴崎警部を拘束しろ」

歩み寄って来た警官二人に、後ろから押さえられた。

ここで抵抗を試みれば、疑惑を肯定しているようなものだ。拘束されるのは仕方ない。だが、事件だけは止めなければ。

「警視総監が狙《ねら》われているのは事実です！」

柴崎は、両手を後ろに回されながらも、必死の思いで叫んだ。

「内通者の疑いのある君の言葉を、信じろというのか？」

「身辺警護を強化するだけでいいんです！　お願いします！」

伊沢は、柴崎の必死の叫びに応《こた》えることなく、哀《かな》しそうに表情を歪《ゆが》めながら、くるりと背を向けた。

四

彼は、六畳一間のアパートにいた。

狙撃《そげき》のためだけに借りたマンションとは違う。白い壁紙が剝《は》がれかけ、窓枠は錆《さ》び付いているが、住み慣れた自分の城だ。

ライフルの入ったケースを壁に立てかけ、パイプベッドに腰を下ろし、テレビのリモコンのスイッチを入れる。

画面には、主婦向けのワイドショーが流れていた。タレントの恋愛を必死に追いかけている。

いつもと変わらない日。だが、もう少しで忘れられない日になるだろう。

――今日で全《すべ》てが終わる。

そう思うだけで、疲労も心地よく感じられた。

彼は、テーブルの上に置いてあるバーボンのボトルに手を伸ばし、直接口を付けて琥《こ》珀《はく》色《いろ》の液体を喉に流し込んだ。

空腹の胃に、アルコールの熱が広がっていく。

今日、警視総監である笹本《ささもと》は、定期検診のために病院に立ち寄ることになっている。五年前に立て籠《こ》もり事件のあったあの病院だ。

改革のときを迎えるのに、ふさわしい場所といえる。

そこで笹本は、人質になる。自分が当事者になったとき、彼は狙撃班に「撃て」と命令することができるだろうか？

もしかしたら、最後まで命令を下さないかもしれない。だが、笹本がどちらを選択したとしても、結果は見えている。

この計画は、スタートした時点ですでにその目的を達したといっていい。

ここまで来るのに五年かかった――。

日本の警察は、キャリア制度により腐敗しきっている。

引き金を引かぬなら、拳銃《けんじゅう》など初めから装備しなければいい。

できるだけの力を持っていながら、黙ってそれを見ていることしかできない、脆弱《ぜいじゃく》な警察。

犯罪は、日に日に凶悪化している。そのことに気付かず、今のままの体制を続ければ、被害者は増加の一途を辿《たど》る。

自分たちは、五年前のあの瞬間に、それを悟った。

だから、今動かなければならない——。

テレビを通して、現実を目《ま》の当たりにした視聴者は、変わらなければならないと実感するだろう。

これは、復讐《ふくしゅう》ではない。改革だ——。

五

「最悪だな」

山縣から事情説明を受けた真田は、吐き出すように言った。

さっきの電話は、楓からのものだった。

彼女の話では、奈々が行方不明になっているのだという。買い物に出かけ、戻ってきたら、部屋からいなくなっていたらしい。

自分で家を出た可能性もあるが、志乃の夢のこともあるので楽観視できない。

「急がないと、マジでヤバイわね」

公香が立ち上がった。

「そうですね」

志乃が賛同する。

「予定変更だ。楓さんが、マンションの前で待っている。公香と志乃は、彼女と合流して、奈々ちゃんの行きそうな場所を当たってくれ」

「了解」

山縣の指示に、志乃と公香が同時に返事をした。

「で、俺たちはどうすんだ？」

真田は山縣に話を振った。

「二手に分かれて、志乃が見た夢の映像を頼りに、奈々ちゃんの居場所を捜す。携帯電話で連絡を取り合おう」

まあ、そう来るだろうとは思ったけど——。

「漠然としてるよな。そんなんで見つかるのか？」

「他に方法があるなら、教えてくれ」

山縣は、言うなりぐいっとコーヒーを飲み干し席を立った。

そりゃそうだ。頼りは、志乃の見た夢だけってわけだ――。

「志乃。道案内を頼むぜ」

「はい」

志乃の力強い声が返ってきた。

その声に、真田は思わず顔をほころばせた。五ヶ月前までは、ただ悲嘆に暮れているだけのお嬢様だったのに、本当に強くなった。

「ニヤニヤしてんじゃないわよ。さっさと動きましょ」

すかさず公香の突っ込みが入る。

動きたいのは山々だが、問題が一つある。

「バイクが無い」

真田の不満に答えるように、インターホンが鳴った。

「到着したぞ」

山縣の言葉を受け、真田は弾《はじ》かれたように飛び上がると、玄関に向かってダッシュする。

玄関のドアを開けると、二トントラックが停車しているのが見えた。

河合が、渡し板を使い、トラックの荷室からバイクを降ろしているところだった。

「お！　スズキのDR－Zじゃんか！」

真田は、興奮気味に声を上げる。

ブラックのSUZUKIのDR－Z400SM。

見た目は、オフロードバイクそのままなのだが、このマシンは街乗りも想定して設計されたもので、タイヤは競技用のオフロードバイクの凹凸の激しいものではなく、通常タイプのものを使用している。

スピードはそれほどでもないが、耐久性と扱い易《やす》さは折り紙つきだ。

「簡単に壊すなよ。次は、ちゃんと請求するからな」

河合が、呆《あき》れた顔で口にした。

「分かってるって」

真田は、返事をしながらバイクを降ろす作業を手伝った。

「まったく。山縣さんも大変だよ」

「乗っていいか？」

河合の返事を待たずに、真田はバイクにまたがった。

エンジンを回し、アクセルを吹かしてみる。シートを通して、心地良い振動が伝わってくる。なかなかいい感じだ。

「遊んでる場合か？」

山縣は、ぼやきながら玄関を出て来ると、ヘルメット、グローブ、インカムと必要機材の一式を真田に渡した。

「サンキュー」

真田が、インカムやヘルメットを装備している間に、ガレージのシャッターが開き、中からハイエースが出て来た。

運転席の公香が、手を振りながら走り去って行く。

〈夢で見た現場は、新宿駅より西側で、中央公園までの間のどこかです〉

インカムを通して、志乃の早口の声が聞こえてきた。

「なんで、そう思うんだ」

〈奈々ちゃんが殺される場所の窓から、駅前に建設中のコクーンタワーが見えたんです〉

「あれか」

新宿駅西口前の、五十階建ての繭《まゆ》みたいな形をした建物。幾つかの専門学校が入る複合型の学園ビルだ。

〈はい〉

「けっこう広いな」

〈でも、奈々ちゃんを殺すのに、拳銃を使っていました。人目につかない場所だと思うんです〉

「それで？」

この反応からして、志乃はある程度当たりをつけているのだろう。

〈中央公園の先に、廃校になった学校があります。それと、青梅《おうめ》街道沿いに、解体予定のビルが……〉

「私がそのビルに向かう。真田は、廃校に行ってくれ」

山縣は、早口で指示を出す。

「駅まで送りますよ」

河合が山縣に声をかけた。

「悪いな」

山縣は、河合の乗ってきたトラックに乗り込んだ。

こっちも急いだ方が良さそうだ。

「行くぜ」

スタンドを足で跳ね上げるのと同時に、アクセルを吹かしバイクをスタートさせた。

加速の反動で、身体《からだ》が仰《の》け反《ぞ》ったが、すぐに体勢を立て直した。

〈あんまり無茶をするなよ〉

無線から、山縣の声が聞こえてきた。

「誰に向かって言ってんだよ」

真田は、軽く返しながら、アクセルをひねった。

風を切る音が、焦《あせ》りを加速させる。

——間に合えよ。

六

志乃は、マンションの前に立っている楓の姿を見付けた。

彼女だけ、風景から切り取られてしまったかのように、浮き立って見えた。

「乗って」

公香は、楓の横で車を停車させ、声をかけた。

「すみません」

楓は、気の抜けたような返事をして、車のドアを開けて助手席に乗り込んだ。

「で、私たちは、どこに向かえばいいの？」

公香が、振り返りながら言う。

「ちょっと待ってください」

ハイエースの後部スペースに収まった志乃は、改めてノートパソコンに表示された地図に目を向ける。

他に、コクーンタワーが見えて、人気の無い場所――。

さっき真田たちに指示は出したものの、本音でいえば候補地が多すぎて、どこから手をつけていいのか分からない。

「あの……」

助手席の楓が、声を上げた。

「どうしたの？」

公香が訊《き》き返す。

「奈々ちゃんは、自分の足で部屋を出たんだと思うんです」

「どうしてそう思うんですか？」

「根拠はありません。ただ……」

「なんです？」

「あの子、母親に会いたがっていました」

ルームミラー越しに、楓が睫《まつげ》を伏せて俯《うつむ》くのが見えた。

母親に会いたがっていた——。

「でも、彼女の母親は、死んだんでしょ」

公香は、納得できないという表情だった。

「そうなんですけど……奈々ちゃんは、まだ母親の死が受け入れられないんだと思うんです」

楓の声が、少し震えていた。

「もしかして、五年前の立て籠《こ》もり事件があった病院ですか」

「はい」

志乃の言葉に、楓がこくりと頷《うなず》いた。

分かる気がする。志乃にも経験があった。母の死後、何度も事故現場に足を運んだ。

もしかしたら、楓は奈々の母親になりたかったのかも知れない。だけど、奈々は、まだ母親が生きていると信じていた。

そんなジレンマが、彼女の心を苦しめた。

志乃は、モニターに表示された地図に目を向け、位置を確認する。

楓のマンションのある参宮橋からなら、二キロかそこらだ。西参道を真《ま》っ直《す》ぐ進み、公園通りに入るだけなので、道も複雑ではない。

それに、この病院は新宿駅の西側。ここからでもコクーンタワーが見える。

「可能性はあります」

「了解」

志乃の言葉に応《こた》えるように、公香はアクセルを踏み込んで車をスタートさせた。

急激な加速に、志乃はバランスを崩し、サイドに腕を打ち付けた。

「大丈夫？」

「平気です」

志乃は、すぐに体勢を立て直した。

七

鳥居は、コンクリートの壁に背中を預け、ライフルを抱えて座っていた。

静かに、そしてゆっくりと呼吸を繰り返す。

息が白い。身体の芯《しん》から凍っていくようだった。

この寒さは、空調のない部屋にいるからだけではない。私は、熱を失ってしまった――。

五年前のあの日、信じていたものが、爆音とともに粉々に砕け散った。

強固だと思っていたが、それは錯覚だったことを知らされた。私たちは、薄氷の上にいながら、この国は安全だと思い上がっていた。

あの日から、私は生ける屍《しかばね》となった。

耳に仕込んだインカムから、雑音に混じった音声が流れてきた。

〈聞こえるか？〉

「聞こえてる」

鳥居は、腕のバンドに目を落としてから言った。

そこにはカウントダウンが表示されることになっている。

スタートすると三時間で、身体にとり付けられた過酸化アセトンに着火し、爆発する仕組みになっている。

それだけではない。カウントダウンの上に表示されているアンテナのマークは、中距離型無線機の電波の受信状況を示すものだ。

電波信号は、身体に付けられた爆弾の起爆装置に直結している。

無線機の電波が届く、半径五キロの範囲から外に出ても、爆発する。

これを外すためには、首の後ろに取り付けられたテンキーに十桁《けた》の解除コードを入力し、鍵《かぎ》を外す必要がある。

鳥居は、そのどれも持っていなかった。

どのみち、死の運命を免れることはできない。だが、やらなければならない。そうしなければ、もう一つの命が失われる。

〈準備はいいか?〉

「ああ」

鳥居は、頭を壁に預け、天井を見上げた。

〈ターゲットが、そちらに向かっている。到着は、三十分後の予定〉

──いよいよ来たか。

「了解した」

〈くれぐれも、おかしな考えを起こすなよ。彼女も、それを望んでいる〉

無線の相手がそう告げた。

念には、念を入れてということか──。

「分かっている」

鳥居は、ゆっくりと立ち上がった。

長い時間、同じ姿勢でいたので、関節に軋《きし》みがあったが、すぐに元に戻る。計画を遂行するのに支障はない。

〈それと、一つだけ計画変更がある〉

「変更？」

〈人質の人数を増やす〉

「どういうことだ？」

〈所定の場所に行けば分かる〉

「話が違う！」

抗議する鳥居に答えたのは、ノイズだけだった。

八

真田は、志乃に指示された廃校の前まで来たところで、バイクの速度を緩めた。

三階建ての校舎や、体育館がそのまま残されている。

校門が開いていた——。

もしやと思い、バイクのままグラウンドに進入する。

「ちょっと、君。バイクは、駐輪場に置いてくれなきゃ困るよ」

青い制服を着た警備員らしき中年の男が、真田の進路に立ちふさがった。

「ここって、廃校じゃねぇの？」

真田は、ヘルメットを脱いでから言った。

「今は違う」

「レストランにでもなったのか？」

「廃校の有効活用ってことで、貸しスタジオとか、イベント会場として使ってるんだ」

ここでは無さそうだ。

警備員が常駐しているような場所に、子どもを連れ込んで殺害するのは、リスクが高すぎる。

「ここに、女の子が来なかったか？」

一応訊いてみる。

「女の子？」

「ああ。十歳くらいの子だ」

「見てないな」

警備員の男は、少し考えてから首を振った。

「分かった。サンキュー」

真田が、バイクをUターンさせたところで、携帯電話が着信した。山縣からだ。

〈そっちはどうだ？〉

「ダメだ。ここは外れ。そっちは？」

〈こっちもダメだ。もうビルの取り壊しが始まってた〉

山縣の声に落胆は無かった。

「さっさと次を当たろうぜ」

〈さっき、志乃から連絡があった。病院に来い〉

「何で？」

〈楓さんの話では、奈々ちゃんは、一人で病院に行った可能性が高いということだ〉

「その病院って……」

〈そうだ。五年前の事件のあった場所だ。全員で病院内を捜索する〉

なるほど。母親の面影を追いかけてってわけだ。だが——。

「他はいいのかよ」

総合病院は、かなり広いので、人数を投入して捜索することには賛成だ。だが、そこが外れだった場合、かなりのタイムロスになる。志乃の予見した夢では、時間までは分からなかったが、間に合わなくなる可能性が高い。

〈私も、病院が本命だと思う〉

山縣が、はっきりした口調で言った。

「了解。ところで、柴崎のおっさんの方はどうなったんだ？」

真田は、ふと浮かんだ疑問を口にした。志乃が、死を予見したのは、奈々だけではない。警視総監の件は、山縣から柴崎に連絡が行っているはずだが、その後の報告がない。

〈その後、音沙汰《おとさた》なしだ〉

「忙しいのか？」

〈そうだといいんだが……〉

山縣は含みを持たせた言い方だった。どうやら、別の可能性を考えているようだ。

「あのおっさん、そんなにヤワじゃねぇよ」

軽く言ってから、ヘルメットを被《かぶ》った。

不安が無いと言ったら嘘《うそ》になる。だが、今はそれを気にかけているほどの余裕が無いのも事実だ。

〈そう信じるしかないか〉

山縣が、真田の真意を察したように答えた。

「じゃあ、現地で」

〈分かった〉

真田はバイクをスタートさせた。

九

ハイエースは、病院の来院者用駐車場に停車した。

志乃は、車椅子《くるまいす》のハンドリムを操作して、狭いスペースの中で方向転換をする。

「お待たせ」

一足先に車を降りた公香が、ハイエースのハッチを開け、設置してある渡し板をスライドさせる。

「ありがとうございます」

志乃は、渡し板を利用して素早く荷室のスペースから降りた。

十八階建ての巨大な病院がそびえ立っていた。そのすぐ隣に、渡り廊下で繫《つな》がれた背の低い医局センターがある。

本館一階の東側の一角だけ、他と比べて壁の色が新しくなっていた。

五年前の事件の傷跡――。

建物は、補修して塗り替えをしてしまえば、それで過去を覆《おお》い隠すことができるが、事件にかかわった人の心は、そう簡単にはいかない。

あたしが、そうであったように――。

「で、どうする?」

公香の言葉で、意識が現実に引き戻された。

「まずは、受付で奈々ちゃんを見かけなかったか確認しましょう」

志乃は、プランを口にした。

「奈々ちゃんは、何度かこの病院に来ています。知っている看護師さんがいるので、訊《き》いてみれば早いと思います」

助言をしたのは、楓だった。

確かに、そういう人がいるなら話が早い。

「その看護師の名前は？」

「川上さんという方です」

「OK。その人に訊いてみましょう」

公香が言いながら歩き出した。志乃も、ハンドリムを動かし、そのあとに続く。だが、楓は車の横に立ったまま動かなかった。

「どうしました？」

志乃の呼びかけに、楓は、はっとしたように顔を上げた。

「私は、幾つか心当たりがありますので……」

「じゃあ、そっちを回ってちょうだい。何かあったら連絡して」

公香は早口に言うと、名刺を楓に手渡した。

「あの……」

歩きだそうとしたところで、楓が声を上げた。

「なんですか？」

訊《たず》ねる志乃の視線から逃げるように、楓は目を伏せた。

「気をつけてください」

楓は消え入りそうな声で言うと、足早に医局センターの建物に向かって歩き出した。

——彼女は、何を言おうとしたのだろう。

「じゃあ、行くわよ」

公香の声が、志乃の思考を中断させた。

そうだ。考えるのはあとにしよう。今は、できるだけ早く奈々ちゃんを見付けるのが先決だ。

エントランスを入り、総合受付に足を運ぶ。

「川上さんという看護師さんはいますか？」

公香が声をかけると、奥から四十代半ばの、白衣の女性が駆け寄ってきた。

痩《や》せ型で、思い詰めたような表情をした女性だった。

「私が川上です」

受付の前まで来た川上は、少し戸惑った様子で口にした。

「池田公香です。で、こっちが中西志乃。実は、楓さんに言われて……」

「奈々ちゃんのことですね。今、楓さんから連絡がありました」

川上は、公香の言葉を遮るように言った。

「話が早いわね。奈々ちゃんを見かけませんでした？」

公香が訊ねる。

「三十分くらい前に、ここに来ました」

「今、どこにいるか分かります？」

「見当はついてます。すぐに楓さんに連絡しようと思ったんですが、忙しくて……」

川上は、言い訳をするように早口で言うと、病院の奥の廊下に向かって歩きだした。

「ついて来いってことかしら？」

「たぶん」

志乃は、公香と顔を見合わせてから川上のあとを追って進んだ。

川上は、廊下の奥にある処置室のドアを開け、中を見回して「あれ？」と不思議そうに何度も首を捻《ひね》った。

「どうしました？」

志乃は、川上に続いて処置室の中に入った。

ベッドが二つ置かれていて、シャーレなどの器具が壁際《かべぎわ》に整然と並べられている。清潔で整った空間だが、他の場所より消毒液のような刺激臭が強くした。

「いないわね」

公香は腕組をしながら、部屋の中をゆっくり見回している。

「ここにいるようにって言ったんですけど……ちょっと待ってください。先生に訊いてきますから」

川上は、慌《あわ》てた様子で部屋を出て行った。

取り残された気分になる。

「なんか妙ね……」

公香が言った。

それは、志乃も同感だった。何かがおかしい。違和感——。

「これって……」

志乃の言葉を遮るように、廊下に悲鳴が響き渡った。

十

〈作戦を開始しろ〉

「了解」

鳥居は、無線機につないだインカムから聞こえてきた指示に返事をした。

それと同時に、ピピッという電子音がして、腕のバンドの文字盤に時間が表示され、カウントダウンが始まった。

——制限時間は三時間。

被害は最小限に食い止めなければならない。だが、うまくいくだろうか？ 悩んでいる時間はない。失敗すれば全《すべ》てが終わる。それだけのことだ。

鳥居は、右脇《わき》に抱えるようにしてＰＳＧ－１を持ち、その上にコートの裾《すそ》を被せた。

そんなことで銃身の長いＰＳＧ－１を完全に隠せはしない。だが、平和な日本の病院内で、白昼堂々とライフルを持って歩く人間などいないという先入観が、その存在を覆い隠してくれる。

今の平和が、危険と隣り合わせであることを自覚してはいないのだ。

ドアを開けて部屋を出た鳥居は、何人かの看護師とすれ違いながらも、呼び止められることもなく、指定された診察室の前までたどり着いた。

ここでようやくライフルをコートの内側から出し、スタンドの姿勢で構えながら診察室の中に進入する。

部屋の中にいた白衣の医師は、驚いた様子も見せずに、納得したように黙って頷《うなず》いた。

——この男も、協力者なのか。

いったいどれほどの人間が、この計画に荷担しているのか、鳥居には想像もつかなかった。

裏を返せば、それほどまでにあの事件が人々の心に落とした闇《やみ》は大きい。

「SPが二人いる」

医師は、小声で言いながらカーテンで仕切られた一角を指差した。

今回の計画において、ここが一番の正念場だ。二人のSPと正面からやり合えば勝ち目はない。

だが、方法はある。

鳥居は、ポケットから円筒形の閃光弾《せんこうだん》を取り出した。

立て籠《こ》もり事件の制圧などに使用される手榴弾《しゅりゅうだん》で、ピンを抜いて信管に着火する仕組みは同じだが、爆発は極小さく殺傷能力はない。その代わりに、強烈な閃光を発し、近くにいる者の視力を数秒間失わせる効果がある。

鳥居は、閃光弾のピンを抜き、カーテンの向こう側に転がすと、すぐに背中を向け耳を塞《ふさ》いだ。

ボン。

鈍い破裂音とともに、真っ白な閃光が瞬《またた》いた。

「ううっ」

カーテンの向こうからうめき声が聞こえる。

踵《きびす》を返した鳥居は、素早く歩み寄り一気にカーテンを開けた。

ＳＰらしき男が二人、目を押さえながら右往左往している。その奥で、五十過ぎの男が、椅子に座ったまま顔を押さえ、うずくまっていた。

人の入って来た気配に気付いたのか、ＳＰの一人がホルスターから拳銃《けんじゅう》を抜いた。

鳥居は、反射的にＰＳＧ－１のストックで、ＳＰの顎《あご》を突き上げた。「ぐわっ」という叫びとともに、仰向《あおむ》けに倒れた。

拳銃が、床を転がる。

すぐにそれを拾い上げた鳥居は、振り向きざまに、もう一人のＳＰの膝《ひざ》を撃ち抜いた。

「あぁ」

ＳＰは、叫び声を上げながら横倒しになった。

これで、しばらくは動けないだろう。鳥居は、ふっと息を吐き出してから、笹本に向き直った。

「誰だ？」

笹本は、わずかに開いた目で鳥居を見上げながら、震える声で言った。

徐々に視力が戻ってきているのだろう。

言うのと同時に、鳥居は拳銃の銃口を笹本の眉間《みけん》に押し当てた。

「立て」

「何をするつもりだ？」

「死にたくなければ立て」

質問には答えず、もう一度言う。

ここにきて、笹本の表情が一気に強張《こわば》った。もしかしたら、目の前にいる男が誰なのか、理解したのかもしれない。

笹本は、両手を挙げながらゆっくりと立ち上がる。

鳥居は、指を回し背中を向けるように指示をする。笹本は、それに素直に応じてゆっくりと背中を向け、首の後ろで手を組んだ。

「抵抗したら撃つ」

鳥居は、笹本の後頭部に銃口を突きつけながら囁《ささや》いた。

診察室を出ようとしたところで、インカムから声が聞こえてきた。

〈計画の変更を伝える〉

どこかで見ているのか、鳥居は素早く視線を走らせたが、その姿を見付けることはできなかった。

「さっき言ってた件か?」

〈そうだ。人質が増える。処置室に二人の女がいる。その二人も人質にとれ〉

「なぜだ」

〈言われたことを実行すればいい〉

一方的に無線は切れてしまった。

無線の内容は、犠牲者が増えることを意味していた。それは、鳥居の望むところではない。

だが、今さら後もどりできないのも、また事実だ。

鳥居は、銃口を笹本に強く押しつけ、歩くように促した。

廊下に出ると、さすがにこの状況を見て、悲鳴を上げる者がいた。

だが、それだけだ。

勇敢に飛びかかる者もいなければ、物陰に隠れる者もいない。みな動きを止めて遠巻きに見ている。

鳥居の中に、怒りの熱がこもる。

なぜ、これほどまでに無知なんだ。

五年前の事件をきっかけに、一時的に警備が厳しくなったが、今ではこの有様だ。もう、忘れてしまったのか。

爆発寸前の感情を腹の底に沈め、鳥居はゆっくりと廊下を歩いた——。

十一

「行きましょう」

胸騒ぎを抑えきれず、志乃は公香に呼びかけた。

「その方がよさそうね」

すぐに賛同の意志を示した公香が、ドアを開けた。

そこに立ちふさがるように、男が二人立っていた。

一人は、警視総監である笹本。志乃が夢でその死を予見した人物。そして、もう一人は鳥居祐介。

鳥居は、左手にライフルを抱え、右手で拳銃を持ち、その銃口を笹本の後頭部に突きつけていた。

そういうことか——。

志乃は納得すると同時に、ビルの屋上から突きおとされたような絶望的な気分を味わった。

こうやって、改めて目を向けると、ここが夢の中で鳥居が自爆した部屋と同じだということに気付いた。

予見した死の運命を変えるために動いたことが、裏目に出てしまった。本来、自分たちはここにはいないはずだった。

なぜ、もっと早く気付かなかったのだろう。迂闊《うかつ》だった——。

悔しさから車椅子《くるまいす》のハンドリムを握り締めた。

鳥居が、無言のまま部屋に入って来る。

「ちょ、ちょっと、あんたは……」

公香が、上ずった声を上げる。

「下がれ」

鳥居が、右手に持った拳銃を笹本の頭に突きつけたまま、左手のライフルを笹本の肩に載せるようにして構えた。

銃を持った相手と、まともにやり合ったら勝ち目はない。

だけど——。

「公香さん、走って！」

志乃は、叫ぶのと同時にハンドリムを摑《つか》んだ腕に力を入れ、勢いをつけて車椅子ごと鳥居に突進する。

公香は、半ば反射的に前転しながら鳥居の脇をすり抜け、部屋を飛び出した。

鳥居にぶつかった志乃は、そのまま車椅子と一緒に横倒しになる。

肘《ひじ》に痛みが走る。

目を開けると、床に這《は》いつくばった状態になっていた。

「志乃ちゃん！　逃げて！」

公香の声が聞こえた。

急いで部屋を抜け出したかったが、動かない足ではそれもままならない。

鳥居は、笹本の腹をライフルのストックで突き、うずくまって身動きが取れない状態にしたところで、ドアの前に立った。

一度は部屋を出た公香が、走って戻って来るのが見えた。

「志乃ちゃん！」

公香が叫ぶ。

「来ちゃダメ！」

せめて、公香だけでも——志乃は、その思いを込めて声を張り上げた。

二人の間を断ち切るように、鳥居がドアを閉めた。そのあとコートのポケットから針金のような器具を取り出すと、ドアの取手と近くにあったパイプを素早く結びつける。

これで、完全に閉じ込められた。

いくら悔やんでも、もう手遅れだ。

夢の中では、このあと鳥居は自爆し、笹本も死ぬ。

そして、おそらくは自ら飛び込んでしまったあたしも——。

十二

柴崎は、苛立《いらだ》ちを抱えたまま会議室にいた。

拘置されたわけではない。ただ、事件に関与しているという疑いをかけられ、誰もいない会議室に軟禁されている状態だ。

警察手帳、拳銃、携帯電話を没収され、ドアの外には見張りの警官が二人いる。

ドアを開けて、強引に二人を押さえて飛び出すことも考えたが、相手は素人《しろうと》ではない。それに、ここは警察署の中だ。すぐに応援が駆けつけてくるだろう。

なぜ、こんなことになってしまったのか——。

窓の外には、都庁と新宿中央公園が見えた。

葉を落とし、枝だけになった木。そこから、まるで沸き立つ煙のように鳥の群れが飛び立った。

悪い予感がする。せめて、山縣に連絡を入れることさえできれば——。

ふと、ドアの外から話し声が聞こえた。

柴崎は席を立ち、ドアに身体《からだ》を寄せ、その話し声に聞き耳を立てる。

「……これは、命令です……」

聞き覚えのある声だった。

話し声が止《や》み、ドアノブが回る。

柴崎は、慌《あわ》ててドアから一歩飛び退《の》いた。

ドアが開き、部屋に顔を出したのは、亜沙美だった。

「柴崎警部。ご同行願います」

亜沙美は、背筋を伸ばし、緊張した面持ちだった。

柴崎はすぐに返事をすることができなかった。状況が飲み込めない。

「嫌というなら、手錠をかけることになりますが」

亜沙美が圧力をかけるように催促する。

「分かりました」

亜沙美が、どういうつもりでここに来たのか、その真意は分からない。だが、このまま会議室にいるよりマシだ。覚悟を決めた柴崎は、返事をして会議室を出た。

二人の警察官は、困惑と疑念の入り交じった視線を向けている。

「長居すると、いろいろマズイことになるわ」

亜沙美は、耳許《みみもと》で囁くと足早に廊下を歩き出した。

柴崎は、慌てて彼女の背中を追いかける。

「いったいどういうことです？」

エレベーターに乗り込んだところで、柴崎は溜《た》まった疑問をぶつけた。

「鳥居が笹本警視総監を人質にとり、病院に立て籠《こ》もったわ」

亜沙美は、明日の天気でも話すように淡々とした口調だった。

「間に合わなかったか……」

柴崎は奥歯を強く嚙《か》んだ。

自分がモタモタしている間に、事件は発生してしまった。

「下についたら、車まで走って」

「走る？」

「ええ。署長の、あなたに対する疑いはまだ晴れていません。あなたは、内通者の第一候補者のままです」

「署長に事情を説明して……」

「今、そんな余裕はありません」

亜沙美は、ぴしゃりと言った。

「しかし……」

「立て籠もり事件のことでバタバタしています。今のうちに急いでここを離れましょう」

訊《き》きたいことはたくさんあるが、その前にエレベーターの扉が開いた。

柴崎は、亜沙美のあとを追うように顔を伏せながら走った。彼女の言うように、受付前はいつも以上の警察官でごった返していた。

誰にも呼び止められることなく警察署を出て、亜沙美の車の助手席に飛び乗った。

「ダッシュボックスの中にあなたの所持品が入ってるわ」

彼女は、早口で言うと、エンジンを回して車をスタートさせる。

亜沙美の言うように、ダッシュボックスを開けると、警察手帳、拳銃《けんじゅう》、携帯電話などが入っていた。

「警視は、私を内通者だと疑ってないんですか？」

柴崎は、髪をかき上げる亜沙美の横顔に目を向けながら言った。

「もちろん」

彼女は、さも当然だという風に笑った。

「なぜ、そう思うんですか？」

「おかしなことを訊くんですね」

「私は、警視の見解を聞きたいんです」

柴崎は、呑《の》み込まれないように、彼女を一瞥《いちべつ》した。

「あなたの情報は、正確だった。長谷部の狙撃《そげき》。そして、今回の笹本警視総監の事件。署長が、あなたを内通者だと疑うのは無理もないわ。だけど、あなたがそれを知っていたのは、犯人と通じていたからじゃない」

「そう思う根拠はなんですか？」

「志乃ちゃんだったかしら。人の死を夢で予見する少女」

亜沙美は、何事もなかったかのようにさらっと言った。

「なぜ、それを……」

「怒らないでね」

柴崎の問いに、亜沙美はイタズラを見つかった子どもみたいに、肩をすくめた。

「事と次第によります」

「スーツの胸のポケットを見て」

柴崎は、言われるままにスーツの上着の胸ポケットに指を突っ込んだ。

金属製の何かが触れた。指で摘《つま》み引き出してみると、それは一センチ四方の大きさの盗聴器だった。

「いつ、これを……」

気付かなかった自分の愚かさも手伝って、怒る気にもなれなかった。

「内通者のあぶり出しには、多少強引な手段も必要なんです。車の中で、長谷部を見張っていたときです。正直に話すと、あなたが長谷部が次のターゲットであると示唆《しさ》したとき、少し疑いました」

亜沙美は、想像していたのより、はるかにしたたかな女性だったようだ。

「それで、状況はどうなっていますか？」

柴崎は、話を本題に戻した。

「今、かなり深刻な状況になっています」

「深刻とは？」

「立て籠もった鳥居は、マスコミ各社に電子メールを一斉送信しました。時間が来たら、送信される仕組みになっていたようです」

「内容は？」

柴崎の質問に、亜沙美は微《かす》かに笑ってみせた。

「当然、犯行声明よ」

「要求はなんです？」

「声明文を、各メディアが発表すること。ほとんどのマスコミは、警察からの要請で開示を自粛しましたが、インターネット上に情報が漏れ、騒ぎになっています」

亜沙美は、苦虫を嚙み潰《つぶ》したように表情を歪《ゆが》めた。

「要求はそれだけですか？」

柴崎は先を促した。

メディアに情報を開示させようとするからには、金銭、もしくは政治的な要求があってしかるべきだ。

「他は、要求というより、ゲームのルールのようなものです」

亜沙美が含みを持たせた言い方をした。

「ルール？」

「警察は、半径三十メートル以内に近づかないこと。もし近づけば自爆する。また、事件発生から三時間経過しても、警察が改善策を見いだせない場合も自爆する」

まさに、試合前にレフェリーからのルール説明を受けているような気分だった。

「彼の目的は、何です？」

柴崎には、その真意を見抜くことができなかった。

「残念だけど、彼の目的は達せられました。警察が現状を打破する方法は一つしかありません」

亜沙美の言葉で、ようやく柴崎にも鳥居の真意が分かってきた。

遠距離からの狙撃——。

十三

病院に駆けつけた真田は、騒然とした雰囲気に迎えられた。

正面玄関前にパトカーが三台停車し、警察官と医師や看護師が、まるでケンカでもしていたような勢いで言い合っていた。

嫌な予感がする――。

真田は、バイクを停め、ヘルメットを外しながら駆け寄る。

しかし、正面玄関まで来たところで、警察官の一団に制止された。

「現在、病院内は立入禁止です。下がって」

「何があったんだ？」

「とにかく下がって」

「何があったかって訊いてんだよ！」

真田は、要領を得ない警官に食ってかかった。

だが、そうされていることに慣れている警官は、状況は語らず、ただ下がれの一点張り。

「真田」

苛立《いらだ》ちが頂点に達したところで、公香の声が聞こえた。

振り返ると、山縣と一緒にこちらに向かって来る姿が見えた。

なんだ。元気そうじゃねぇか。

緊張の糸が、一気に切れる。

「心配させやがって」

いつものように軽く応じた真田だったが、公香と山縣は、まるで世界が終わってしまったかのような深刻な表情だった。

ゆるみかけていた緊張が、再び張り詰める。

「志乃は？」

「まだ、中にいる」

公香が、唇を噛んだ。

「中ってどういうことだ？」

「鳥居が、ライフルを持って病院に侵入してきて……それで、警視総監を人質にとって立て籠もってるわ」

間に合わなかったか――。

「もしかして志乃は……」

「彼女も、鳥居の人質に……」

俯《うつむ》いて答えない公香に代わって、山縣が説明を加えた。

冗談じゃねぇぞ。

「公香が一緒にいて、なんでそんなことになってんだよ！」

「私だって、志乃ちゃんを助けたかったわよ！　だけど、彼女は私をかばって……」

公香が目を真っ赤に充血させている。顎《あご》が震え、最後の方は言葉になっていなかった。

それを見て、真田はようやく冷静さを取り戻した。

公香は自分を責めている。なぜ、志乃を助けられなかったのかと——。

「仲間割れをしてる場合じゃない。もうすぐ機動隊がここに来る。そうなれば、俺たちは蚊帳《かや》の外だ」

山縣が冷静な口調で言った。

確かにそうだ。そうなる前に、やれることをやる。それだけだ。

「志乃は、どの部屋にいる？」

「本館の一番東側の処置室」

公香が、指先で涙を振り払い、はっきりとした口調で言った。

「行こう」

真田は、言うより先に、動き出していた。

正面玄関から入れないのであれば、せめて外から中の様子だけでも確認しておきたい。

黄色いテープが張られ、警察官が壁のように並んで進入を妨げている一角があった。

あそこか——。

「病院の敷地から出てください」

一人の警官がこちらに気づき叫んだ。

真田は無視して、並んだ警官の隙間《すきま》から見える窓に視線を向けた。

そこに、鳥居の姿があった。

テーブルに二脚式のスタンドを立て、ライフルを構えスコープを覗《のぞ》いている。

部屋の奥には、手足を縛られて椅子《いす》に座らされている男がいた。おそらく、あれが警視総監の笹本。志乃の姿は、この位置からは確認できない。

真田は、その光景に違和感を覚えた。

立て籠《こ》もるのであれば、普通はカーテンやブラインドを閉めるなりして、中の様子が分からないようにするものだ。だが、鳥居はそうしていない。

まるで、ショーウィンドウに、ディスプレイしているようだ。

だが、考えようによっては好都合だ。

ライフルは小回りが利《き》かない。素早く動きながら一気に距離を詰め、窓から突入すればカタがつく。

警官に制止される可能性があるが、強引に駆け抜ければどうにかなる。

「やめとけ」

真田の考えを見透かしたかのように山縣が言った。

「なんでだよ」

「彼は、身体《からだ》に爆弾を着けている」

「爆弾？」

「そうだ。近づいたら自爆すると宣言したそうだ」

真田は、参宮橋の倉庫で鳥居と対峙《たいじ》したときのことを思い出した。身体に巻き付けていた爆弾は、こういう使い方をするためだったのか——。

「あいつの目的は何なんだ？」

真田は、苛立ちに満ちた声で言った。

「たぶん、鳥居の目的はすでに達成された。完全に先を越されていたんだよ」

山縣は、まるで何かを悟ったような口調だった。

「どういう意味だ？」

「マスコミに、鳥居から要求があったそうだ」

「金か？」

「違う。彼の要求は、窓から半径三十メートル以内に近づくなということ。近づけば自爆する。それと、三時間だけ待つが、それまでに警察が事態を収拾できない場合にも、自爆する」

真田は、眉《まゆ》を顰《しか》めた。

鳥居の要求に、どんな意図があるのかまるで分からない。

「どういうことだ？」

「これは、五年前に鳥居が体験したのとまったく同じ状況だ。やつの目的はこの状況を作り出すことだったんだよ」

ここに来て、真田にもようやく飲み込めてきた。

引き金を引きたくても、許可が出ずにたくさんの犠牲者を出した五年前の事件——。

鳥居は、それに擬《なぞら》えて、ライフルの狙撃《そげき》以外に解決方法がない状況を作り出した。

だが——。

「その先はどうする？」

「おそらく、鳥居は警察の狙撃班に引き金を引かせようとしているんだ」

「なんのために？」

「そうすることで、立て籠もり事件を狙撃で解決させたいんだ」

「もし、引き金を引かなければ？」

「そのときは、自爆する。警視総監を失ったとなれば、警察としても、今後の対応を考えざるを得ない」

なるほど。どっちに転んでも目的は達成される。

だから、鳥居はわざわざ警察ではなく、マスコミに要求を出した。狙撃しか、解決方法が無い状況であることを知らしめるために――。

「あいつは、最初から死ぬつもりなのか……」

「そうだ」

山縣が、ぐっと奥歯を噛《か》み締めた。

どっちにしろ最悪の状況じゃねぇか。このままにしたら、志乃の命は風前の灯火《ともしび》ってわけだ。

「冗談じゃねぇぞ！　てめぇ！　志乃に何かあったら、絶対にぶっ殺してやる！」

真田は、強引に警察官をかき分けテープ際《ぎわ》に立ち、大声で叫んだ。

警官たちが、強引にその場から退《ど》かせようとする。真田は、両足を踏ん張って抵抗する。

「離せ！　まだ奴《やつ》に話があるんだよ！」

「つまみだせ！」

声とともに、真田は複数の男に囲まれた。

さっきまでの制服警官とは違う、ヘルメットに防弾チョッキを装備した機動隊員の集団だ。

激しく抵抗したが、さすがに敵《かな》わない。真田は、二十メートルほど引きずられ、無造作にアスファルトの上に放り出された。

「邪魔すんな！」

真田は、すぐに立ち上がり再び突入しようとしたが、すでに機動隊員の列が何重にもできていて、猫の仔《こ》一匹入り込む隙はなかった。

「別の手を考えよう」

山縣が、真田の肩を叩《たた》いた。

「クソ」

真田は、苛立ちからアスファルトに唾《つば》を吐き出した。

「ちょっと、血が出てるわよ」

公香に言われて気づいた。額の右側にある古傷がパックリと開き、そこから血が滴《したた》っていた。

指で触れると、染《し》みるような痛みがあった。興奮していて気付かなかったが、さっきの拍子に、アスファルトにぶつけたのだろう。

公香が、ハンカチを取り出し、傷口に当てた。一呼吸置いたことで、少しだけ冷静さが戻ってきた。

どうやって、この状況を切り抜けるか。まず、それを考える必要がある。機動隊に囲まれていては、近づくことすらできない。

「せめて、志乃の無事だけでも確認できれば……」

真田は、苛立ちからアスファルトを蹴《け》った。

「そうだ!」

公香が、何かを思いついたらしく、突然飛び上がりながら声を上げた。

「なんだよ」

「志乃ちゃんと、話できるかもよ」

言うなり、公香は脱兎《だっと》のごとく駆けだした。

十四

——彼は、死ぬ気だ。

志乃は、ライフルを構える鳥居の背中から、その諦《あきら》めにも似た強い意志をひしひしと感じていた。

部屋の隅には、警視総監の笹本の姿があった。

手足をロープで縛られ、椅子に座らされている。首をだらんと垂らし、意識を失っているようだ。

夢で見たのと同じ光景——。

もし、夢の通りになるのなら、このあと鳥居は起爆装置のスイッチを押し自爆する。

その被害者の中に、あたしも加わることになる——。

公香を逃がすために無我夢中で抵抗し、人質になった志乃だったが、今になって死に対する恐怖が、津波のように押し寄せてくる。

今まで、何度も人の死を見てきた。だが、それはあくまで他人の死だった。

それが、牙《きば》を剝《む》き、自らに襲いかかろうとしている。

「あれは、君の恋人か？」

鳥居が、ライフルのスコープを覗いたまま言った。

――恋人？

志乃は、身体を伸ばして窓の外に目を向けた。

三十メートルほど先に、黄色いテープが張られ、警察官が列を作っている。そこに割り込み、大暴れしている男の姿が目についた。

服を引っ張られても、足を踏ん張り、身を乗り出すようにして真《ま》っ直《す》ぐな視線を向け、何事かを叫んでいた。

あれは、きっと真田君だ――。

「仲間です……」

「そうか……こんなことになってしまって、君には本当にすまないと思っている」

鳥居は、噛み締めるように言うと、ライフルのグリップを握り直した。

まさか、鳥居の方から話かけてくるとは思わなかった。これを好機と受け取るべきだろう。志乃は、覚悟を決めて鳥居の背中を見つめた。

「あなたは、死ぬのが怖くないんですか？」

「怖いさ」

鳥居の声は、微《かす》かに震えていた。

「なら、どうしてこんなことを？」

「他に、方法が無かった」

「復讐《ふくしゅう》以外にも、やることはあったはずです」

志乃は、怯《おび》える心に鞭《むち》打ち、腹に力を入れて訴えた。

鳥居は、そこでようやくスコープから目を外して振り返った。はっきりとした眉の下にある、落ち窪《くぼ》んだ目は、どこまでも深く沈んでいた。

暗く哀《かな》しい目——。

志乃は、その目をどこかで見たことがある気がした。

「私は、復讐なんて望んでない」

「どういうことですか？」

ここまで来て、言い訳をしているようには見えない。

「これ以上は、答えられない」

鳥居は、それだけ言うと、鋼鉄製の首輪を撫《な》で、前を向いてしまった。

復讐ではないとしたら、彼の目的はいったい何か？

それが分かれば、彼を説得できるかもしれない。志乃は、何かを感じ取ろうと、じっと鳥居の背中を見つめた。

気になることがあった——。

彼の爆弾は、鋼鉄製の首輪によって身体に固定されている。首の後ろに、十センチ四方の大きさのボックスがあり、そこに鍵穴《かぎあな》とテンキーが付いていた。あの構造では、自分一人で取り付けることはできない。

誰か共犯者がいると見るのが妥当だ。

「……順調だ」

鳥居が、ライフルを構えたまま、小声で言った。

「え？」

一瞬、反応した志乃だったが、その言葉が自分に向けられたものでないことは、すぐに分かった。

無線を使って誰かと話をしている。耳にイヤホンのような機器を装着しているが、マイクは確認できない。おそらく、骨伝導式マイクと一体になったものを使用しているのだろう。

テンキーが付いたボックスの下に、小型の無線機が取り付けられているのが確認できる。

小型のディスプレイに周波数が表示されている。

「大丈夫だ……余計なことは何も喋《しゃべ》っていない……分かった」

鳥居は、無線での交信を続けている。

やはり、鳥居には共犯者がいる。そして、その人物は、無線を通じて、ここで行われる会話を全《すべ》て傍受している。

だから、鳥居は多くを語らなかったし、志乃と会話をした直後に、無線連絡が入ったのだ。

「それより、娘は、無事なんだろうな……」

鳥居が、語気を強めて言ったそのひと言が、志乃の頭の中で何度も反響する。

もしかして――。

「分かってる。計画は、実行する」

鳥居は、無線の会話を終えたらしく、長いため息をついた。

――娘は、無事なんだろうな。

その言葉が、志乃の頭の中で、夢で見た奈々の死ぬ光景と重なり合い、一つの推測を導き出した。

現段階では、信頼に足るだけの根拠はないが、志乃はその推論に自信を強めた。

一か八か確かめてみよう。

「あの……」

志乃は、改めて鳥居の背中に呼びかけた。

鳥居は、振り返ろうとはしなかった。だが、それも予想していたことだ。

「奈々ちゃんは、このまま行くと死にます」

志乃の放ったそのひと言に、鳥居は驚愕《きょうがく》の表情とともに振り返った。口を開きかけたが、無線を気にしてか、結局何も言わなかった。

「その無線機、骨伝導式のものですよね。鳥居さんが話さなければ、相手に音声が伝わることはありません。だから、少しだけ私の話を聞いてください」

志乃は、床に両手を付き、身体《からだ》を乗り出すようにして言った。

骨伝導式のマイクは、骨の振動を通じて音声を伝達するので、雑音の中でも鮮明に音声を伝えることができる反面、外部の音をシャットアウトしてしまうというデメリットがある。

仲間が、無線を自動受信に設定していても、志乃の声は届かないはずだ。

鳥居は、少し迷った素振りを見せたが、黙って頷《うなず》いた。

これで、可能性が出てきた。

「信じてもらえるかどうか分かりませんが、あたしは、夢で人の死を予見することができるんです」

そこまで言って、志乃は鳥居の表情をうかがった。

険しい表情をしている。信じてはもらえていないようだ。だけど、今はそこを詳しく説明している余裕はない。

「あたしたちは、奈々ちゃんが殺されるのを止めようとしていたんです。もしかして、鳥居さんも同じではないんですか？」

ちょっと説明が飛びすぎたようだ。鳥居が、分からないという風に眉《まゆ》をしかめた。

「つまり、奈々ちゃんを人質にとられて、仕方なくこんなことをしている。違いますか？」

志乃は、導き出した推論を口にした。

息の詰まるような沈黙が流れた――。

やがて、鳥居は口を一文字に結んだまま、大きく頷いてみせた。

やはりそうだった。鳥居の目的は復讐ではなく、娘の命を救うことだった。

推論が肯定されたことで、ほっと胸をなで下ろした志乃だったが、すぐに気持ちを引き締めた。問題は、これからだ。

無線の相手に気付かれずに、鳥居からもっと情報を引き出さなければならないし、真田たちにも伝えなければならない。

何か方法は――。

〈……ちゃん。聞こえる……〉

微かではあるが、声が聞こえた。

ふと、床の上にインカムが落ちているのが目についた。

さっきのどさくさの中で、落としてしまっていた。志乃は、慌《あわ》ててそれを摑《つか》んだ。

十五

真田と公香はハイエースにたどりついた。

ここまで来れば、彼女が何を考えているのか理解できた。

「無線か」

「そういうこと」

軽く返した公香は、車のハッチを開け、中に飛び乗り無線機を引っ張り出した。

「志乃は、無線機持ってんのか？」

「あの子、仕事中は手放さないのよ。知らなかった？」

公香は得意げに言うと、無線機のスイッチを入れた。

「つながりそうか？」

少し遅れて山縣も駆け寄ってきた。

「なんとかなりそう」

公香が早口で答える。

仮に無線がつながったとしても、問題はその先どうするかだ。

中の状況が分かれば、連携を取ることも可能だが、ライフルと爆弾を持った男に、足の不自由な志乃が一人で抵抗するのは無謀過ぎる。

それに、無線機の存在を気取られ、取り上げられているかもしれない。あるいは、すでに殺されていることも――。

ダメだ。切迫しているせいで、考えれば考えるほど、浮かんでくるのは悪い想像ばかりだ。

「志乃ちゃん。応答して」

公香が、必死に呼びかける。

「出ないのか？」

真田は、公香を急《せ》かす。

「おかしいわ。ねぇ、志乃ちゃん。聞こえる」

「どうすりゃいいんだ」

苛立《いらだ》ちを押さえきれず、真田はアスファルトを蹴《け》った。

「落ち着け」

山縣が、真田の肩に手を置いた。

「落ちついていられる状況かよ」

真田は、それが八つ当たりだと自覚しながらも、食ってかかった。

「焦《あせ》って解決するのか？」

「だけど……」

「怒っている暇があるなら、志乃を助けるための方法を考えろ」

「分かってるよ」

吐き出すように言いながらも、真田は、冷静な思考を取り戻していた。

「つながったわよ！」

公香が、声を上げた。

「代わってくれ！　志乃！　無事か？」

真田は、公香から無線機を奪い取った。

※　※　※

志乃は、素早くインカムを取り、耳に当てる。

「聞こえてます」

鳥居に背中を向け、うずくまるような姿勢になり、口許《くちもと》を隠して小声で応《こた》える。

〈良かった……〉

公香の安堵《あんど》のため息が聞こえてきた。

〈志乃！　無事か？〉

続いて真田の声が耳朶《じだ》に響く。

まだ、状況は何も変わっていないのに、彼の声を聞いただけで、全身の力が抜けたような気がした。

なんとかなるのかもしれない。そんな希望を抱いてしまう。

「うん。とりあえず大丈夫」

鳥居が、志乃の行動に気付き振り返った。無線機を取り上げられれば、それで終わりだ。

「あたしの仲間です。奈々ちゃんを助けたいんです。だから……」

迷っているらしく、鳥居の視線が左右に揺れた。

志乃は、視線を動かさずに、真っ直《まっす》ぐに鳥居を見返す。

——お願い。信じて。

心の中で、何度も叫ぶ。

やがて、鳥居は黙って頷き返し、ライフルを構えた。

——良かった。

〈どうした?〉

心配そうな真田の声が聞こえる。

「うん。大丈夫。それより、伝えたいことがあるんです」

〈なんだ?〉

「鳥居さんは、自分の意志で立て籠《こ》もっているんじゃありません」

〈どういうことだ?〉

「奈々ちゃんを、人質にとられているんです。それで、仕方なく……」

〈そりゃ本当か?〉

真田が、スピーカーが割れるほど大声を上げた。

「できれば、鳥居さんともう少し話したいんですけど、自動受信の無線をつけられていて、会話が全部筒抜けになってしまうんです」

〈周波数は分かる？〉

無線に、公香が割り込んできた。

彼女は、志乃の言おうとしていることを察してくれたらしい。

「はい。周波数は××メガヘルツです」

〈アナログ？〉

「デジタル式です」

〈オーケー。じゃあ、楽勝ね。ちょっと時間貰《もら》えれば、ジャミングできると思う〉

「お願いします」

無線は、同じ周波数帯の強い電波を流すことで、ジャミング（電波障害）を引き起こすことができる。

あまり知られていないが、ジャミングは身近なところで形を変えて行われている。

コンサートホールなどで、地上にいながら携帯電話が圏外になることがあるが、これは、ジャミングにより携帯電話の周波数帯を妨害しているからだ。

それに、デジタル無線は、秘匿性《ひとくせい》は高く、傍受される心配はないが、逆にジャミングには弱い。許容量を超える同じ周波数帯のアナログの電波を流せば、会話を完全にマスキングできる。

そうなれば、会話を聞き取られることなく、鳥居と話をすることができる。

〈志乃。今のうちに、部屋の中の状況を教えてくれ〉

再び真田に代わった。

「うん」

〈部屋の中に何人いる？〉

「鳥居さんと、あたしと警視総監の笹本さんの三人よ」

〈出入り口は？〉

「廊下に通じるドアが一つ。針金のような器具でドアノブとパイプを固定しているから、簡単には開かないと思う」

〈あとは、窓だけってことか……〉

「そう」

もし、ここから脱出するチャンスがあったとして、窓から飛び出すのが一番早い方法だが、それを思うと気分が重くなる。

足の不自由な志乃には、窓枠を飛び越えるなんてことはできない。

〈志乃ちゃん。準備できたわよ〉

公香が言った。

「本当ですか」

〈予備の無線機で、拡張した電波を流すから、こっちの無線は、そのまま使えるわ。でも、あまり長くやってると、人為的なものだと気付かれちゃうから、気をつけてね〉

「ありがとうございます」

志乃は、礼を言ってから鳥居の背中に目を向けた。

鳥居の暗く、哀《かな》しい目が思い起こされる。

どこかで見たことがあると感じた。それは、自分の父親だったと志乃は実感した。

父を助けることはできなかった。だが、今度こそは、救わなければ――。

〈志乃。鳥居とは、俺が話す〉

真田の声だ。

自分が仲介に入るより、その方が、話が早いだろう。

「分かりました」

〈じゃあ、今から電波を流すわね〉

公香が言った。それからすぐに、鳥居の無線が異変をきたしたらしく、トントンとインカムを指で叩《たた》いている。

うまくいっている証拠だ。

「妨害電波を流しています。しばらくは、無線は使えません。真田君が、あなたと話したいと……」

志乃は、大きく深呼吸をして気分を落ち着けてから、鳥居に声をかけた。

「真田というのは、さっきの青年か」

鳥居が振り返った。

さっきより、ほんの少しだけ表情がゆるんでいるような気がする。

「はい。奈々ちゃんを助けるためにも、協力して欲しいんです」

鳥居は、頷《うなず》くと、志乃の差し出したインカムを受け取った。

※　※　※

〈鳥居だ〉

しばらくの沈黙のあと、インカムから男の声が聞こえてきた。

低いトーンのその声を聞き、真田は、ほっと胸をなで下ろす。第一段階クリアだ。

「この前は、倉庫で世話になったな」

真田は、挨拶《あいさつ》代わりに言った。

〈そうか。暗がりで、よく分からなかったが、君は、あのときの……〉

「まあ、そういうこった」

微《かす》かだが、鳥居の笑い声が聞こえた。

この男も、笑うんだと当たり前のことに気付かされる。

もうちょっとゆっくりコミュニケーションを取っておきたいところだが、そうもいかない。公香の言うように、ジャミングしていることがバレたらアウトだ。

「単刀直入に訊《き》くぜ。あんたの娘はどこだ？」

〈それを聞いて、どうする〉

鳥居は声を固くした。迷っているのだろう。

「娘を助ければ、あんたはそこから出られるんだろ」

〈……〉

真田は無言を同意と受け止め話を続ける。

「ここは一つ協力しようじゃないか」

〈協力？〉

「そうだ。俺たちは、あんたの娘を見付ける。あんたは、俺たちの仲間を解放する。悪い話じゃないだろ」

〈私がそれを信頼するだけの根拠は？〉

根拠などない。仮に、何かあったとしても、説明しているだけの時間の余裕はない。

「信じろとしか言えない」

真田は、はっきりとした口調で言った。

鳥居が、声を押し殺して笑った。

〈君は面白い〉

「それは、同意と考えていいのか？」

〈好きに解釈してくれて構わない〉

「だったら、早く教えてくれ。あんたの娘はどこにいる？」

〈事態はそんなに単純じゃない〉

鳥居の声は、急激に沈んだ。

「どういう意味だ？」

〈まず、私は奈々の居場所を知らない。それと、仮に知っていたとしても、言うつもりはない〉

「どういう意味だ？」

〈君たちが、奈々の救出に失敗すれば、あの子は殺される。だが、私が要求通りにすれば、間違いなく解放される。どちらを選択するかは、言うまでもないだろ〉

鳥居の言葉から、怯《おび》えや恐怖が感じられなかった。まるで、死にたがっているようにすら感じられる。

「あんたが断っても、俺たちはやるぜ」

〈残念だが、仮に奈々を助けることに成功しても、君たちの仲間は解放できない〉

「どういうことだ」

〈私の身体《からだ》に付いている爆弾は、遠隔操作で起爆スイッチを入れることができる。妙な動きをすれば、ドカンだ〉

「起爆装置を持ってるのは誰だ？」

〈分からない。娘を人質にとっているのとは別の人間だ〉

たとえ、奈々を救い出すことができても、そのことが起爆装置を持った人間に伝われば、それでドカンってわけだ。

それでは、志乃を助けることはできない。

「爆弾は、外せないのか？」

〈鋼鉄製の首輪によって固定されている。首輪を外すには、首の後ろに付いているテンキーに十桁《けた》の解除コードを入力し、鍵《かぎ》を外す必要がある〉

「解除コードは？」

〈知らない〉

「鍵は、誰が持ってる？」

〈残念だが、それも分からない。全《すべ》て別々の人間が管理しているんだ〉

「つまり、奈々ちゃんを助けつつ、起爆装置と、解除コードと、鍵を同時に確保しなきゃならないってことか」

〈そうだ〉

鳥居の返事は、力が無かった。

まさに、四面楚歌《しめんそか》。最悪の状況ってわけだ。

「何か、方法はねぇのか？」

〈君たちが、仲間を助けたいのなら、警察が遠隔地から私を狙撃《そげき》することだ。それで、全てがうまくいく〉

鳥居は、すでに自らの命を諦《あきら》めてしまっているようだった。

「あんた。なぜ、逃げなかった？」

考える前に、真田の口から疑問が飛び出した。

〈娘を置いて、逃げるわけにはいかない。それに……この爆弾は、無線機と直結していて、一定時間電波の届かない場所にいると……〉

その先は、言わなくても分かった。

無線機の電波が途切れると同時に、起爆装置のスイッチが作動するのだろう。

中距離の無線であれば、三〜五キロが電波の届く範囲になっている。鎖に繋《つな》がれているのと同じだ。

完全に逃げ道を塞《ふさ》がれてたってわけだ。

こうなると、確かに警察が鳥居を撃ち殺すのが、一番安全に志乃を救出する方法かもしれない。

だが、それじゃ寝覚めが悪い。

「鳥居君だったね。一つ訊いていいか？」

山縣が、無線に割り込んできた。

〈あなたは？〉

「しがない探偵だ。それより、確認したいんだが、君は楓さんの恋人だったのか？」

〈違う。奈々の面倒を見てくれたりはしていたが、彼女は、夫のことを忘れてはいない〉

公香が目を丸くしていた。

だが、真田にはさほどの驚きはなかった。彼女の部屋にあった写真。そこに映っていたのは鳥居じゃない。前の亭主だった。

部屋に、あんな写真があったんじゃ、落ちついて話もできない。

「それと、君の所属していた犯罪被害者の会は、新宿に事務所があるか？」

〈ああ〉

「住所は分かるか？」

鳥居が口にした住所を聞きながら、すぐに公香がノートパソコンで検索をかけた。

モニターに表示された地図を覗《のぞ》き込んだ真田は、なるほどと納得した。この位置からなら、コクーンタワーが見える。

「すまないが、志乃に代わってもらえるか？」

山縣の要望に鳥居が応じたらしく、ガサガサという音のあとに、志乃が無線に出た。

〈あたしは、どうすれば？〉

志乃が言った。

「鳥居に付いている爆弾の仕組みを把握して欲しい」

「志乃に爆弾の解体をやらせようってのか？」

山縣の無謀ともいえる言葉に、真田は敏感に反応して嚙《か》みついた。

「そうじゃない。最悪の事態に備えて、状況確認をしておく必要がある」

「だけど……」

〈あたし、やってみます〉

反論しかけた真田の声を遮るように、志乃が声を上げた。

「頼むぞ」

山縣は、そう告げて無線を切ってしまった。

公香は、それを受けて妨害電波の発信を止めた。

「で、どうするんだよ」

真田は、おかど違いだと分かっていながらも、ケンカをふっかけるような口調になる。

「志乃を助けるためには、鳥居の娘を救出しつつ、起爆スイッチを持っている人間を割り出し、解除コードと鍵を入手するしかないな」

山縣が、調理の手順のような容易《たやす》さで口にした。

簡単に言ってくれる。やることが多すぎて、絶望的じゃねぇか。

「そんなこと、できんのかよ」

「お前にしちゃ弱気な発言だな」

山縣が口の端を吊《つ》り上げて笑った。

ずいぶん挑発的な発言だ。知略家である山縣が、ノープランでこんなことを言うはずがない。何か勝算があるのだろう。

まあいい。細かいことを考えるのはあとだ。

「やるしかねぇな」

「そういうこと」

公香が、賛同の声を上げた。

十六

柴崎は、五年前の事件をそのまま擬《なぞら》えた光景を、呆然《ぼうぜん》と眺めていた——。

病院は、百人規模の機動隊に包囲されていて、近づくことすらままならない状態になっていた。

全てが遅すぎた。こうなってしまうと、自分たちにできることは何もない。

「こんな茶番……」

柴崎は、こみ上げる怒りに任せて口にした。

「いいえ。違うわ。国民に対する問題提起よ。鳥居の意志は、テレビやインターネットを通じて、大衆に伝えられる」

柴崎は、亜沙美の言葉につられ、大挙して押し寄せている報道陣に目を向けた。天井にアンテナを積んだ中継用の車輛《しゃりょう》が何台も見える。おそらく、現在の模様は生中継されているのだろう。

「テレビ中継を見たくらいで、国民の意識は変わりますか？」

「九・一一を覚えているでしょ」

「ええ」

話が飛躍したと思いながらも、柴崎は頷《うなず》いた。

「あのとき、アメリカの世論は一斉に戦争へと傾いた。その理由は、いちいち言わなくても分かるでしょ」

「飛行機がビルに突っ込む瞬間の映像を見たから……でも、これは状況が違います」

「少なくとも、警察の対策に対する批難は高まるわ」

「撃てと？」

「そう。撃たなければ、こうなるんだという実例を目《ま》の当たりにするのよ」

亜沙美が、目を細めた。

本当にそうだろうか？

もし、それで世論が変わるのなら、五年前の事件ですでに変わっていたはずだ。やはり、柴崎には、今回の事件が個人的な復讐《ふくしゅう》としか思えなかった。

反論しようとしたところで、携帯が着信した。山縣だ——。

柴崎は、車を降りてから電話に出る。

「柴崎です」

〈ようやく連絡が取れた。無事か？〉

「なんとか。署長から、内通者の疑いをかけられ、軟禁されていました」

〈内通者？〉

「すみません。私が動けていれば……」

〈謝ることはない〉

「しかし……」

〈それより、うちも少しマズイことになった〉

山縣の声が、いつになく沈んでいた。

「なんです？」

〈志乃が、人質の中にいる〉

「どうしてそんなことに……」

〈今は、それを細かく説明している時間はない。それより、君に頼みたいことがある〉

結局、ここまで後手後手に回って、何の役にも立っていない。

「私で、できることなら」

〈まず、理解しておいて欲しいんだが、これは鳥居の単独犯行ではない〉

「どういうことです？」

柴崎は、思わず大きな声を出してしまった。

亜沙美が、会話の内容が気になるらしく、車の窓ごしにじっと視線を向けている。

柴崎は、それから逃れるように背中を向けた。

〈鳥居は、娘を人質にとられ、身体《からだ》に爆弾を取り付けられ、強制的に立て籠《こ》もり事件の犯人をやらされている。おそらく、先の狙撃を行ったのも鳥居ではない〉

柴崎は、地面が揺れているような錯覚に陥った。それほどまでに、山縣の言葉は衝撃的だった。

「根拠はあるんですか？」

〈鳥居と話をした〉

「いや、しかし鳥居は……」

〈細かい事情を説明している暇はない。今は、志乃を助けるために信じて欲しい〉

山縣は、いつになく厳しい口調だった。

「分かりました。で、私は何をすれば……」

〈君には、鳥居の娘である奈々ちゃんの安全を確保してもらいたい。彼女は、何者かに拉致《らち》されている。志乃の夢では、彼女も殺されることになっている〉

志乃の夢の信憑性《しんぴょうせい》については、柴崎はよく理解している。急いだ方が良さそうだ。

「場所は、分かりますか？」

〈見当はついている〉

十七

ライフルを構えた鳥居と、盾を持った警察官の止めどないにらみ合い。

ハンドスピーカーを持った警官の説得が続いているが、選挙のときの宣伝カーくらいのインパクトしかない。

撃てない警察。それを知っている犯人。

どこまでも希薄な緊張感の中で継続する籠城《ろうじょう》――。

志乃の目には、テレビドラマのワンシーンのように映った。だが、そうではない。

これは、現実だ。

どちらが正しいのか、志乃自身分からなくなってくる。

――今は、考えごとをしている場合ではない。

志乃は、ふっと息を吐き出して気持ちを切り替えると、山縣の指示に従って、鳥居の身体に取り付けられた爆弾の観察を始めた。

鳥居は、防弾チョッキのようなものを着ていて、胴の周りに筒型の爆弾が六本並んでいる。

その爆弾からはコードが延びていて、背中に取り付けられた無線機を経由して、鍵《かぎ》穴《あな》とテンキーの付いたボックスにつながっている。

やはり、鍵と解除コード無しに、あの爆弾を外すのは不可能に近い。

仮に、鍵と解除コードを手に入れたとしても、起爆装置を持っている人間を特定しない限り、落ちついて解体作業もできない。

その上、制限時間まである。

何か、方法があるはずだ——志乃は、必死に頭を巡らせる。

ここで、志乃はあることに気付いた。

爆弾のコードは、全《すべ》て背中の弁当箱ほどのボックスに繋《つな》がっている。

もし、遠隔操作での起爆スイッチも、同じ無線機を介して作動するのだとしたら——。

わずかではあるが、志乃に希望の光が見えた。

「ううう」

笹本が、意識を取り戻したらしく、うめきながら顔を上げた。

額にびっしょりと汗をかき、ゴホゴホと苦しそうに何度も咳《せ》き込んでいる。

「お目覚めか」

鳥居は小声で言うと、笹本の膝《ひざ》の上に、備え付けの電話機を置いた。

「なぜ……こんなことを……」

笹本が、喘《あえ》ぐように言った。

「理由は、五年前の事件の報復です」

「五年前の事件……そうか。君は鳥居祐介か……」

落胆したように、笹本が頭を垂れた。

「そうです。私の身体に付いた爆弾は、時間が来れば爆発します。機動隊が突入してもまた、爆発します。あなたが、生き残る方法はただ一つ。外に待機している狙撃手《そげきしゅ》に、発砲許可を出し、私を射殺することです」

「ダメ!」

志乃は、反射的に叫んだ。

「君は、口を出すな」

鳥居は、まったく動じることなく、冷ややかに言った。

「でも、まだ真田君たちが頑張ってます」

鳥居は、それ以上、志乃の言葉に耳を傾けようとはしなかった。

「制限時間は、あと二時間十五分です」

そう告げると、鳥居はポケットからナイフを取り出し、笹本の手を拘束していたロープを切り、電話の受話器を差し出す。

しかし、笹本はそれを受け取ろうとしなかった。

「発砲許可は出さない」

笹本が発したその言葉には、覚悟にも似た響きがあった。

「なぜです？　この爆弾は本物です。私を撃たなければ、確実に死にますよ」

「分かっている」

「死ぬのは、あなたと私だけじゃない。そこにいる女性も一緒です。それでも、あなたは発砲許可を出さないつもりですか？」

鳥居が、笹本に詰め寄った。

だが、笹本に動じる様子はなかった。

「最悪の状況のときは、その判断をする。だが、ギリギリまでは方法を模索する」

「もし、間に合わなかったら？」

「君が言ってるのは、五年前の立て籠もり事件のことか？」

「あのときは、発砲許可が間に合いませんでした。その結果、十五名の命が失われました」

鳥居の目に力がこもる。

「分かっている。だが、容易に発砲する体制を作れば、それ以上の人命が失われることになるんだ」

笹本の言わんとしていることも分かる。

容易な解決手段として発砲を行うようになれば、多くの命が失われることになる。現にアメリカなどでは、警察官が罪のない人間を射殺してしまったという事件も起こっている。

発砲は、あくまで最終手段でなければならない。

「失われるのは、犯罪者の命です」

「君は、犯罪者は死ぬべきだと言っているのか？」

笹本の口調に、一段と熱がこもった。

その言葉だけ聞いていると、彼が人質であることを忘れてしまいそうだ。

「そうは言っていません。しかし……」

「君も、かつて警察官だったのなら分かるだろ。警察の職務は、犯罪者を殺害することではない」

「ですが、立て籠もり事件は、狙撃が一番確かな方法です」

「本当に、そうだろうか……」

「あのとき、発砲許可が下りれば、犯人だけを確実に仕留める自信はありました」

「君は、そうでも、狙撃手は一人ではない。他の者が発砲し、標的を外す可能性もある。それだけじゃない。犯人が複数いて、人質の中に紛れていることも考えられる。われわれは、ありとあらゆるリスクを考慮して動かなければならない」

笹本の熱弁を聞き、鳥居は少し表情を緩めた。

鳥居は、犯人グループのやり方に全面的に賛同はしていなくとも、その考えには同調しているところもあったのかもしれない。だが、今の笹本の言葉を聞き、何かが吹っ切れたような感じだった。

「分かりました。時間ギリギリまで考えてください」

鳥居は、ため息をつき笹本に背中を向けると、ライフルを構えた。

「君は、自分の意志でこんなことをしているのか？」

笹本が鳥居の背中に呼びかけた。

おそらく彼は、さっきの会話の中で、今回の事件の不自然さを感じているのかもしれない。ただキャリアというだけで、警視総監になったわけではないようだ。

鳥居は、何も答えなかった。

笹本なら、この状況を理解してくれるかもしれない。志乃は、直感的にそう思った。

「鳥居さんは、自分の意志でこんなことをしているんじゃないんです」

志乃の言葉に、笹本が怪訝《けげん》な表情を浮かべた。

「余計なことは言わなくていい」

鳥居が、振り返り声を荒げる。

彼の心情は分かる。もし、笹本が事情を知れば、絶対に狙撃班に発砲許可は出さないだろう。

だが、それこそが志乃の目的でもあった。鳥居を殺させてはいけない。

「鳥居さんが喋《しゃべ》ると、会話を聞かれてしまいます。そうなれば、奈々ちゃんの命に危険が及びます」

志乃の言葉に、鳥居は表情を歪《ゆが》めた。

「どういうことだ？」

笹本が訊《たず》ねてきた。その真摯《しんし》な眼差《まなざ》しを見て、志乃は覚悟を決めた。

大きく息を吸い込んでから、ここに至るまでの経緯を笹本に語り始めた。

十八

真田は、新宿中央公園にある、時計台下のベンチに座っていた。

隣に座る山縣は、どことなく気の抜けた表情だった。

反対側のベンチの上には、段ボールをふとん代わりに眠っているホームレスの姿があった。

枯れ枝に止まったカラスが、黒い目でじっとこちらを見ている。

「何見てんだよ」

真田の呟《つぶや》きが聞こえたのか、カラスは枝を揺らしながら飛び立った。

それと入れ替わるように、目当ての人物が姿を現した。

「お呼びだてしてすみません」

山縣は、立ち上がり丁寧に頭を下げる。

真田もそれにならって立ち上がる。だが、頭は下げなかった。

郷野は、いつもと変わらぬ様子でゆっくりと歩いて来て、山縣の正面でぴたりと足を止めた。

「大変なことになった……」

いかにも残念だというふうに、郷野が肩を落とした。

「すみません。気付くのが、遅すぎました」

山縣は、神妙な顔つきだった。本心を腹の底に隠している。なかなかの役者だ。

「君の責任ではない。私が、トラブルを持ち込んでしまったんだ」

郷野は、深いため息をつきながら、頭を振った。

真田は、二人の会話に耳を傾けながら、周囲に視線を走らせる。

「実は、そのことで、郷野さんにお訊《き》きしたいことがあったんです」

山縣は、立ったまま話を切り出す。

「何を聞きたい？」

「なぜ、こんなことを仕組んだんですか？」

「言っている意味が分からない」

郷野は、否定しながらも、その表情は引《ひ》き攣《つ》っていた。

「郷野さん。あなたは、今回の事件の立案者だ」

山縣が、凍《い》てつくような視線で郷野を見据えながら言った。

真田は、詳しい説明を受けていない。だが、病院で鳥居と話をした山縣が出した結論が、それだった。

「私が？ バカバカしい。何を根拠に」

郷野は、呆《あき》れたというふうに表情を緩めた。

あまり演技の巧《うま》い方ではない。惚《とぼ》けているのが見え見えだ。

「郷野さんは、鳥居が被害者の会の中で、過激な発言を繰り返すようになった、そう言ってましたね」

「そうだ。鳥居は、復讐心《ふくしゅうしん》を……」

「実際は、そうではなかった」

山縣が、言いかけた郷野の言葉を遮った。

「なんだと……」

「鳥居は、過激な思想に走る被害者の会から、抜けようとしていたんです。だから生《い》け贄《にえ》に使われた」

「違う！ 私たちは、過激な思想に走ろうとする鳥居を、止めようとしていたんだ！」

感情が昂《たか》ぶったのか、郷野が熱のこもった口調になる。

「いいえ。過激な思想に走ったのは、郷野さん。あなたです」

山縣の言葉に、郷野が動きを止めた。

「私が、嘘《うそ》をついていると?」

「ええ」

「何か、根拠があって言っているんだろうな」

郷野も負けていない。

数多《あまた》の修羅場をぐり抜けた経験を持つ郷野の言葉は、恫喝《どうかつ》しているわけではないのに、相手を萎縮《いしゅく》させるだけの迫力があった。

「鳥居から話を聞いたんだよ」

真田は、にらみ合いを続ける二人の間に割って入った。

力強かった郷野の眼力に、ほんの少し動揺の色が浮かんだ。

「嘘をつくな」

「嘘じゃねぇよ。鳥居は、娘を人質にとられて、計画に荷担させられてるって言ってたんだ」

「坊主《ぼうず》。強がるのはよせ。鳥居と話ができるはずがない」

郷野が鼻息を荒くした。

やっぱり、こいつはあんまり嘘が得意ではないらしい。揺さぶりをかければ、ボロが出そうだ。

「じゃあ、逆に訊くけど、俺たちが、鳥居と話せない理由は何だ？」

「彼は、病院に立て籠《こ》もっている」

「立て籠もっていたって、無線を使えば話せるだろ」

「それは……そうかもしれないな」

郷野は、言いかけた言葉を呑《の》み込んで笑った。

こちらの魂胆を見抜かれたようだ。さすがに簡単に誘導尋問には引っかからないか
――。

「それに、奈々ちゃんは、楓さんと一緒にいたんだ。人質ではない」

勝ち誇ったように、郷野が攻勢に出る。

「あなたたちは、爆弾の起爆装置を持っている。そして、鳥居はそれを持っているのが誰か知らなかった」

言葉に詰まる真田に代わって、山縣が説明を加えた。

もし、鳥居が奈々の救出を試みれば、すぐに爆弾が爆発する。そういう段取りになっていた。

だから、あの日、鳥居は外から娘の様子を見ていることしかできなかった。

「警察に駆け込めばすむ話だ」

「定期的に、無線で鳥居と連絡を取るようにしていたんです。もし、その連絡に応《こた》えられない場合は、起爆スイッチを入れる。彼は、まさに籠《かご》の中の鳥だったんです」

「面白いことを言う」

郷野が、少し笑った。

「郷野さんが、鳥居と連絡が取れるはずが無いと言ったのは、そのことを知っていたからです」

「こじつけだ」

郷野の言葉を受けても、山縣は一向に動じる気配がなかった。それだけ、自らの推測に自信を持っているという証拠だ。

「では、彼は、どうやって爆弾を取り付けたんでしょうか？」

「それは、分からんよ。自分で付けたんじゃないのか？」

ぶっきらぼうに答えた郷野の視線が揺れていた。

「それは無理なんです」

「無理？」

「惚けないでください。あの爆弾は、素人目《しろうとめ》に見ても、一人で取り付けられる構造ではない」

山縣がピシャリと言った。

爆弾には、鋼鉄製の首輪が付けられ、首の後ろの部分に鍵《かぎ》と解除コード入力式のロックが付いている。そればかりか、複雑な配線が施されている。

どう頑張っても、一人で取り付けるのは無理だ。

「誰か、共犯者が存在しているんだろうな」

「私も、そう思います」

郷野の言葉に、山縣が賛同する。

そこから、お互いを睨《にら》み合ったまま、重苦しい沈黙が流れた。無言で、牽制《けんせい》し合っているようだ。

「私が、その共犯者だと言いたいのか？」

沈黙に耐えきれなくなったのか、郷野が足許《あしもと》に視線を落としながら言った。

「さっきから、そう言っているんです。あなたは、共犯者というより、事件の首謀者だ」

山縣は、目を細め語気を強くした。

「まさか、君に疑われるとは……本当に残念だよ」

顔を上げた郷野は、山縣と目を合わせようとはせず、その後ろにある空間を見つめていた。

「それは、私の台詞《せりふ》です」

「もし、私が首謀者だとして、君たちに鳥居の捜索を依頼する理由がない」

「あなたの本当の目的は、鳥居を捜すことではなかった。私たちに、鳥居の足跡を歩かせることです」

「なぜ、そんな回りくどいことをする必要がある？」

その疑問には、真田も興味があった。

郷野は、なぜ鳥居の捜索を探偵に依頼したのか？　自分で自分の首を絞めることにもなりかねない。

「さっきの爆弾の取り付けや、ライフルの搬送方法などもそうですが、警察が詳しく捜査をすれば、今回の事件が鳥居の単独では実行不可能であったことは、近いうちに明らかになります」

山縣は、ふっと息を吐いてから話を続ける。

「あなたたちは、そうなったとき、自分たちに捜査が及ぶ前に、共犯者を仕立てる必要があったんです」

「下らん！」

郷野の怒声を受けても、山縣は表情一つ変えずに、淡々と話を続ける。

「私たちは、そうとは知らずに鳥居の行方を追い、結果、事件を嗅《か》ぎ回ってしまった」

なるほど。そういうことか――。

真田は、納得するのと同時に、郷野のやり方の汚さに怒りを覚えた。

「共犯者にしたいなら、君たちである必要はない」

郷野は、おどけたように両手を広げた。

「いいえ。私たちを選んだのには、しっかりと理由があります。柴崎が、警察の内通者として疑われています」

「それがどうした？」

「そう仕向けたのもあなたの策略です。私たちは、そうとは知らず、柴崎と連絡を取り合ってしまった……」

警察の内通者と連絡を取り合い、事件の周辺に見え隠れするグループ、ということになる。共犯者として疑われるには、絶好のポジションってわけだ。

本当に大した策士だよ。まんまとやられた。

真田の怒りは、頂点に達していた。今すぐにでも、郷野の鼻っ面《つら》に一発お見舞いしてやりたいところだ。

「大した想像力だ」

郷野は、この期《ご》に及んでも笑ってみせた。あくまで、認めないつもりのようだ。

「もう少し想像力を働かせると、志乃を人質にとったのは、体よく邪魔者を排除しようとしたってところでしょ」

「なんだと！」

真田は、山縣の言葉に敏感に反応し、大声を上げた。

もし、山縣の言っていることが真実なら、郷野たちは志乃を生かしておくつもりはないということだ。

「騒ぐな！」

山縣が一喝する。

それにつられて、郷野が肩を上下に震わせながら笑った。

「山縣。君は、やはり優秀だよ。だが、新人時代に何度も言っただろ。詰めが甘い。なぜ、私が君たちの呼び出しに応じたのか？　その理由を考える必要があった」

郷野は、暗い目を向けると左手を挙げた。

それを合図に、ベンチに寝ていたホームレスがむくりと起き上がった。さらに、ガサガサッと音がして、茂みの中からスーツ姿の男が現れる。

二人とも、拳銃《けんじゅう》を手にしていた。

「なんだ、こいつら……」

「刑事だよ」

真田の言葉に、山縣がさも当然だというふうに答えた。

「どういうことだ？」

「彼らは、郷野さんの息のかかった刑事だ。共犯者である私たちは、ここで射殺される。そういうシナリオだ」

山縣が、小声で説明を加えた。

なるほど。死人に口無しってわけだ。

十九

柴崎は、白い壁の七階建ての雑居ビルの前で立ち止まった。

――ここだ。

青梅街道から、路地を二十メートルほど入ったところにある七階建ての鉛筆型のビル。

表示板を見ると、六階に五年前の事件を機に創設された「犯罪被害者の会」の事務所が入居しているのが確認できた。

ここに、鳥居の娘である奈々が監禁されている。

おそらく山縣の読みは正しいだろう。

柴崎は、脇《わき》の下にぶら下げたホルスターから、スミス&ウェッソンのM3913を取り出した。

昨今の凶悪犯罪に対抗するかたちで、一部の刑事はセミオートの拳銃の所持を許されている。だが、許可の無い発砲は許されない。

そう考えると、こんなものを持っているだけ無駄なことのように思える。

今回の事件を起こした犯人たちは、五年前の事件をきっかけに、そういったジレンマを抱えてきた者たち――。

同じジレンマを抱える自分が、それを裁くことができるのか？

それを考えると、仄暗《ほのぐら》い迷路に迷い込んだような気になる。

「準備はいい？」

亜沙美に声をかけられ、柴崎は我に返った。

「ええ。大丈夫です」

「急ぎましょ」

亜沙美に促されるかたちで、エントランスを抜け、エレベーターに乗り込んだ。

空気が重かった。

柴崎は、心の中にまだ迷いがあることを自覚した。

その思いを断ち切るように、エレベーターが六階に到着すると同時に、扉を強引に押し開いた。

エレベーターを降りてすぐのところにドアがあり、「犯罪被害者の会」という文字が書かれていた。

亜沙美に目配せをして、ドアノブを回した。

——開いた。

鍵はかかっていないようだ。

柴崎は、部屋の中に身体《からだ》を滑り込ませる。

窓にはブラインドが閉められ、部屋は薄暗かった。

会議スペースのように長テーブルが並び、部屋の奥には演壇が置いてあり、その横にテレビが備え付けられていた。

テレビからは、病院の立て籠《こ》もり事件がライブ映像として流れている。

亜沙美が、ドアで区切られた給湯室を見るように指差した。

柴崎は、それに従い銃を構えたまま給湯室のドアに近づき、一気にそのドアを引き開けた。

人の姿が見えた。

「動くな」

柴崎は、反射的に銃口を向け叫んだ。

そこには、三十代の女が身体を震わせながら立っていた。おそらく彼女が楓。

彼女の横には、一人の少女が手足を縛られた状態で座っていた。彼女が鳥居の娘である奈々。

どうやら、間に合ったようだ。

「松島楓だな」

「はい」

柴崎の問いかけに、楓ははっきりした口調で頷《うなず》いた。

逃げようとしたり、必要以上に騒いだりすることはなかった。彼女は、もう諦《あきら》めているのかもしれない。

柴崎は、ほっと胸をなで下ろし警戒を解いた。

それは、一瞬の隙《すき》だった。

後頭部にコツンと、何かが押し当てられた。

銃口――。

誰だ？　柴崎は、困惑しながら楓の背後にある鏡を見た。

そこには人形のように無表情に、柴崎に銃を突きつけている亜沙美の姿が映っていた。

――なんてことだ。

柴崎は、驚愕《きょうがく》で目を大きく見開いた。

「銃を置いて」

亜沙美の声は、感情を失ったかのように冷淡だった。指示に従わなければ、彼女は迷うことなく機械的に引き金を引くだろう。

柴崎は、自らの愚かさに臍《ほぞ》を嚙《か》んだ――。

二十

二人の刑事に拳銃を向けられながらも、真田は次の一手を考えていた。

真田が、思考を巡らせている間に、郷野も懐《ふところ》から拳銃を抜いた。

——万事休す。

拳銃三丁に対して、こっちは丸腰。どう考えても分が悪い。

「もう少し、考えるべきだったな」

郷野が、勝ち誇ったように笑った。

「そうですね」

山縣は、拳銃を突きつけられながらも、動じた様子はなく、照れたようにポリポリと眉《まゆ》をかいた。

「君も、まさか自分が殺されることはない、そう思っていたんだろ」

山縣の緊張感の無い態度が気に入らないのか、郷野が凄《すご》んで見せる。

自分の立場を主張するのに必死だ。どっちが拳銃を向けられているのか分からなくなってくる。

だが、詰めが甘いのは俺たちじゃない――。

「こんなところで、拳銃をぶっ放せば、すぐに警察が駆けつけるぞ」

真田は、敢《あ》えて挑発する。

「無駄な時間稼ぎだ」

郷野が挑発に乗ることはなかった。

拳銃には、サイレンサーが取り付けられている。銃声に気付く者はいないだろう。

「そうですね。時間稼ぎです」

山縣は、あっさり認めると、ゆっくりとした足取りで、郷野の目の前に立った。わずか、三十センチほどの距離だ。

空気が張り詰める。

「君を殺さなければならない。本当に残念だよ」

「私も、残念です。あなたは、あの事件で冷静な判断力を失ってしまった」

山縣が、すっと手を挙げた。合図が出た――。

どこからともなく、エンジン音が轟《とどろ》く。

郷野は、何かを察したらしく、表情を歪《ゆが》める。

二人の刑事は、音の出所を探ってキョロキョロと辺りを見回している。

エンジン音は、次第に近づいてくる。

気付かれたら、作戦が台無しだ。真田は、二人の注意を引くために、足許《あしもと》にあった空き缶をポンと蹴《け》った。

空き缶は、ゆるやかな弧を描きながら、五メートルほど離れた場所にあるゴミ箱に命中した。

——ゴール！

ホームレスを装《よそお》っていた刑事は、音に反応して身体の向きを変え、拳銃の引き金に指をかけた。だが、それを引くことはできなかった。

高鳴るエンジン音とともに、茂みの中からバイクが飛び出し、男をなぎ倒した。

「ナイス！」

真田は、言うのと同時にベンチに飛び乗り、それを踏み台にさらに高くジャンプすると、スーツ姿の刑事の顔面に回し蹴りをお見舞いした。

不意をつかれた刑事は、仰向《あおむ》けに倒れて動かなくなった。

「貴様……」

山縣は、郷野にその先の言葉を言わせなかった。

素早く拳銃を持った郷野の腕を捻《ひね》り上げ、掬《すく》い上げるように足を払った。流れるような動きで抵抗する間もなく仰向けに地面に倒れた。

「けっこうやるじゃん」

真田の言葉に、山縣はため息を返した。

「ちょっと、私を忘れないでよ」

ヘルメットを外して顔を見せたのは公香だった。

確かに、見事なドライビングだった。だが、素直に褒めると調子に乗りそうだ。

「動き出す前に、そいつを押さえとけよ」

真田は軽くあしらうと、スーツ姿の刑事の腰ベルトから手錠を拝借し、近くにあったポールにつないだ。

公香も、それにならって、ホームレスに変装していた刑事を、近くの木に手錠でつなぐ。

「私が、何の保険もなく、ノコノコと現れるとでも思ったんですか？」

山縣は、寂しそうに郷野を見下ろしながら言った。

うずくまる郷野は、恨めしそうに山縣を見上げ、口をぱくぱく動かしたが、声も出ない状態だった。

こいつには、まだ訊《き》きたいことがある。

二十一

柴崎は、拳銃《けんじゅう》をゆっくりと床の上に置いた。

「なぜ、あなたが……」

鏡越しの亜沙美に向かって声をかけた。

「楓は、私の義理の妹なの」

「しかし名前が……」

「松島は彼女の旧姓なの」

亜沙美は、無表情のまま言った。

それで、全《すべ》てに納得がいった。楓の死んだ夫は、亜沙美の弟だった。彼女は、その復讐《ふくしゅう》のために計画に荷担した——。

「なぜ、私に近づいたんです?」

柴崎は、時間稼ぎだと思いながらも口にした。だからといって、何か策があるわけではない。

それに、彼女が内通者であった以上、答えはもう分かっている。

今回の事件が、内通者がいなければ成立しないことは明白だ。警察がその事実に気付いたときの生《い》け贄《にえ》が必要だった。

柴崎は、署長の伊沢に疑いをかけられている。そして、事件の混乱に乗じて亜沙美と一緒に逃げ出した。

これ以上に疑わしい人物はいない。あとは、柴崎を殺害し、その口を封じ、辻褄《つじつま》合わせをする。

案の定、亜沙美は何も答えなかった。

前回の事件のときもそうだった。自分の人を見る目の無さにほとほと愛想が尽きる。

「さようなら」

亜沙美が、小声で言った。

全身の毛穴が開き、冷や汗が流れ出す。もう、ダメだ――。

「きゃぁぁ！」

耳をつんざくような悲鳴が響いた。

奈々だった。感情を爆発させたように悲鳴を上げ、身体をよじって暴れ始めた。楓が動揺して、なだめようとする。

だが、奈々はそれでも身体を捩《よじ》りながら、悲鳴を上げ続ける。

「どうしたの？」

亜沙美が、奈々に視線を向けた。

銃口が、ほんの少し柴崎の頭から外れた。

――このタイミングを逃してなるものか。

柴崎は、素早く身を屈《かが》め、拳銃を握った右手を外側に弾《はじ》きながら、肩から彼女に体当たりする。

もつれ合いながらも、亜沙美は拳銃を手放すことなく引き金を何度も引いた。

破裂音とともに飛び出した弾丸が、壁や窓ガラスに穴を開ける。

柴崎は、亜沙美を壁に押しつけるようにして押さえ込もうとしたが、カウンター気味に鳩尾《みぞおち》に膝蹴《ひざげ》りをもらってしまった。

「うっ」

息が止まり、よろよろと後退《あとずさ》る。

亜沙美は、すぐに体勢を立て直し、拳銃を構えながら向かってくる。

柴崎は、手許にあった長テーブルを両手で摑《つか》み、それを盾にする。

亜沙美の放った弾丸が、テーブルの板に穴を開けた。

運よく身体《からだ》には命中しなかったものの、この距離で拳銃相手だと、テーブルの板では段ボールとさほど変わらない。

だが、それでも下がったら死ぬ。

「うぉ！」

強い衝動に突き動かされた柴崎は、テーブルを盾にしたまま亜沙美に突進する。

衝突した拍子に、彼女が拳銃を取り落とした。

そのまま、亜沙美は後方に大きくよろめき、弾丸が命中し、もろくなった窓ガラスに倒れ込んだ。

ガラスの割れる激しい音とともに、亜沙美の身体が外に投げ出される。

柴崎は、とっさに彼女の腕を摑もうと手を伸ばした。

だが、届かなかった――。

亜沙美は、地上二十メートルの高さから落下し、仰向けのままコンクリートの地面に叩《たた》きつけられた。

「なんてことだ……」

柴崎は、ずるずるとへたり込みそうになるのを、辛うじて堪《こら》えた。

奈々が、火がついたように大声で泣いていた。

その隣にいる楓は、放心したようにお尻《しり》を床につけて座っている。もはや、抵抗するだけの気力は残っていないようだ。

新宿署に、応援要請の連絡を入れた柴崎は、給湯室にいる楓にゆっくりと歩み寄った。

「あなたが知っていることを教えてください」

楓が、ゆっくりと顔を上げた。生気を失った虚《うつ》ろな目をしていた。

「何も……知りません……」

その声は、弱々しく掠《かす》れていた。

柴崎は、胸が詰まるような思いがした。

「起爆スイッチを持っているのは、誰ですか？」

「知らされていません」

楓は首を左右に振った。

おそらく、彼女の言葉に嘘《うそ》はないだろう。

「解除コードは知ってますか？」

その質問には答えず、ただ視線を床の上に落とした。

彼女は、解除コードを知っている。そう直感した。

「これ以上、罪を重ねないでください。あなたのご主人も、こんなことは望んでいない」

柴崎は、楓の顔を覗《のぞ》き込むようにして訴えた。

だが、彼女は涙を流しながら首を振るばかりだった。

おそらく、楓は信念を持って計画に荷担したのではないのだろう。口車に乗せられ、流されるようにしてここまで来てしまった。

自分の行動によって、どんな事態を招くのか、本当の意味で分かってはいなかった。

「お願いです。解除コードを知っているのなら、教えてください」

必死の思いで訴える柴崎の言葉に、楓は固まったように動きを止めた。

「私は……」

「大切な人が死ねば、どんな悲しみが待っているのか、あなたは知っているはずです。もう、止《や》めましょう」

パトカーのサイレンが聞こえた。

その途端、楓の表情がさっと強張《こわば》った。

「知りません」

はっきりとした口調だった。

柴崎の耳には、彼女が「やっぱり、許せない」と言っているように聞こえた。

警察の体質が、夫を死に追いやった。その感覚を拭《ぬぐ》えないようだ。

ダメか――。

限られた時間の中で、楓から解除コードを聞き出すのは無理だろう。柴崎は、諦《あきら》めたように立ち上がり、携帯電話を取った。

奈々が、落ち着きを取り戻したのか、泣くのを止め、俯《うつむ》きながら、何事かを繰り返し呟《つぶや》いていた。

――イチゴの国に、サンタはいない。

二十二

真田は、郷野の胸ぐらを摑み上げた。

山縣に倒されたときに頭を打ったらしく、目がうつろで、身体の芯《しん》が抜けたように、ふらふらと揺れている。

だが、それを気遣っているほどの余裕はない。

「おい！　起爆スイッチは誰が持ってる？」

真田の質問に、郷野はニヤリと笑った。

これだけ人を巻き込んでおいて、何を楽しそうにしてやがる。冗談じゃねぇぞ。

「答えろ！」

真田は、郷野の鼻っ面《つら》に頭突きをお見舞いした。

郷野は、顔を仰《の》け反《ぞ》らせながら地面に倒れ込んだ。鼻から血を流している。だが、それでも笑いを止めない。

クソッ！

真田は、再び郷野を摑み、強引に立たせる。

「真田。やり過ぎよ」

公香が、追い打ちをかけようとした真田を止めに入る。

「うるせぇ。喋《しゃべ》るまで、徹底的にやってやる」

「痛めつけたところで、郷野さんは絶対に喋らない」

山縣が口を挟んだ。

確かにそうかもしれない。郷野は、街のちんぴらではない。信念に基づき行動している。そういう人間は、苦痛や金に屈しない。

「さすがに山縣君は、よく分かっている」

「この状況では、褒められた気はしませんね」

「確かにそうだな」

郷野は、真田の腕を払い、ハンカチで鼻の血を拭った。落ち着き払ったその態度が、真田の神経を逆撫《さかな》でする。

「なに余裕かましてんだよ。お前の計画はもう終わりだ！」

「いいや。郷野さんを押さえても、計画は継続される」

真田の言葉を否定したのは、山縣だった。

「どういうことだよ」

「考えれば分かるだろ。タイムリミットだ」

そうだった――。

真田は、時計に目を向ける。あと一時間十五分。

それまでに、警察が鳥居を狙撃《そげき》しなければ、時限装置の組み込まれた爆弾が爆発する。このまま時間が過ぎれば、彼らの目的は達成される。

「なんで、こんな下らねぇことすんだよ！」

沸き上がる怒りを押さえられず、真田は再び郷野の胸ぐらを掴み上げた。

視線がぶつかる。郷野は、抵抗しようとはせず、だらりと身体の力を抜きながらも、その目は死んでいなかった。

「君は、何も分かっていない」

「なんだと？」

「今の警察のあり方では、いつか崩壊するんだ。日本は犯罪大国になり、無秩序が支配する。五年前の事件のとき、私はそれを実感した」

言っていることは分かる。だが、彼らにどうしても同情できない。その理由は――分からない。だから苛立《いらだ》つ。

「本気でこんなことで変わると思ってんのか？」

「君も覚えているだろ。アメリカで起きた同時多発テロを。あのとき、アメリカはイラクに戦争を仕掛ける正義を手に入れた」

「メディアを利用すんのか？」

「そうだ。人質もろとも病院が爆発する様を映像で見れば、警察が発砲することに、異を唱えることのできる人間はいないはずだ」

「そんなことのために……」

「そんなことだと？　五年前の事件で、十五人が死んだんだぞ！　警察官僚が、責任回避を繰り返し、発砲許可を出さなかった結果の十五人だ！」

怒りに満ちた郷野の叫びが、真田の耳朶《じだ》を揺さぶった。

だが、不思議と心には響かなかった。

「恨むなら、五年前の事件を起こした犯人じゃねぇのかよ」

「もちろんそうだ。だが、あの事件で、助けられるはずの人間が死んだのも事実だ！　血を流すのは、いつも弱者だ！　現場の警察官は、撃てもしない拳銃《けんじゅう》を持って、凶悪犯と対峙《たいじ》する！　目の前で、人質が死んでいくのを、ただ黙って見ていることしかできない悔しさを、君は知っているのか？」

郷野が、額に汗を滲《にじ》ませ、唾《つば》をまき散らしながら熱弁を振るう。

確かに、今の警察は、犯罪の凶悪化に対応できていない。

日本人も、危険は対岸の火事であるという感覚を拭えない。両親を殺害された真田から見れば、郷野と同じような苛立ちを感じることはある。

危険は、誰にでも平等に訪れる時代になってしまった。

だが、それでも真田は郷野に賛同できない。

――なぜだ？

「私の息子は、爆風で腹に穴が空いていた……そこから腸がはみ出していたんだ。私は、それを手で摑《つか》んで押し込んだ。だが……うまくいかない。いくら、押し込んでもすぐにはみ出してしまう。両手が真っ赤に染まって……息子の身体《からだ》が冷たくなっていくのが分かった。私は……」

郷野は涙声で訥々《とつとつ》と語り、今まさにその光景を見ているかのように、両目を大きく見開いていた。

その姿に触発され、真田の脳裏に両親の死の光景が蘇《よみがえ》ってきた。

二人とも、頭を撃ち抜かれていた。絨毯《じゅうたん》とベッドと壁と——至るところに血が飛び散っていた。

物のように転がる死体——。

何年たっても、消えることのない死のイメージ。

真田は力が抜け、郷野から手を放した。

「あなたは、本気でこんなことで変わると思ったんですか？」

山縣の言葉で、真田は我に返った。

「変わる。変わらなければならない」

郷野が言った。

「狙撃が、凶悪事件の有効な対処方法であることは認めます。しかし、それが絶対的なものでないことは、あなたたちが証明しているじゃないですか」

「なんだと」

「警察署前での狙撃です。一発で仕留められなかった」

静かに言った山縣の言葉に、郷野はぐっと奥歯を嚙《か》んだ。

あのとき、二階堂を仕留めるのに、三発の銃弾を発射している。もし、あれが五年前の事件のように、爆弾を持った立て籠《こ》もり犯であったなら、多くの犠牲を出すことになっただろう。

世の中に完璧《かんぺき》な方法など存在しない。警察が銃を発砲したからといって、犠牲者が減るとは限らない。

結局、郷野たちのやりたかったことは、ただの復讐《ふくしゅう》——。

「そんな弱腰だから、犠牲者が増えるんだ。お前たちは、被害者の悲しみを知らない」

「では、生《い》け贄《にえ》として鳥居を選んだのはなぜですか？　彼は、あなたたちと同じ痛みを知っているはず」

「彼は、われわれの計画を止めようとした」

「邪魔になったってことですか？」

「犯人役としても適任だった」

その言葉に、鳥居に対する同情や贖罪《しょくざい》の念はなかった。まるで、そうすることが当然だと言いたげだ。

真田の中で、萎《しぼ》みかけていた怒りが、再び熱を持って膨れあがる。

「お前ら、クソみてぇなただのテロリストだ」

真田は、郷野を睨《にら》んで吐き捨てた。

口にして、真田はようやく郷野の考えに賛同できない理由に思い至った。

信念のためなら、他者の命を平然と犠牲にする。際限のない報復合戦を続け、あげく無関係の人間まで巻き込む。それは、どんなに立派な思想の上に立っていたとしても、ただのテロリズムだ。

「君のような子どもには分からんよ」

郷野が、バカにしたように鼻で笑う。

「違うね」

「なに？」

「あんたの言う考えには一理ある。だが、やっぱりあんたたちは、ただの狂信的なテロリストだ」

「安穏と生きている君には分かるまい」

「いいえ。真田は、誰よりも分かっています。彼の両親は撃ち殺されているんです」

説明を加えた山縣の言葉に、郷野が驚愕《きょうがく》の表情を浮かべた。

何も知らないただのガキ。そう思っていたのだろう。バカにされたもんだ。

「はっきり言っておく。無関係の人間を巻き込んだ時点で、お前らはただのクソに成り下がったんだよ！」

「好きに言えばいい。どうせ、今からではもう間に合わん」

「まだだ！　俺はあきらめない！」

真田は、郷野の言葉を打ち消すように叫んだ。

「強がるな。私は、起爆装置の場所は、絶対に喋らない」

郷野の信念は、ゆらがなかった。

これ以上の議論は、時間の浪費だ。どうする――。

「鍵《かぎ》は、郷野さんが持っているはずだ」

山縣が言った。

「私が、そんな大切な物を、持ち歩くように見えるか？」

否定した郷野だったが、その目が微《かす》かに泳いだ。

「大切な物だからこそ、自分で持ち歩いているんでしょ。あなたは、そういう人だ」

今度は、否定することなく、無言で山縣を睨んだだけだった。

「出せ！」

真田は、ジャケットのポケット、スラックスのポケットと、郷野のボディーチェックを始める。

だが、いくら捜しても見つからない。

「時間が無いってのによ……」

苛立つ真田を、郷野が嘲笑《ちょうしょう》していた。絶対に見つからない自信があるってわけだ。

――どこだ？　どこに隠した？

ふと、郷野の腕時計が真田の目に入った。息子の遺品である壊れた腕時計。

これだ！

真田は、郷野の左手を摑む。

「触るな！」

郷野が両目を見開き、猛獣のような勢いで抵抗する。この反応は、そこに鍵があると認めているのと同じだ。

「さっさと渡せ！」

腕時計を奪うことに意識を集中していて、郷野の右の肘《ひじ》が突き出されたのに気付かなかった。

顎《あご》にまともに肘打ちをもらい、ふらふらとよろけた。顎が軋《きし》むように痛んだ。フラッシュダウンのように目がチカチカする。

頭を振り、気合いを入れ直し、郷野と対峙する。

「真田。早く」

次の瞬間、公香が郷野を羽交い締めにする。それに、山縣も加勢して、郷野を引きずり倒した。

真田は、足で郷野の左腕を踏み、押さえつけてから腕時計を外した。

腕時計を裏返してみる。裏面の金属板が、新しくなっているようだった。おそらく鍵はこの中だ。悠長に解体している時間はない。

さっき奪った拳銃をポケットから出し、地面に腕時計を置き、銃口を向け狙《ねら》いを定めた。

「よせ！」

銃声と、郷野の叫びが重なった。

変形した金属板をこじ開けると、中からピンシリンダータイプの鍵が出て来た。

「ビンゴ！」

「これで、爆弾が解除できるわね」

公香が、安堵《あんど》したように言った。

「鍵くらい、くれてやる。どっちにしろ、爆弾は解除できない」

郷野が、笑いながら言った。

悔しいが、郷野の言う通りだ。解除コードが分からない。それに、起爆装置を持っている人間が誰かも不明だ。

山縣の携帯電話が着信した。

「もしもし。……そうか。それは良かった……」

会話の内容をはっきりと聞き取ることはできないが、相手はおそらく柴崎だろう。ナイスタイミングだ。

「どうなったんだ？」

真田は、はやる気持ちを押さえきれずに、通話中だと分かっていながら問いかける。

「奈々ちゃんは、柴崎君が確保した。やはり、楓さんと一緒だったようだ」

山縣が、送話口を押さえながら答える。

奈々が無事だったのは何よりだ。ほんの少しだが、肩の力が抜ける。

「解除コードは？」

その問いかけには、首を横に振った。

　クソ！

　奈々が助かっても、これでは志乃と鳥居は助からない。

　爆弾の首輪を外す鍵は手許《てもと》にあるが、解除コード無しで外せば爆発する。志乃だけ強引に連れ出すことも考えたが、起爆装置を持っている人間が特定できない以上、爆発することは確実だ。

　やがて、電話を切った山縣は、大きくため息を吐《つ》いた。

「厳しい状況だな」

「諦《あきら》めんのかよ！」

　真田は、落胆した様子の山縣に食ってかかる。

　返事はなかった。痛みを堪《こら》えるように表情をゆがめ、視線を足許に落とした。

「冗談じゃねぇぞ！　ここまで来て、無理でしたなんて言えるかよ！」

　昂《たか》ぶる感情に任せて叫んだ真田は、覚悟を決め、鍵を固く握りバイクに向かって進んでいく。

「止《や》めろ。プランも無く動けば死ぬだけだ」

　山縣が肩を摑む。真田は、振り返り様にそれを弾《はじ》いた。

「じゃあ、どうすんだよ！」

視線がぶつかり、そこから無言のまま睨み合った。

一歩も退《ひ》かない。お互いがその強い意志を瞳《ひとみ》に宿らせていた。

〈……聞こえる？〉

沈黙を破るように、真田のインカムから無線の声が聞こえてきた。

志乃の声だ——。

二十三

長い話になった——。

志乃は、自分の知り得た範囲で、鳥居の置かれている状況を笹本に説明した。

笹本は、角張った顎を引き締めながら、黙って話に耳を傾けていた。

もし、信じてもらえなかったら——信じてもらえると思って口にしたものの、ここまで来て不安になってくる。

「なんということだ……」

それが、笹本の第一声だった。

驚きというより、落胆が前面に出た表情だった。

「今の話は、本当なのか？」

笹本は、鳥居の背中に問う。

鳥居は、ライフルを構えたまま、ぴくりとも動かなかった。

「信じてください」

志乃は、笹本に訴えた。

しばらく考えている様子の笹本だったが、やがて納得したように頷《うなず》いた。

「君の話が本当だとして、状況を打破するのは、かなり難しいな」

笹本の言う通りだった。

起爆装置を持っている人間が分からない以上、機動隊を突入させれば、被害が拡大するだけだ。

さらに、ここの電話も盗聴されている可能性がある。外部の警察に、何らかの指示を出すと同時に起爆装置が作動するおそれがある。

やはり、頼みの綱は、真田たちだけ――。

そうだ。鳥居に付けられた爆弾に関する情報を伝えなければ。

「真田君。聞こえる？」

志乃は、インカムに向かって呼びかけた。

〈ああ。聞こえるぜ〉

雑音に混じって、真田の声が聞こえてくる。

この緊迫した状況に置かれながら、その声を聞くだけでほっとした気分になる。

〈無事か？〉

「なんとか」

〈柴崎のおっさんが、奈々ちゃんを無事確保した〉

「本当ですか？」

良かった。少しずつではあるけど、死の運命が変わり始めている。もしかしたら
――そんな期待が膨らんでいく。

鳥居が何かを感じたらしく、振り返った。

「奈々ちゃんは、無事だそうです」

志乃は、鳥居に聞こえるように口にした。

大きく頷いた鳥居は、引き締まっていた表情を緩め、目にうっすらと涙を浮かべていた。責務を果たしたような、満足げな表情だった。

娘が助かったのなら、自分の命など、どうなっても構わない。志乃には、そう思っているように感じられた。

〈それと、爆弾を外すための鍵は手に入れた〉

「本当ですか？」

〈ああ。ただ、解除コードと起爆装置は、まだだ〉

「そうですか……」

志乃は、できるだけ平静を装《よそお》うよう意識したが、それでも声が震えてしまった。

あと一時間しかない――。

時間的な制約を考えると、絶望的な気分になってくる。ある程度覚悟していたはずなのに、実感がわくに従って、目頭がじわっと熱くなった。

――死。

それが、初めて自分の背中にのしかかってきた。

〈すまない〉

真田が、沈んだ声で言った。

彼にもう会えない。そう思った瞬間、目から堪えていた涙がぽろりと落ちた――。

「謝らないでください」

〈そうだな。まだ、終わってねぇ。必ず助けてやる。だから、安心して待ってろ〉

自信すらうかがえる真田のその言葉に、志乃の胸にある希望の灯は、わずかに保たれた。

そうだ。まだ、死を受け入れるのは早い。最後のその瞬間まで、あがき続けてみせる。それが、真田から教わったこと。

「もしかしたら、鳥居さんの爆弾の起爆を遅らせることができるかもしれません」

〈どういうことだ？〉

「爆弾の配線を見ていて気付いたんですけど、この爆弾は、おそらく無線の電波を使って、遠隔地から操作する仕組みになっているんです」

〈無線？〉

真田の声には、理解できないというふうな響きがあった。

〈そうか！　分かった！　ジャミングね！〉

無線に、公香が割り込んできた。

「はい。さっき、無線を妨害したのと同じ方法です」

〈でも、あまり時間はないわね……〉

不安げな公香の声が聞こえてきた。

さすがに勘が鋭い。さっきと同じで、妨害電波を出して一時的に起爆を阻止したとしても、犯人がその存在に気付き、チャンネルを変えてしまえばそれまでだ。

「はい。あくまで、遅らせることができるという範囲です」

〈危ない賭《か》けね。せめて、解除コードが分かっていれば……〉

公香の声に、落胆の色が滲《にじ》んだ。

アイデアは出したものの、爆弾を外すことができなければ、結果は変わらない。

――やっぱり、ダメか。

〈解除コードを管理していたのは、おそらく楓だ。何か思い当たることはないか？〉

真田が早口に言った言葉が、志乃の脳を揺さぶった。

楓が、解除コードを管理していた――。

さっき、鳥居が十桁《けた》の数字だと言っていた。生年月日や電話番号のように、推測可能なものは使っていないはず。

彼女は、それを記憶していたのだろうか？

もしかしたら、忘れないように、何かにメモしたのかもしれない。

あるいは、語呂《ごろ》合わせで覚えて――。

「あっ！」

志乃の脳裏に閃《ひらめ》きがあり、思わず声を上げた。

〈分かったのか？〉

「鳥居さん」

志乃は、真田の問いかけを置いて、鳥居の背中に向かって問いかけた。

鳥居は、ライフルを構えたまま振り返る。

「奈々ちゃんが、妙なことを言っていたんです。『イチゴの国に、サンタはいない』」

「イチゴの……」

「ご存じありませんか？」

鳥居は、首を左右に振った。彼が知らないということは、奈々は楓の許《もと》に身を寄せてから、その言葉を口にするようになったということになる。

〈どういうことだ？〉

急《せ》かすように、真田の声が聞こえた。

「奈々ちゃんの言ってた言葉。『イチゴの国に、サンタはいない』あれって、解除コードの語呂合わせかもしれない」

〈どういうことだ？〉

「よくあるでしょ。たくさんの数列を記憶するのに、語呂合わせで覚えるあれよ。『イチゴの』は1、5。『国に』で9、2、2。『サンタ』は3。『は』で8。『いない』で1、7、1」

〈それが、解除コードってことか〉

奈々は、ずっと楓と一緒にいた。彼女が、何かの拍子に口にした、あるいは、メモしたのを見たりして、その語呂合わせを覚えていたのかもしれない。

確証は無いけど、可能性はある。

〈だけど、それって確かじゃないんでしょ〉

公香が困惑気味に言った。

「そうですね……」

もし勘が外れていたら、それで終わりだ。

〈志乃。俺に命を預けてくれ〉

真田が言った言葉が、志乃の沈みかけていた心を奮い立たせた。

最悪の状況だけど、真田なら何かを変えてくれる。彼になら、自分の命を預けても構わない。そう思えた。

「はい」

志乃は、力強く返事をした。

二十四

無線を切った真田は、すぐにバイクにまたがった。

「ちょっと。何するつもりよ」

公香が、凄《すご》い剣幕で駆け寄ってきた。

何をするかって？ 今さらそんなことを訊《き》かれるとは思わなかった。

「決まってんだろ。こいつを届けるんだよ」

真田は、郷野から奪った鍵《かぎ》を、ぎゅっと握り直した。

「あんたバカじゃないの？ 今度こそ死ぬわよ！」

興奮した公香が、真田の肩を殴った。

「じゃあ、どうすんだよ！ このまま志乃と鳥居が死ぬのを黙って見てろってのか！」

「そうじゃないけど……あんたまで死んだら意味ないじゃない」

「時間の無駄だ」

「ちょっと。山縣さんからも、なんとか言ってよ」

公香は、苛立《いらだ》ちから頭を抱え、山縣に話の矛先を向けた。

「止めても行くつもりだろ」

山縣は、もう覚悟を決めているようだった。さすが、分かってる。

「もちろん」

「だったら、条件がある。こちらの指示に従え」

有無を言わさぬ口調だった。

「どうするつもりだ？」

「公香は、すぐにジャミングの準備をしろ。真田は、こちらの準備が整うまで病院前で待機だ」

「そんな悠長に構えてる場合じゃねぇだろ」

「先走るな。鍵を届けるのはいいが、機動隊に包囲されている中、どうやって病院に辿《たど》り着くつもりだ？」

「それは……」

そこまで考えていなかった。

正面から突っ込んだところで、機動隊に潰《つぶ》されて、志乃のいる処置室まで辿り着けない。

「こっちで、なんとかして処置室までの道筋を作ってやる」

山縣が言うからには、何か目算があるのだろう。

「分かった。任せる」

「それと、行くことを許可した以上、死ぬことは絶対に許さない。なんとしても、志乃を助けだせ」

山縣の表情は、いつになく険しいものだった。

もし、死ぬようなことがあれば、地獄の果てまで追い回されて、こっぴどく説教されそうだ。

「分かった」

真田は、返事をしながらヘルメットを被《かぶ》り、グローブを嵌《は》めた。

「今さら何をしようと、手遅れだ」

ロープで縛られて、座っていた郷野が言った。

強がってはいたものの、さっきまでの迫力はなかった。奴《やつ》には、計画が失敗するかもしれないという不安が渦巻いているに違いない。

「あなたの誤算は、私たちを事件に巻き込んだことです。それを、実証してみせますよ」

山縣は、ぐいっと片方の眉《まゆ》を吊《つ》り上げた。

その通りだ。俺たちを共犯者に仕立て上げようとしたことを後悔させてやる。

真田は、鍵をポケットに突っ込みエンジンを回した。

シートを通じて、エンジンの心地よい振動が伝わってくる。自然とテンションが上がる。

「真田！」

アクセルを吹かしたところで、公香が声を上げた。

口を微《かす》かに開き、細められた目に涙が溜《た》まっていた。その表情は、いつになく艶《つや》っぽく見えた。

「なんだ？」

「私だって、志乃ちゃんに死んで欲しくないの。あの娘《こ》は、私をかばったせいで、自分だけ人質になってる……」

その先は、聞く必要ない。

「分かってる」

真田は、答えるのと同時にアクセルを捻《ひね》り、バイクをスタートさせた。

二十五

鷹野は、ベッドの上に座り、テレビをじっと注視していた。

どの放送局も、こぞって病院で起きた立て籠《こ》もり事件を、ライブで中継していた。

リポーターは、犯人が元警視庁ＳＡＴ隊員の鳥居であることを伝えている。

窓の外に目を向ければ、直接病院を見ることもできるが、距離があるので詳細な状況を把握するのは難しい。

鷹野は、重要な役割を果たすために、部屋に籠もってテレビを見ている。

ヘリから空撮したと思われる画像では、窓際《まどぎわ》でライフルを構える鳥居の姿が確認できた。

鳥居は、警察がどんな選択をしても、全《すべ》ての罪を被って死んでもらうことになる。

もちろん、私が射殺した二階堂と長谷部についてもだ――。

鷹野は、汗ばんだ右手をぎゅっと握り締めた。

テーブルの上には、無線機とノートパソコンが置かれ、それぞれがケーブルで繋《つな》がれている。

さっき、一時的に無線の電波が乱れたが、今のところ、計画は順調だと言っていい。郷野からの定時連絡が無いのは気がかりではあるが、不測の事態に備えてそれぞれが違う役割を持っている。

鷹野に与えられた役割は、警察が鳥居を射殺することなく突入しようとした場合、無線の電波を使い起爆装置を作動させることだ。

そうなれば、たくさんの犠牲者が出る。警察が鳥居を射殺するという結末が望ましいが、そうでなかった場合、スイッチを押す覚悟はできている。

自分が、計画に荷担した他の者たちと、立ち位置が違うことを鷹野は自覚していた。あの事件により、親族を失っていない。被害者ではない。義憤によって計画に参加している。

だが、だからこそ、自分が起爆スイッチを託されたのだということも分かっている。

ギリギリのところで、起爆スイッチを押せるのは、自分しかいない。どんなことがあろうと、計画は遂行しなければならない。そうでなければ、われわれはただの犯罪者に成り下がってしまう。

ふと、脳裏にあの日の光景が浮かんだ。

スコープ越しに、爆煙に包まれ死んでいく人質や同僚の姿を見た。

あのとき、鷹野は表現し難い無力感を味わった。

底なしの沼に踏み込んでしまったように、ずぶずぶと心が深い泥の中に沈んでいくような感覚――。

まるで、自らの存在そのものを否定されているようだった。

あのとき、引き金を引けなかった人間の責任として、改革を起こす必要があるのだ。

グラスのバーボンを一口あおり、鷹野はテレビに映る映像に異変を感じ、改めて目を向けた。

「なんだ……あれは……」

想定外の事態に、思わず言葉を失った。

今が、起爆スイッチを作動させるときなのかもしれない――。

二十六

真田は、バイクにまたがり、じっと病院を見据えていた。

道路はマスコミであふれ返り、黄色いテープで仕切られ、駐車場から先は警察関係者しか入れない状態になっていた。

まるで、お祭りのような騒ぎだ。

真田がいるのは、青梅街道側の駐車場脇《わき》。志乃がいる処置室まで、直線距離で百メートル。

人の間をすり抜けていけば、病院前まではたどりつけるだろうが、問題はその先。山縣の言うように、機動隊の隊列をどうやって突破するかだ。

〈準備が整ったわ〉

インカムから、公香の声が飛び込んできた。

道路の反対側に、ハイエースが停まっているのが見えた。

「了解」

〈正直、どれくらい時間稼ぎができるか分からないわ〉

「急げってことだな」

時計に目を向ける。どのみち、タイムリミットまで十五分程度しかない。

〈ねえ、本当に行くつもり？〉

「当たり前だ」

〈あんたって、救いようのないバカね〉

公香が鼻を鳴らして笑った。まったく。かわいげのねぇ女だ。

「お互い様だ」

〈あんたと一緒にされたら迷惑だわ〉

「たいして変わらねぇよ」

公香は否定するが、実際バカさ加減で言ったら、大差は無いと思う。公香だけじゃない。山縣にしても、志乃にしても同じだ。

類は友を呼ぶとはよく言ったものだ。郷野には、バカを巻き込んだことを後悔させてやらないとな。

真田は、ふっと息を吐いてハンドルを強く握った。

〈好きに言ってなさい。それより、正面に、パトカーが停まっているのが見える？〉

促されるままに視線を向けた。

押し寄せるマスコミ陣の先、防壁のように並んでいるパトカーの前に山縣の姿が見えた。その先には機動隊の列があり、さらにそこを抜けると、志乃のいる処置室がある。

「あのおっさん、あんなとこで何やってんだ？」

〈まずは、山縣さんのところに向かって〉

「それで？」

〈その先は、行けば分かるって〉

ちゃんと説明する気無しってか。

まったく、あのおっさんらしい。だが、山縣が動いているのであれば、機動隊の列を越えていく策があるということだ。

「了解」

〈ねえ。真田〉

「なんだよ」

今さら考え直せなんて言わねぇだろうな。

〈私ね、本当は、志乃ちゃんのこと、嫌いじゃないんだ。戻ってきたら、いっぱい話したいことがあるの……それに、恋は、ライバルがいないと燃え上がらないのよ〉

「何の話だ？」

〈分かんなくていい。とにかく、必ず二人で戻ってきて〉

「分かった。約束する」

真田は返事をすると、チョーカーに付いた狼《おおかみ》の牙《きば》を握った。お袋の形見だ。

「守ってくれよ」

呟《つぶや》いてから、アクセルを吹かす。唸《うな》りを上げるエンジン音が、あたりに反響した。

クラッチをつなぎ、一気にバイクをスタートさせる。

「行くぜ！」

真田は、叫び声とともにバイクを走らせる。

道路と駐車場を隔てるようにポールが立ち、テープをわたしてある。真田は、その切れ目を見付けると、そのわずかな隙間《すきま》をすり抜けるように駐車場の中に進入した。

テープ脇にいた警察官が、目を皿のようにしながらも、必死に追いすがってくる。

真田は、前傾姿勢になり、風を切りながら速度を上げる。

無線で連絡を受けた警官たちが、バイクを止めようと進路に立ちふさがる。

残念だが、立ち止まって事情を説明している暇はない。どうする――。

「道を空けろ！」

柴崎が、叫びながら警察官たちを追い払う。

「おっさん。ナイス」

真田は身体《からだ》を左右に振り、バイクを蛇行させ、柴崎が空けたスペースを駆け抜ける。

指示されたパトカーが間近に迫る。山縣が、大きなジェスチャーでパトカーのトランク部分を指差した。

なるほど。そういうことか――。

そこには、渡し板が置かれていた。車椅子《くるまいす》の志乃を車に乗り降りさせるものだ。簡易式のジャンプ台ってわけだ。幸い、今乗っているのはオフロードタイプのバイクだ。その渡し板を進めば、パトカーの屋根からジャンプできる。

――行くぜ。

真田は、バイクをさらに加速させる。

バイクは、渡し板からパトカーの屋根を登り、大きくジャンプする。

ふわっと宙に浮くような感覚――。

高さ、三メートルを超える大ジャンプになった。下には、呆気《あっけ》にとられた機動隊員の顔が見える。

全てがストップモーションのようだった。

身体をゆさぶるような衝撃とともに、バイクがアスファルトに着地する。

バランスが崩れたが、強引に立て直し、そのまま処置室の窓めがけて突進した。

正面に、志乃と鳥居がいる部屋の窓が見えた。

真田は、速度を落としながら、シートの前にあるガソリンタンクのキャップを外す。

ガソリンの臭《にお》いが鼻を突く。

「窓から離れろ！」

真田の声に反応して鳥居が窓から離れた。それを確認すると同時に、真田はバイクから飛び降りた。

操縦者を失ったバイクは、バランスを崩し、左右に蛇行しながら壁に向かって進んでいく。

前方に一回転して衝撃を吸収した真田は、すぐに起き上がりバイクのあとを追って走り出す。

壁に激突したバイクは、ボンという破裂音とともに炎に包まれ、黒煙が巻き上がった。

煙幕の代わりだ。起爆装置を持っている奴《やつ》への攪乱《かくらん》にもなるし、機動隊も状況が分からなければ、すぐには突入できない。

真田は、壁の前にある花壇を踏み台に、黒煙の向こうにある窓に向かってジャンプする。

部屋の中に飛び込んだものの、バランスを崩し、前方に一回転して、壁に背中を強打した。それでも、真田は痛みに堪えながらすぐに立ち上がる。

部屋の中には、むせ返るほどの黒煙が充満していた。

「志乃！」

真田は、その姿を探して視線を走らせる。

「真田君！」

すぐに返事があった。

だが、煙が視界を遮り、志乃を見付けることができない。

「こっちだ」

真田は、声とともに腕を摑《つか》まれた。鳥居だった。

促されて視線を向けると、煙の中でうずくまるようにしている志乃の姿を見付けることができた。

「無事か？」

「なんとか……」

志乃が、ゴホゴホと咳《せ》き込みながらも微笑《ほほえ》んだ。それを見て、真田も自然に表情が緩む。

「君は、本当に規格外の男だな」

呆《あき》れたというふうに鳥居が首を振った。

「バカにしてんのか？」

「褒めてるんだよ」

鳥居が肩をすくめる。こいつも、こんなふうに冗談を言うのだと、妙なところに感心してしまう。

「真田君。早く爆弾を……」

志乃が、緊張感のこもった声で真田の腕を摑んだ。

そうだった。悠長に感傷に浸っているほどの時間の余裕はない。さっさと作業に取りかかった方が良さそうだ。

「後ろを向いてくれ」

真田の言葉に従って、鳥居が背中を向けて跪《ひざまず》いた。

鋼鉄製の首輪と、その下に取り付けられたテンキー付きのボックスが確認できた。

鳥居は、これをずっと背負っていたのか――。

まるで、自らを磔《はりつけ》にするための十字架を背負って歩いたイエス・キリストのようだ。

真田は、ポケットから鍵《かぎ》を取り出した。緊張で、掌《てのひら》にびっしょり汗が滲《にじ》んでいる。

「動くなよ」

鍵穴に鍵を差し込んだ。ピッタリと嵌《はま》る。

こいつを回せば、鳥居の身体と爆弾を結びつけている首輪が外せるはずだ。

「待って」

志乃が、真田の腕を掴んだ。それだけで、心臓が握りつぶされたような気がした。

「なんだ?」

「解除コードが先よ」

なるほど。危なく、ドカンといくところだった。

志乃が、這《は》うようにして鳥居の背後に回ると、大きく息を吸い込んだ。

「真田君。お願いがあるの」

志乃が、すがるような目で真田を見た。

「なんだ?」

「警視総監の笹本さんを連れて、今すぐここを出て」

志乃の言わんとしていることは分かる。解除コードが、違っていた場合、全員がお陀仏《だぶつ》になる。だから、逃げられる人間は逃げろということだろう。

「つまんねぇこと言ってねぇで、さっさと入力しちまえ」

「でも……」

「急げ。いつまでジャミングが続くか分からねぇんだ」

志乃は、覚悟を決めたのか、大きく頷《うなず》くと、テンキーに番号を入力していく。
1、5、9、2……。

頼むぜ——。

真田は、呼吸することも忘れて志乃の作業を見守った。

全《すべ》ての番号を入力した志乃は、一瞬手を止めて上目遣いに真田を見た。

真田は、黙って頷き返し、志乃の左手を握った。

志乃が、最後に震える右の人差し指でエンターキーを押した。

ピーッという電子音が、室内に響き渡る。

一瞬、びくっとなったが、すぐに音は止《や》み、鳥居の首輪に付いていた赤いランプが消えた——。

真田は、止めていた息を一気に吐き出した。

「解除できたのか？」

「たぶん」

志乃が、額の汗を拭《ぬぐ》いながら言った。

真田は、差し込んだ鍵をゆっくり回す。カチッと歯車が噛《か》み合う音がして、首輪のロックが外れた——。

一気に力が抜け、その場にへたり込みそうになるのを、辛うじて堪《こら》えた。

「外れたぜ」

「すまない。なんと言っていいか……」

鳥居は、今にも泣き出しそうな顔だった。

「そういうのはあとだ。とにかく、こいつを外しちまおうぜ」

真田は、フックを外し、鳥居の身体から鋼鉄製の首輪を取り、次に身体に巻き付いている爆弾を外した。

ほっとしたのも束《つか》の間《ま》、窓枠を乗り越えて、複数の男たちが室内に飛び込んできた。警察が、突入の判断をしたようだ。

自動小銃を装備した彼らは、鳥居に銃口を向ける。娘の無事を確認し、爆弾を外された鳥居に、抵抗する理由はなかった。

無言のまま両手を挙げた。後ろ手に手錠を嵌められた鳥居は、そのまま処置室を連れ出される。

別のSAT隊員は、警視総監の笹本の拘束を解きにかかる。

拘束を解かれた笹本は、手を貸そうとする隊員の申し出を断り、自らの足で歩いた。

――終わった。

気を緩めた瞬間、さっきまで鳥居に嵌められていた首輪の赤いランプが、再び点灯するのが見えた。

カウントダウンが、まだ続いている。

残り時間は、三十秒を切っていた——。

「爆発するぞ！」

反射的に叫んだ真田は、すぐに志乃を抱き上げた。

「真田君だけでも逃げて！」

その声を無視して、真田は志乃を抱きかかえたまま、窓枠を飛び越え走り出した。

SATの隊員も、真田の声に反応して、身を翻《ひるがえ》し退避を始める。

志乃を抱きかかえた状態では、思うように走れない。川を遡上《そじょう》しているかのようだった。

窓から二十メートルほど離れたところで、大地を揺るがすような爆音が鳴り響いた。

真っ赤な炎が舞い上がり、砕けたガラスの破片が四散する。

真田は、押し寄せる熱風に煽《あお》られ、倒れ込みながらも志乃を守るように覆《おお》い被《かぶ》さった。

耳鳴りがした。

しばらく、そのまま動くことができなかった。

やがて、靄《もや》のように広がる煙の中で、怒号が飛び交っているのが聞こえた。

「大丈夫か？」

真田は、腕の中にいる志乃に向かって声をかけた。

「うん」

顔を上げた志乃が、涙目で頷いた。

——今度こそ、終わった。

真田は、志乃を抱えたままアスファルトの地面に座り、もうもうと上がる黒煙を眺めていた。

「本当に、君はとんでもない奴だ」

機動隊員に連れられた鳥居が、目の前に立っていた。

後ろ手に手錠をされ、顔に黒い煤《すす》を貼《は》り付けながらも、その表情は、無邪気に笑う子どものようだった。

呪縛《じゅばく》から解放された——そんな表情だった。

「ちょっと、どきなさいよ！」

人混みをかき分けるようにして、駆け寄ってくる女の姿が見えた。公香だった。その後ろには山縣もいる。

「約束は守ったぜ」

真田は、親指を立ててみせる。

「調子に乗るな」

いきなり山縣からお叱《しか》りを受けた。

「ちょっと、いつまでくっついてんのよ。志乃ちゃんが嫌がってんでしょ」

ヒステリックな公香の声が響いた。

まったく、こんなときまでごちゃごちゃとうるさい女だ。

「歩け」

機動隊員が、鳥居を連行しようと乱暴に背中を押した。鳥居は、よろけながらも言われるままに歩き出した。

「彼に、手錠は必要ない」

笹本が、機動隊員に向かって一喝した。

事情が呑《の》み込めていない機動隊員は、立ち止まりはしたものの、困惑気味に笹本を見返した。

「いや、しかし……」

「私は、現場で見ている。今回の事件の犯人は、鳥居ではない。だから、彼に手錠をかける必要はない」

笹本が、有無を言わさぬ口調で、もう一度言う。

そこで、ようやく機動隊員が鳥居の手錠を外しにかかった。

「いいんですか?」

鳥居は表情を引き締め、笹本を見た。

「事情聴取はさせてもらう。だが、その前に、娘さんに会ってやりなさい」

なかなか、気概のあるおっさんだ。

笹本が、振り返る。その視線の先には、奈々の手を引いている柴崎の姿があった。

それに気付いた鳥居は、両サイドにいる機動隊員を振り払うようにして、奈々に向かって駆け寄った。

「奈々……」

鳥居は両手を広げ、奈々の前で跪いた。

奈々は、柴崎の手を離れ、父親である鳥居に抱きついた。

感動の親子の再会だ――。

今になって思えば、奈々も五年前からずっと闘っていたのかもしれない。運命に翻《ほん》弄《ろう》されながらも、その小さな身体《からだ》で必死に生きていたように思う。

「奈々ちゃんは、きっと事件を乗り越えます……」

志乃がポツリと言った。

母親の死のトラウマから、自分の足で歩くことを止めてしまった志乃にとっては、自分自身に向けた言葉でもあったのだろう。

バーン。

鳥居と奈々を引き裂くように、尾を引く銃声が轟《とどろ》いた——。

「狙撃《そげき》だ！　伏せろ！」

山縣の叫びに反応して、真田はその場に伏せた。

ストップモーションのように、鳥居がアスファルトの上に倒れていく。

——嘘《うそ》だろ。

奈々が、血を流している鳥居にしがみつき、わんわん泣いていた。

真田は、すぐに鳥居に駆け寄る。

「おい！　しっかりしろ！」

鳥居は、微《かす》かに口を動かしたが、何を言ったのかは聞き取れなかった。

「バカ野郎！　死ぬんじゃねぇ！　これ以上、娘に悲しい想《おも》いをさせてどうすんだよ！」

真田は、必死に呼びかけながら傷口に手を当て、血を止めようとする。だが、指の隙間《すきま》からどんどん血が流れ出してくる。

機動隊の一団が押し寄せ、真田を押し退《の》けるようにすると、担架に鳥居を乗せた。

奈々は、より一層泣きじゃくっている。

担架の上の鳥居は、弱い呼吸を繰り返しながら、両目を見開き、空に向かって右手を挙げた。

「なんでだよ……」

真田は、訳が分からぬまま、運ばれていく鳥居を見ていた。

「北東だ」

山縣が、口にした方角に鋭い視線を向けながら言った。

最初は、なんのことか分からなかった真田だが、すぐその意味を理解して、同じ方角に目を向ける。

「距離は？」

「二百メートル。そう遠くではないはずだ」

「細かい指示は、無線でしてくれ」

山縣との短い会話を終えた真田は、パトカーの脇《わき》に停めてあった白バイに飛び乗った。

「何をする気だ？」

柴崎が、慌《あわ》てた様子で駆け寄ってきた。悪いが、今は説明している暇はない。

「ちょっと借りるぜ」

言うなり、真田はバイクをスタートさせた。

駐車場を抜け、青梅街道に出ると、加速させながら片側二車線の道路を真《ま》っ直《す》ぐ横断し、すぐ前にある脇道に入った。

〈真田。おそらく、もう一本奥だ。次で右に曲がれ〉

インカムから、山縣の声が聞こえてきた。

「了解」

山縣の指示通り、次の角を右に曲がる。

すぐ次の十字路を左に曲がったところで、アパートの前に停まっている白いワンボックスカーが目に入った。

あの車、見覚えがある。ホテルの地下駐車場で取り逃がした車だ。

「ビンゴ！」

あと、十メートルと迫ったところで、ワンボックスカーが急発進した。

白バイ相手に、逃げ切れるわけねぇだろ。

真田は、ギアチェンジをして加速すると、ワンボックスカーの右側を併走し、運転席に並んだ。

運転手と目があった。

「あいつ」

元SATの隊員で、現在はホテルの警備員をしている男、鷹野だった。

そうか、そういうことか——。

思えば、鷹野を紹介したのは郷野だった。二人はグルだったってわけだ。

「停まれ!」

真田は、運転席のドアを蹴《け》った。

それと同時に、鷹野が懐《ふところ》から拳銃《けんじゅう》を抜き、その銃口を真田に向け、躊躇《ちゅうちょ》なく引き金を引いた。

銃口を見て、反射的に頭を低くした真田の頭上を、弾丸が掠《かす》めていった。

「やってくれるじゃねぇか」

このまま併走していたら、すぐに頭をぶち抜かれちまう。

真田は、アクセルを限界まで吹かし、一気にワンボックスカーを抜き去った。

サイドミラーで、ぐんぐん距離が離れていくのが確認できた。おそらく、鷹野はこっちの意図が読めずに動揺しているだろう。

三十メートルほど距離を離したところで、真田はドリフトさせながらバイクをUターンさせる。

ワンボックスカーに正面から対峙《たいじ》した真田は、迷うことなくバイクをスタートさせた。

運転席の鷹野が、正面から突進してくるバイクに、驚愕《きょうがく》の表情を浮かべる。

「食らえ！」

真田は、ワンボックスカーと衝突する寸前に、バイクを飛び降りた。

予想以上の反動で、真田はゴロゴロとアスファルトの上を転がり、ビルの壁にぶつかり、ようやく止まった。

左足に、焼けるような痛みがあった。

目を向けると、脛《すね》のあたりから不自然な方向に曲がっていた。折れちまったらしい。

「痛ってぇ」

真田は、歯を食いしばりながら、身体を起こす。

白バイと正面衝突したワンボックスカーは、白い煙を上げながら、縁石に乗り上げるようにして横転していた。

「ざまみろ」

真田は、アスファルトに血の混じった唾《つば》を吐き出した。

〈真田。聞こえるか?〉

インカムから、山縣の声が聞こえた。

「ああ。聞こえてる。狙撃犯は押さえた」

〈そうか。お前は大丈夫か?〉

「全然ダメ。ボロ雑巾《ぞうきん》の気分だよ」

〈今、柴崎が向かってる〉

そいつはありがたい。

真田が肩の力を抜くのと同時に、横転しているワンボックスカーのドアが開いた。

そこから、這《は》い上がるようにして鷹野が姿を現した。額がぱっくり割れ、血を流してはいるが、手足は動くらしい。

右手には拳銃を握っている。

「貴様……」

鷹野は、鬼のような形相で真田に迫ってくる。

この足じゃ、反撃に転じることも、逃げることもできない。

鷹野は、真田の一メートル手前で立ち止まると、ゆっくり銃口を真田の額の中心に向けた。この距離なら外しようがない。

かなりヤバイな――。

鷹野の指が、拳銃の引き金にかかる。

ここまでか――。

バン。

銃声がビルの壁に反響した。

しばらく、何が起きたのか分からなかった。やがて、鷹野が肩を押さえてゆっくりと崩れ落ちた。

「大丈夫か？」

柴崎が、拳銃を持ったまま駆け寄ってきた。

ナイスタイミング――。

「また、助けられちまったな」

真田は、笑いながらアスファルトの上に大の字に寝転んだ。

今度こそ、本当に終わった。

澄み渡った空を、円を描くようにカラスが飛んでいた――。

エピローグ

柴崎は、新宿中央公園の時計台の前にあるベンチに腰を下ろした。

あの事件から三週間――。

陽射《ひざ》しが暖かい。季節はまさに、春に移ろうとしていた。

ゴミ箱の上に、一羽のカラスがとまっていた。柴崎は、黒いくちばしでゴミを漁《あさ》っているカラスを、じっと眺めていた。

やがて、そのカラスはバサバサッと羽根を広げ、飛び立って行った。

「待たせたな」

顔を上げると、ゆっくりと歩いてくる山縣の姿が見えた。

「いえ。今来たところですから」

「そうか」

山縣は、難儀そうに柴崎の隣に座った。

真田や公香を守るために警察を離れたはずの山縣だったが、今回も大きな事件のうねりに巻き込まれてしまった。そういう巡り合わせなのかもしれない。柴崎は、ふとそんなことを思った。

「捜査は進んでいるのか？」

「ええ。事件の概要は概《おおむ》ね見えてきました」

柴崎は、頷《うなず》いて答えた。

「首謀者は、やはり郷野さんだったのか？」

山縣は眉《まゆ》を下げ、少し寂しそうな表情をしていた。

かつての上司が起こした事件。しかも、山縣たちを事件の共犯者に仕立て、罪をなすりつけようとしていた。

裏切られた――。

その思いが山縣を酷《ひど》く傷つけた。さらには、自分の存在が無ければ、今回の事件に探偵事務所の面々を巻き込むことはなかったという思いもあるだろう。

「郷野と鷹野は、黙秘を続けています。自殺を図ったりもしているようです。しかし、楓さんは口を割りました」

「そうか……」

山縣が短く答えた。

楓のことを思うと、胸が苦しくなる。柴崎には、どうしても彼女が進んで事件に荷担したとは思えない。

だからこそ、彼女から共犯者の名を聞くことができたのだと思う。

今回の計画の主要メンバーは、郷野、楓、鷹野、そして亜沙美の四人だった。しかし、それに協力するかたちで、多くの人間が事件にかかわっていた。

「どれくらいいたんだ？」

「まだ、はっきりとしたことは言えませんが、主要メンバーの他に、分かっているだけでも八人」

郷野のシンパは、至るところに紛れていた。

長谷部のスケジュールを横流しした事務員、志乃たちを病院の処置室に案内した看護師、鳥居の進入を黙認した医師、鷹野にホテルのマスターキーを渡した警備員、さらには、マスコミ関係者の中にもいた。

「全員、被害者遺族なのか？」

「はい」

柴崎は、沈痛な思いで返事をした。

事件に荷担していたのは、五年前の被害者遺族であり、一般市民だった。郷野に煽動《せんどう》された部分はあったにしろ、自らが行う行為が、どういった結果をもたらすか理解した上で協力していた。

それほどまでに、事件の闇《やみ》は深い——。

「警察内部はどうなんだ？」

山縣が、目を凝らした。

「今のところ四人です」

一人は、亜沙美。彼女は、警察内部の情報を郷野たちに横流ししていた。そして、柴崎を内通者に仕立て上げ、罪を被《かぶ》せるつもりでいた。

それと、この場所で山縣たちを襲った二人の刑事。彼らは、郷野の元部下でもあった。

そして、もう一人は鑑識の男だ。

二階堂の監視カメラを分析しているときに、柴崎も一度だけ会ったことがある。彼は、事件後の工作を担当していたようだ。

山縣の探偵事務所に捜査のメスが入ったとき、証拠品を彼らの家から押収《おうしゅう》したということにするつもりだったのだろう。

署長の伊沢は、何も知らなかった。

彼は、亜沙美からの助言を受け、柴崎を内通者として疑うように仕向けられていた。

――私も、君と同様に人を見る目が無かったな。

事件後、柴崎が伊沢と面談したときに、彼が言った言葉だ。

まさに、その通りだったと思う。前回の事件のときも、柴崎は自分の部署から内通者を出し、それを見抜くことができなかった。今回も、疑いが無かったわけではないが、銃口を突きつけられるまで見抜くことができなかった。

「警察は、今回の事件をどう捉《とら》えている?」

「現段階では、正式な見解は避けていますが、何も変わらないでしょう」

一部マスコミは、立て籠《こ》もり事件の際、警察は発砲すべきだと声高らかに叫んでいるが、それは一過性のものになるだろうと柴崎は思っていた。

警察でも、今回の事件をきっかけに、立て籠もり事件の対応を巡り、議論が巻き起こっているが、抜本的な改革は為《な》されないだろう。

狙撃《そげき》が、有効な手段であることは確かだが、最終手段でなければならない。

それが、警視総監である笹本の考えでもある。

「そろそろ行くよ」

山縣は、立ち上がった。

「これで、良かったんでしょうか……」

柴崎も釣られて立ち上がり、山縣の背中に訊《たず》ねた。

心のどこかで、柴崎は郷野の思想に賛同しているところがあった。

「真田が、面白いことを言っていた」

「彼が？」

「無関係の人間を巻き込んだ時点で、お前らはただのクソに成り下がった――と」

真田らしいその言葉に、柴崎は思わず吹き出して笑った。

その言葉に、全《すべ》てが凝縮されているように思う。

たとえ、その思想が正しかったとしても、無関係の人間の命を奪った瞬間に、それはただのテロリズムだ。

郷野は、やり方を間違えた――いや、彼がやりたかったのは、やはり復讐《ふくしゅう》だったのだろう。

「確かにそうですね。彼らを許してはいけない」

「そういうことだ」

山縣は、おどけたように肩をすくめると、ゆっくりと公園の小道を歩いて行った。

まったく。真田の坊主《ぼうず》は、想定外の男だ。

自嘲《じちょう》気味に笑った柴崎は、山縣と反対方向に歩き始めた。

※　　※　　※

志乃は、あの病院の前にいた。

三週間前の事件の舞台になった病院――。

現場検証が終わり、爆発が起きた処置室は、足場が張りめぐらされ、壁の補修作業が進められている。

隣には、真田の姿もあった。

左足にギプスを嵌《は》め、松葉杖《まつばづえ》を突いている。左足を二ヶ所骨折していた。彼の傷は、それだけではない。擦り傷と痣《あざ》が身体《からだ》のいたるところにある。まさに満身創痍《そうい》の状態だ。

「これで、良かったんでしょうか？」

志乃は、ビル風にあおられた髪を押さえながら呟《つぶや》いた。

「難しく考え過ぎだ」

真田が答えた。

「そうでしょうか」

「これで良かったのかって考えるのは、後悔してるのと同じだぜ」

真田の言葉に迷いはなかった。

「そうですね」

志乃は、真田の顔を見上げた。

陽射しに、目を細めた真田は、活力に溢《あふ》れているようだった。彼は、どんなにボロボロになろうと、決して振り返らない。

「お、来たぜ」

真田が、正面玄関に視線をむけた。

自動ドアから出て来たのは、三角巾《さんかくきん》で左腕を固定した鳥居と、彼に寄り添うように歩いてくる奈々だった。

あのとき、鳥居は狙撃された。幸い弾丸は心臓をそれて左肩を撃ち抜いた。出血量が酷かったものの、大事には至らなかった。

彼にかかっていた容疑も晴れた。二階堂と長谷部を狙撃したのは、鷹野だ。鳥居は誰も殺していない。

鳥居は、こちらの存在に気付いたらしく、はにかんだように笑った。

「よう！」

真田が声を上げながら、松葉杖を高く掲げる。

「君か」

真田の前に立った鳥居は、呆《あき》れたような表情で言った。傷のせいか、喋《しゃべ》るのも難儀そうだった。

「もう、退院できるのか？」

「ああ。私より、君の方がよっぽど酷い」

「こんなのは、かすり傷だ」

「重傷だよ」

「考え方の違いだな」

鳥居が、肩を震わせるようにして笑った。

「あの……これから、どうするんですか？」

志乃は、鳥居と奈々に交互に視線を向けながら口にした。

二人とも、今回の事件で命は助かったものの、多くの物を失った。犯人ではないことは証明されたが、世間の目は冷たい。親子二人で生活していくのにも、困難な現実が待ち構えている。

奈々が、鳥居を見上げた。

「そうだな……しばらくはホテル住まいになる。仕事も探さないとな」

「大変そうだな」

真田が言った。

「生きているんだ。どうにかなるさ」

鳥居が、言った。

志乃は、立て籠もり事件のときに見た鳥居の顔を思い出した。あのときの鳥居は、全てを諦《あきら》めていたようだった。だが、今は違う。

辛《つら》い道のりだが、どうにかなりそうな気がする。

「なあ。住むとこ無いなら、うちに来いよ。部屋は余ってる」

真田が、軽い口調で言った。

志乃は、五ヶ月前のことを思い出し、思わず笑ってしまった。

彼は、いつもそうやって他人《ひと》の世話を焼く。いろんな人を巻き込み、変えていってしまう。

「ちょっと、勝手なこと言ってんじゃないわよ」

もの凄《すご》い剣幕で、公香が駆け寄ってきた。

その後ろには山縣もいる。

「別にいいじゃんか」

真田がふてくされたように口を尖《とが》らせた。

志乃は、奈々の手を握った。

奈々は、黒い瞳《ひとみ》で、不思議そうに志乃を見ていた。

人の死のイメージが流れてくることはなかった。柔らかい手の感触と、暖かさが伝わってきた。

参考文献

『専門医がやさしく教える　心のストレス病』筒井末春（ＰＨＰ研究所）
『「鉄砲」撃って１００！』かのよしのり（光人社）
『最強の狙撃手《そげきしゅ》』アルブレヒト・ヴァッカー／中村康之《やすゆき》・訳（原書房）
『狙撃手（スナイパー）』ピーター・ブルックスミス／森真人・訳（原書房）
『ＳＡＳ・特殊部隊　知的戦闘マニュアル――勝つためのメンタルトレーニング』
クリス・マクナブ／小路浩史《しょうじひろし》・訳（原書房）
『ミステリーファンのための警察学入門』（アスペクト）
『別冊ベストカー　警察マニア！――最新の警察装備から組織のすべてを徹底紹介する！』
（三推社／講談社）
『歴史群像シリーズ　図説　世界の銃パーフェクトバイブル２』（学習研究社）
『歴史群像シリーズ　図説　世界の銃パーフェクトバイブル３』（学習研究社）
『スケートボードA to Z――スケートボード・トリックHOW TO』
（トランスワールドジャパン）

この作品は二〇〇九年四月新潮社より刊行された。

恩田陸著

球形の季節

奇妙な噂が広まり、金平糖のおまじないが流行り、女子高生が消えた。いま確かに何かが大きく変わろうとしていた。学園モダンホラー。

恩田陸著

六番目の小夜子

ツムラサヨコ。奇妙なゲームが受け継がれる高校に、謎めいた生徒が転校してきた。青春のきらめきを放つ、伝説のモダン・ホラー。

恩田陸著

不安な童話

遠い昔、海辺で起きた惨劇。私を襲う他人の記憶は、果たして殺された彼女のものなのか。知らなければよかった現実、新たな悲劇。

恩田陸著

ライオンハート

17世紀のロンドン、19世紀のシェルブール、20世紀のパナマ、フロリダ……。時空を越えて邂逅する男と女。異色のラブストーリー。

恩田陸著

図書室の海

学校に代々伝わる〈サヨコ〉伝説。女子高生は伝説に関わる秘密の使命を託された——。恩田ワールドの魅力満載。全10話の短篇玉手箱。

恩田陸著

夜のピクニック

吉川英治文学新人賞・本屋大賞受賞

小さな賭けを胸に秘め、貴子は高校生活最後のイベント歩行祭にのぞむ。誰にも言えない秘密を清算するために。永遠普遍の青春小説。

角田光代著

キッドナップ・ツアー

産経児童出版文化賞・路傍の石文学賞受賞

私はおとうさんにユウカイ(=キッドナップ)された！　だらしなくて情けない父親とクールな女の子ハルの、ひと夏のユウカイ旅行。

角田光代著

真昼の花

私はまだ帰らない、帰りたくない――。アジアを漂流するバックパッカーの癒しえぬ孤独を描いた表題作ほか「地上八階の海」を収録。

角田光代著

おやすみ、こわい夢を見ないように

もう、あいつは、いなくなれ……。いじめ、不倫、逆恨み。理不尽な仕打ちに心を壊された人々。残酷な「いま」を刻んだ7つのドラマ。

角田光代著

さがしもの

「おばあちゃん、幽霊になってもこれが読みたかったの?」運命を変え、世界につながる小さな魔法「本」への愛にあふれた短編集。

角田光代著

しあわせのねだん

私たちはお金を使うとき、べつのものも確実に手に入れている。家計簿名人のカクタさんがサイフの中身を大公開してお金の謎に迫る。

角田光代著

予定日はジミー・ペイジ

妊娠したのに、うれしくない。私って、母性欠落?　運命の日はジミー・ペイジの誕生日。だめ妊婦かもしれない〈私〉のマタニティ小説。

道尾秀介著
向日葵の咲かない夏

終業式の日に自殺したはずのS君の声が聞こえる。「僕は殺されたんだ」。夏の冒険の結末は。最注目の新鋭作家が描く、新たな神話。

道尾秀介著
片眼の猿
—One-eyed monkeys—

盗聴専門の私立探偵。俺の職業だ。今回の仕事は産業スパイを突き止めること、だったはずだが……。道尾マジックから目が離せない！

東野圭吾著
鳥人計画

ジャンプ界のホープが殺された。ほどなく犯人は逮捕、一件落着かに思えたが、その事件の背後には驚くべき計画が隠されていた……。

東野圭吾著
超・殺人事件
—推理作家の苦悩—

推理小説界の舞台裏をブラックに描いた危ない小説8連発。意表を衝くトリック、冴え渡るギャグ、怖すぎる結末。激辛クール作品集。

森見登美彦著
太陽の塔
日本ファンタジーノベル大賞受賞

巨大な妄想力以外、何も持たぬフラレ大学生が京都の街を無闇に駆け巡る。失恋に枕を濡らした全ての男たちに捧ぐ、爆笑青春巨篇！

森見登美彦著
きつねのはなし

古道具屋から品物を託された青年が訪れた奇妙な屋敷。彼はそこで魔に魅入られたのか。美しく怖しくて愛おしい、漆黒の京都奇譚集。

スナイパーズ・アイ
―天命探偵　真田省吾２―

新潮文庫　　か-58-2

平成二十三年七月一日発行
平成二十四年六月五日二刷

著者　神《かみ》永《なが》学《まなぶ》

発行者　佐藤隆信

発行所　株式会社新潮社
郵便番号一六二―八七一一
東京都新宿区矢来町七一
電話編集部(〇三)三二六六―五四四〇
読者係(〇三)三二六六―五一一一
http://www.shinchosha.co.jp

価格はカバーに表示してあります。

印刷・株式会社光邦　製本・憲専堂製本株式会社

ISBN978-4-10-133672-5 C0193